BUCH 6
CLANS VON
MULL

DER ZORN EINES SCHOTTISCHEN SCHWERTES

KEIRA MONTCLAIR

ANMERKUNG DER AUTORIN:

MACH DICH BEREIT für eine spannende Reise! Ich verspreche, es wird großartig.

Die Novelle wurde zu einem Roman, und zwar zu einem guten.

Dies ist das letzte Buch der Reihe »Clans of Mull«.

Willkommen zurück in der Welt der Grants.

KAPITEL EINS

Die Insel Mull, Dezember 1316

BRYNJA NYBERG RANNTE auf die Klippe zu, und ihre Stiefel rutschten dabei auf dem regennassen Gras, während sie das Boot verfolgte, das die Landzunge umrundete. Für einen atemberaubenden Moment schwang der Bug des Schiffes in Richtung Ufer – und damit in ihre Richtung.

Ihr Herz schlug wie verrückt.

Doch mit einem Mal drehte der Wind, wobei er das Segel aus dem falschen Winkel traf, und das Schiff verschwand hinter dem felsigen Vorgebirge.

Es war weg.

Keuchend erreichte sie den Rand der Klippe und wilde Haarsträhnen peitschten ihr ins Gesicht. Der Schuft war immer noch hinter ihr her. Jetzt war sie sich dessen sicher.

»Möge dein Boot auf einem versteckten Felsen auf Grund laufen«, schrie sie auf Altnordisch, wobei ihr der Fluch so natürlich über die Lippen kam wie ihr Atem. »Mögen Krabben sich an deinen versunkenen Augen laben und möge deine Seele für immer in den kalten Tiefen umherirren!«

»Verfluchst du fremde Boote noch immer?«

Brynja drehte sich nicht um. Sie hatte gehört, wie Hildi hinter ihr näher gekommen war, weil ihre Cousine sich mit der unbewussten Anmut eines Menschen bewegte, der seine Vergangenheit hinter sich gelassen hatte. Darum beneidete Brynja sie inständig.

Sie selbst war dazu allerdings nicht imstande.

»Er ist es«, meinte Brynja und starrte weiter auf die einsame Wasseroberfläche, wo das Boot verschwunden war. »Er ist der Kerl, der wegen Sheona gekommen ist. Ich weiß es.«

Hildi hielt sich zurück, und sie wartete ab, dass Brynjas Wut verrauchte, was allerdings nicht passierte. Jedenfalls nicht heute. Ihr nordisches Blut verlangte, dass sie diese Mistkerle mit allen Flüchen ihrer Muttersprache beschimpfte. Das geschah in der Hoffnung, ihr Glück zu wenden.

»Möge eine verdammte Seeschwalbe auf eure Haare kacken, bis euch jede einzelne Strähne vom Kopf fällt«, schrie sie in Richtung des einsamen Meeres. »Möge euer Boot in einen Schwarm von Schwertfischen geraten, die Löcher in euren Rumpf schlagen, ihr hässlichen Trolle!«

Sie warf ihrer Freundin einen Blick zu und konnte trotz ihrer Wut ein Lächeln nicht unterdrücken. Hildis Anwesenheit riss sie immer wieder von ihren Abgründen zurück. »Ich komme. Du hast Hunger. Das weiß ich.«

»Ich bin hungrig«, meinte Hildi mit einem

schiefgezogenen Mundwinkel. »Aber ich werde nie aufhören, mich über deine nordischen Beleidigungen zu amüsieren. Deine Mama wäre stolz auf dich.«

Die Worte trafen Hildi härter, als sie beabsichtigt hatte. Ihrer beider Mütter waren nordische Frauen, die von schottischen Vätern verlassen worden waren. Gemeinsam hatten sie ihre Töchter auf Tiree großgezogen. Diese Insel war ein Paradies gewesen, bis fremde Männer kamen und sie ermordeten, um an ihre Häuser zu kommen.

Das war vor vier Monaten gewesen. Es war erst vier Monate her, seit Brynja die Hand ihrer Mutter gehalten hatte, als das Leben aus ihrem Körper wich, doch es kam ihr wie eine Ewigkeit vor.

Brynja hatte sich nicht von dem Schock erholt, den sie erlitten hatte, als sie ihre Mutter während ihres letzten Atemzugs gehalten hatte. Sie konnte immer noch das Gewicht dieser kalten Hand in ihrer spüren. Noch immer konnte sie den Mann hören, der sie danach an den Zöpfen gepackt und gesagt hatte: »*Ja, mit diesen goldenen Zöpfen und blauen Augen werden wir einen guten Preis für dich erzielen.*«

Zusammen mit Hildi war sie aus der kleinen Hütte auf der Insel geflohen, wo die Kinder festgehalten wurden. Sie waren in einem winzigen Boot gerudert, bis Fischer sie fanden und zum Nonnenkloster auf Iona brachten.

Dies war ihr neues Zuhause. Ihr Zufluchtsort.

Das war es zumindest gewesen, bis diese

Mistkerle vor zwei Wochen gekommen waren, um Sheona zu rauben.

Sie waren mitten in der Nacht aufgetaucht, aber ein Traum hatte Brynja hatte geweckt und an die Küste getrieben, bevor die Mistkerle an Land gehen konnten. Sie hatte gewartet, als ihr Boot auftauchte, das sich als schwarze Silhouette vor dem bleiernen Himmel abzeichnete. Ihren ersten Dolch hatte sie in der Schulter des ersten Mannes versenkt. Ihr zweiter hatte das Bein des anderen getroffen.

Sheona, die jetzt glücklich verheiratet auf Mull lebte, erzählte ihr später, dass Clyde, der Mann, der das Messer in seiner Schulter stecken hatte, inzwischen tot war.

Der andere Schuft lebte noch.

Und seitdem patrouillierte ein bestimmtes Boot in der Nähe der Insel. Manchmal geschah dies zweimal am Tag.

Brynja kam jedes Mal an die Küste, wenn sie dieses Boot erspähte. Sie schwor sich, da zu sein, wenn der Hurensohn es wagte, wieder einen Fuß auf den Sandstrand von Iona zu setzen. Sie würde mit einem Speer in der einen Hand und einem Dolch in der anderen auf ihn warten. Dieses Mal würde sie auf sein Herz zielen.

Sie wandte sich dem Nonnenkloster zu, Hildi schloss sich ihr an. »Morgen besuche ich vielleicht Simone, um sie zu fragen, ob ihr etwas aufgefallen ist.«

»Ja, und ich würde gerne noch mal zu Magni gehen.« Hildi blickte zu den schnell vorbeiziehenden grauen Wolken auf. »Wir haben allerdings nicht viel zu essen, von dem wir abgeben könnten.«

»In Ionaland gibt es immer genug zu essen. Die Mönche bringen uns so viel Brot, dass wir etwas abgeben können.« Ionaland war der Teil der Insel, wo vier Frauen lebten und sich um die Waisenkinder der Welt kümmerten – Kinder, die vor bösen Kriminellen gerettet wurden, die Babys stahlen und für Geld verkauften.

»Bald wird es regnen«, meinte Hildi und schwang ihre dunklen Zöpfe über die Schulter zurück.

»Solange es kein Sturm wird wie derjenige in der Nacht, in der Sheona gegangen ist, kommen wir damit klar.«

Sie gingen einen Moment schweigend weiter, bevor Hildi leise fragte: »Glaubst du wirklich, dass es derselbe Mann ist?«

»Ich bin mir sicher.«

»Aber warum würde er hierher zurückkehren? Jeder weiß, dass Sheona Taskill geheiratet hat und jetzt auf dem Land der MacVeys lebt. Eva ist zu den Rankins gezogen. Warum sollten sie noch suchen?«

Brynja warf ihr einen Blick zu. »Die Männer suchen nicht nach Sheona.«

»Wen dann?«

»Mich, Hildi. Sie sind hinter mir her.« Sie sagte dies mit ruhiger und sachlicher Stimme. »Das haben sie fast jeden Morgen und jeden Abend in der letzten Woche getan. Sie suchen nach etwas bestimmtem. Nach jemandem. Ich habe diesem

Mistkerl einen Dolch ins Bein gerammt und jetzt dürstet er nach Rache.«

Hildi drückte sich dicht an sie, bis ihre Schultern sich berührten. Das bescherte ihnen ein Gefühl von Wärme und Solidarität. »Die Schwestern sagen, wir sollten für nichts Rache nehmen.«

»Ich bin keine Nonne, Hildi.« Brynjas Hand umklammerte ihren Speer fester. »Du weißt, was ich tun muss.«

Hildi seufzte. »Das weiß ich. Aber ich mache mir Sorgen um dich. Wenn du alleine gehst, kehrst du vielleicht nie zurück. Was würde ich ohne dich tun?«

Brynja dachte sorgfältig über ihre Worte nach. Sie hatte nicht die Absicht, ihre liebste Freundin und Cousine im Stich zu lassen, aber ihr zu versprechen, dass sie das nicht tun würde, wäre eine leere Versprechung gewesen. »Hildi, wenn wir uns jemals trennen sollten, wünsche ich dir alles Glück der Welt. Sorge dich nicht um mich. Schließlich bin ich jetzt achtzehn Jahre alt. Ich könnte gehen, wann immer ich will.«

Hildi war erst sechzehn – noch zart, wie Brynja es nicht mehr war. Sie schlief noch durch, ohne dass sie unter Albträumen litt, die ihr Schreie aus tiefstem Inneren entlockten.

»Ich weiß.« Hildi spielte mit den Zöpfen an der Seite ihres Kopfes und aus drei Zöpfen flocht sie geschickt eine dicken Zopf. »Du musst tun, was dein Herz dir sagt.«

»Ja.«

»Allerdings nicht heute.«

»Bald.« Brynja senkte ihren Speer. »Ich sage

dir, dieser Schuft wird irgendwann hier am Ufer landen, und wenn er das tut ...«

»Wirst du ihn töten.«

Die Gewissheit in Hildis Stimme hätte eigentlich beruhigend sein sollen. Stattdessen lastete sie wie ein Stein auf Brynjas Brust.

»Ich werde handeln, wie ich handeln muss«, meinte Brynja. »Aber komm. Wir sollten etwas essen.«

Die beiden gingen schweigend weiter und hielten dabei auf die Steinmauern des Nonnenklosters zu. Die Erinnerungen zwischen ihnen waren so stark, dass sie kaum noch darüber sprachen. Das Tor stand offen und hieß sie willkommen. Brynja warf einen letzten Blick über ihre Schulter auf das einsame Meer.

»Hast du dich jemals gefragt«, sagte Hildi, während sie gingen, »was wir tun würden, wenn das alles nie passiert wäre? Wenn wir noch auf Tiree wären und unsere Mütter noch ...«

»Nein.« Brynja hielt den Blick starr geradeaus gerichtet.

Aber sie log. Denn diese Frage stellte sie sich ständig. Sie fragte sich, was ihre Mutter über die Frau sagen würde, zu der Brynja geworden war. Sie war so hart und wachsam und blutrünstig. Würde ihre Mutter diesen Menschen überhaupt wiedererkennen?

»Es geht nicht nur um den Mann, der Sheona geholt hat«, meinte Brynja leise. »Ich muss die Männer finden, die unsere Mütter getötet haben. Das muss ich einfach tun, Hildi. Ich könnte nie mit mir leben, wenn ihre Mörder frei auf dieser

Erde herumlaufen und anderen dasselbe antun könnten.«

»Ich weiß.«

Brynja erzählte ihrer Freundin allerdings nichts von der Rückkehr ihrer Träume. Träume, die von Rache flüsterten, von Blut, von einer nahenden Abrechnung.

Die Träume wurden immer düsterer. Immer dringlicher.

Etwas Neues stand bevor. Etwas Größeres als die Rache eines Mannes für einen Dolch in seinem Oberschenkel.

Und Brynja hatte gelernt, ihren Träumen zu vertrauen.

KAPITEL ZWEI

Hagen

HAGEN GRANT LIESS Midnight Moon frei laufen, als sie die sandige Küste erreichten. Neben ihm ritten seine Cousins Jowell Grant und Paden MacNicol. Die Burg, die sich vor ihnen erhob, gehörte Tristan MacClane. Sie war ein praktischer Zwischenstopp mit freiem Blick auf das umliegende Meer und die Inseln.

Und Tristan hatte immer Boote für Freunde zur Verfügung.

»Tut mir leid, Jungs, aber meine Schwester hat gesagt, ich soll ihr Pferd gut ausbilden, und das hier ist sein Lieblingsstrandabschnitt.« Hagen ließ den Hengst das Tempo bestimmen, und Midnight galoppierte über den weichen Sand – den es beim Grant Clan nicht gab. Dies war eines der wenigen Male, dass Hagen sein Haar offen trug und es vom Wind und der salzigen Luft durchwehen ließ.

»Pass gut auf ihn auf«, rief Paden, »sonst lässt Dyna dich morgen früh die Ställe ausmisten!«

Hagen lachte über seine Schulter hinweg. Dyna liebte ihr Pferd, aber er auch. Jeder Hengst, der die Blutlinie des Hengstes ihres Großvaters in sich trug, war großartig zu reiten. Und Midnight Moon war am Strand einfach herrlich. Seine schwarze Mähne wehte wie der Umhang eines Königs.

»Großvater war ein weiser Mann«, bemerkte Jowell, als sie sich dem Ende des Strandes näherten und die Pferde mühelos den Kamm hinauf zum Hauptweg kletterten.

»Ich wünschte, er wäre noch hier.« Paden warf Hagen einen Blick zu. »Du wirst fast so groß wie Großvater werden.«

»Und warum wächst du noch?«, fragte Jowell. »Weder Paden noch ich sind in den letzten zwei Jahren größer geworden.«

»Ich bin jünger als ihr beiden.« Hagen grinste. Nichts gefiel ihm besser, als zu hören, dass er seinem Vater und Großvater ähnelte – Connor und dem großen Alexander Grant. Allerdings würde er lieber wegen seiner Schwertkunst als wegen seiner Größe mit diesen beiden vielgerühmten Männern verglichen werden. Er trainierte täglich, aber er hatte noch einen langen Weg vor sich, bevor er seinem Vater das Wasser reichen konnte. Der Mann kämpfte, als wäre seine Waffe eine Verlängerung seines Arms.

Aber eines Tages. Eines Tages würde er seinem Vater als gleichwertig in die Augen schauen können.

Tristan MacClane begrüßte sie von der Ringmauer aus, als sie sich seiner Burg näherten. »Hallo, ihr Granthams, wie geht es euch? Kommt ihr für eine kurze Pause herein?«

Hagen warf Jowell einen Blick zu, der leicht den Kopf schüttelte.

Paden bemerkte ihren Austausch. »Vielleicht auf dem Rückweg, MacClane? Wir sind auf dem Weg nach Iona, wenn wir eines deiner mittelgroßen Boote ausleihen dürfen.«

»Natürlich.« Tristan beugte sich über die Mauer. »Hat diese Reise eine bestimmte Bedeutung? Vermisst jemand jemanden?«

Hagen schüttelte den Kopf und dachte an das letzte Abenteuer zurück – vier vermisste MacVeys und Rankins. »Nein, allen geht es gut. Wir sind Boten, die frohe Botschaft für die Weihnachtszeit verbreiten. Wir laden alle zu einem Fest im Duart Castle ein – an den ersten beiden Nächten von Yule. Das ist Brauch beim Grant Clan und wird bald auch beim Grantham Clan so sein. Wir würden uns freuen, wenn ihr dabei wärt. Du weißt, dass Shealee dich suchen wird.«

Tristans Schwester Merryn hatte Padens Bruder Broc geheiratet, und sie kümmerten sich um ihre verwaiste Nichte Shealee.

»Ich nehme gerne an.« Tristan ging die Treppe hinunter. »Ich vermisse meine Schwester sehr. Wenn du mir folgst, bringen wir deine Pferde in den Stall und ich zeige dir das beste Boot, das ihr nehmen könnt.«

»Vielen Dank.«

Kurz darauf machten sie sich auf den Weg nach Iona. Tora und Sylvi bestanden darauf, dass der junge Magni die Feiertage mit ihnen verbrachte, und sie mussten die Einladung ordnungsgemäß aussprechen.

Die drei stiegen in ein Boot mit drei Ruderplätzen, damit sie schneller vorankamen. »Vielen Dank, Tristan«, rief Jowell. »Wir kommen bald zurück.«

Sechs Hände umfassten die Ruder, die daraufhin durch das ruhige Meer pflügten.

Hagen saß auf dem vorderen Sitz mit dem Rücken zu der Insel Iona, damit seine Cousins sein Gesicht nicht sehen konnten. Etwa auf halber Strecke rief er: »Ich bin vielleicht der Jüngste, aber warum bin ich der stärkste Ruderer? Ich paddle ungefähr so viel wie ihr beiden schwachen Ruderer zusammen.«

»Ach was, du feiger Jammerlappen.« Das kam von Paden hinten, der die Persönlichkeit seines Vaters – der auch Hagens Onkel Finlay war – geerbt hatte. Finlay war einer der größten Spaßmacher im gesamten Grant Clan.

»Hast du diesen schwachen Kerl in der Mitte bemerkt, Paden?« Hagen schaute über seine Schulter zu Jowell, der immer in der Mitte saß, weil er der stärkste Ruderer von den dreien war.

Doch Hagen liebte es, seine beiden Lieblingscousins zu necken.

»Du solltest nicht vergessen, dass ich nah genug dran bin, um mein Ruder fallen zu lassen und jeden unflätigen Trottel vor oder hinter mir zu ohrfeigen, wann immer ich will«, bemerkte Jowell gedehnt. Jowell war der Ernsthafteste der drei Cousins, während Paden der Humorvollste war.

Hagen wusste nicht, was für einen Mensch das aus ihm machte, aber er liebte seine Cousins.

Paden lachte laut und zwitscherte dann mit der höchsten Stimme, die er zustande brachte: »Oh, ich habe solche Angst, Jowell. Wie bist du nur so stark geworden? Kommt das davon, dass du deine Freundin hochhebst, die so ausladend wie eine Highlandkuh ist, die Zwillinge trägt?«

Hagen schnaubte bei dieser Bemerkung und wandte sein Gesicht von seinen Cousins ab. »Und ich könnte das Ruder greifen, bevor es mich trifft, und dich auf die andere Seite des Bootes schubsen. Dann wäre es einfacher zu rudern, nicht wahr, Paden?«

Jowell schnaubte. »Eine Sache, die ich über dich weiß, Hagen, ist, dass du nie ein Dummkopf warst. Ich könnte schneller dorthin schwimmen, als du und Paden rudern könntet, und ohne mich müsstet ihr euch beim Rudern mehr ins Zeug legen, anstatt weniger.«

Paden und Hagen johlten und pfiffen über diese Prahlerei.

Hagen wollte ihm gerade eine weitere Stichelei entgegenschleudern, aber sie waren bereits nah genug, dass jeder am Ufer sie hören konnte, und es gab eine Wahrheit, die er gelernt hatte, seit er nach Mull gekommen war. Stimmen trugen weit über das Wasser.

Als sie sich der Insel näherten, war Magni der Erste, der sie begrüßte. Er rannte den Weg vom Dorf herunter und winkte mit den Armen. Der kleine Tenney rannte hinter ihm her, aber Magni blieb am Rand stehen und hob ihn hoch. Die beiden winkten, während das Boot über das Wasser glitt. Der zehn Jahr alte Magni war hierher gezogen, nachdem er bei einer Entführung gerettet worden war. Seine Eltern hatten damals Tenney adoptiert, der ein Waisenjunge war.

»Seid gegrüßt, Hagen, Paden und Jowell! Warum seid ihr hier? Wir haben heute so viele Besucher.«

»Ja, ja, ja«, wiederholte Tenney.

Nachdem sie das Boot festgemacht hatten, griff Paden nach dem Jungen und hob ihn auf seine Schultern, wobei er sein Tempo in einen hüpfenden Galopp änderte. Der Junge kicherte und hielt sich an Padens rotbraunen Haaren fest, damit er nicht herunterfiel.

»Und wer ist noch zu Besuch, Magni?«, fragte Hagen, während er das Boot festmachte. »Wir bleiben nur kurz, wenn das in Ordnung ist.«

»Brynja und Hildi sind hier. Sie haben Brot mitgebracht, und ich liebe Brot. Sie unterhalten sich gerade mit Simone und Artan.« Er zeigte in Richtung des Bogenschießplatzes.

Hagen warf Jowell einen Blick zu und zog dabei eine Augenbraue hoch. Er würde Brynja gerne wieder sehen. Sie war eine der hübschesten Frauen, die er je getroffen hatte. »Wir werden uns auch mit Simone unterhalten. Könntest du uns zu ihnen führen, Magni?«

Jowell schnaubte. »Es ist wohl klar, wen du sehen willst, Hagen.«

Er richtete den Blick geradeaus. »Ich sollte dafür sorgen, dass Simone und Artan eingeladen werden. Onkel Logan hat darauf bestanden, wenn du dich erinnerst.«

»Zu was eingeladen?«, fragte Magni.

»Zu einer Weihnachtsfeier. Wir laden alle zu einem großen Fest an den ersten beiden Weihnachtstagen ein. Du kommst doch auch, oder, Magni? Bring Tenney und deine Eltern mit.«

Magni blieb stehen, schaute zu den Wolken am Himmel hinauf und schüttelte dann den Kopf. »Nein, tut mir leid.«

»Warum nicht?«, fragte Jowell. »Hegst du etwa einen Groll gegen uns, Junge?«

»Nein, es geht nur darum, dass ich Iona nicht gern verlassen möchte.«

Hagen blieb stehen und packte Magni an den Schultern. »Komm schon, Magni. Du weißt doch, dass wir dich beschützen werden, oder? Wer könnte dir etwas antun, wenn wir drei dich beschützen?«

»Aber ich wurde schon einmal aus Duart Castle entführt.« Die zerzausten braunen Locken des Jungen wehten im Wind, aber die Angst in seinen Augen war unübersehbar.

»Gutes Argument. Aus diesem Grund haben wir die versteckte Tür im Keller ganz fest verschlossen, und ich verspreche dir, dass es dieses Mal noch mehr Wachen geben wird. Und Kelvan ist fort.« Die Clans hatten die Schreckensherrschaft dieses bösen Schufts vor nicht allzu langer Zeit beendet, aber offenbar bestand die Erinnerung an ihn im Kopf des Jungen weiter.

Magni hörte eine Stimme und schob sich von Hagen weg, um zu einer kleineren Gruppe zu laufen, die sich ganz in der Nähe unterhielt.

»Ich kann es ihm nicht verübeln«, meinte Jowell. »Ich würde genauso reagieren.«

»Ich weiß, aber der Mistkerl ist tot.«

»Was können wir noch sagen, um ihn zu überzeugen?«

»Später«, murmelte Hagen, der sich der Gruppe vor ihnen rasch nähern wollte.

Brynja übte mit ihren Waffen, und er hatte entdeckt, dass seine neue Lieblingsbeschäftigung darin bestand, ihr dabei zuzusehen.

Besonders in den engen Leggings, die Simone ihr geschenkt hatte.

Hagen blieb fast stehen, so beeindruckt war er von dem Anblick, der sich ihm bot. Brynja stand neben Simone und visierte eine Zielscheibe an. Dann warf sie ihren Speer und traf genau ins Zentrum. Anschließend nahm sie ihren Bogen, legte einen Pfeil ein und traf die Zielscheibe ein weiteres Mal – allerdings nicht ganz in der Mitte.

Artan pfiff leise durch die Zähne. »Zwei Treffer, Brynja. Gut gemacht. Du hast das Bogenschießen schnell gelernt, Mädchen.«

Hildi stand mit Simone an der Seite und beobachtete die Schießkunst ihrer Freundin.

Hagen wurde ganz heiß. Es lag an der Art, wie Brynja stand, ihrem Gleichgewicht, ihren geraden Schultern und ihrem absoluten Selbstbewusstsein. Es war die Kraft, mit der sie den Bogen spannte. Die tödliche Genauigkeit ihrer Ziele.

Und ja, es war auch der stramme Sitz ihrer Strumpfhose.

»Das Mädchen kann schießen«, flüsterte er Jowell zu.

»Sicher. Das Schießen hat dich hart gemacht«, brachte Jowell gedehnt hervor.

Hagen nahm eine Handvoll Erde vom Boden auf und warf sie nach seinem Cousin, der laut lachte. »Falls du es noch nicht gemerkt hast, Hildi ist auch echt hübsch. Wer von euch ist hinter ihr her? Ich bin auf Brynja aus, also haltet euch fern. Ganz fern.«

»Ich hab Hildi schon bemerkt, da du es erwähnst. Sie ist echt hübsch und nicht so eigensinnig wie ihre Freundin«, bemerkte Jowell.

Paden ließ Tenney los, damit er zu Magni laufen konnte, und schloss sich dann seinen Cousins an. Er flüsterte: »Ich mag sie beide.«

»Jowell, wie schön, dich zu sehen«, rief Artan aus einiger Entfernung. »Hagen, Paden.«

Hagens Blick wanderte zu Brynja zurück, sodass er hinter seinen Cousins bleiben musste, bis er sich wieder im Griff hatte. Sie ist nur ein Mädchen wie alle anderen, wiederholte er in Gedanken. Genau wie jede andere.

Das war sie aber nicht.

Die beiden Gruppen begrüßte sich, und diejenigen die noch nicht bekannt waren, wurden vorgestellt. Brynja verstaute ihre Waffen in einen Sack.

»Unterbrecht eure Übungen nicht unseretwegen«, forderte Hagen die jungen Frauen auf.

»Ich bin fertig«, meinte Brynja ohne ein Lächeln. »Wir kehren zum Nonnenkloster zurück.«

»Nein, wartet bitte«, rief Hagen und hielt sie

auf. »Wir sind gekommen, um euch alle zum Weihnachtsfest auf Duart Castle einzuladen. Viele Familienmitglieder und Freunde werden dort sein und es gibt reichlich Essen. Am Tag vor dem Fest veranstalten wir eine große Jagd. Ihr seid alle eingeladen.«

Brynja und Hildi drehten sich um und wollten sich von den anderen entfernen.

»Ihr auch«, rief Hagen. »Ihr seid beide eingeladen.«

Brynja blieb stehen und drehte sich um. »Vielen Dank, aber wir bleiben im Kloster. Uns ist nicht erlaubt, die Insel zu verlassen. Es ist zu gefährlich.«

»Ich werde dich beschützen, Mädchen.« Hagen sah die junge Frau an. Der Schmerz, den er darin sah, überraschte ihn. Wer hatte ihr wehgetan? Er trat zwei Schritte näher. »Es wäre mir eine Ehre, euch zu beschützen.«

Sie lächelte nie, und sie geriet nie aus der Ruhe. Er hätte schwören können, dass sie Eis in den Adern hatte, aber er wollte wissen, wer ihr das angetan hatte. Ihre Antwort war kurz. »Vielen Dank, aber wir bleiben hier.«

Hagen ärgerte sich über ihre rasche Antwort, so dumm das auch war. Wie auch immer, er würde es einfach so stehen lassen. »Ich sag dir, dass du mitkommen musst. Ich bin mir sicher, dass es dir gefallen wird.« Er würde nicht zulassen, dass sie zurückblieb und sich in einem Nonnenkloster versteckte. An einen solchen Ort gehörte sie nicht.

Brynja ging zwei Schritte auf ihn zu. »Willst du mir etwa vorschreiben, was ich zu tun habe?«

Hagen bemerkte Simones Lächeln und Artans Hand, der nun sein Gesicht bedeckte. »Ich sag dir, dass jeder ein Dummkopf wäre, der so eine Einladung nicht annimmt. Wenn du einen guten Grund hast, nicht mitzukommen, sag ihn mir bitte.«

Paden meinte: »Vielleicht, weil du ein Arsch bist, Hagen?«

»Sie hatte einen schlechten Tag«, flüsterte Hildi.

Jowell ging auf Hildi zu und fragte: »Können wir irgendwie helfen?«

Hildi schüttelte den Kopf und starrte Brynja an, die immer noch nichts gesagt hatte.

Der Ausdruck in ihren Augen verriet ihm, dass sie noch nicht mit ihm fertig war, und Hagen konnte es kaum erwarten, die lahme Ausrede zu hören, die sie sich gerade ausdachte. Er stemmte die Hände in die Hüften. »Also? Dein Grund?«

»Mein Grund ist, dass ich meine Zeit lieber nicht mit arroganten Mistkerlen verbringen möchte, die glauben, sie könnten mich herumkommandieren. Glaubst du das etwa? Dass deine Position dir das Recht gibt, Mädchen herumzukommandieren? Glaubst du auch, dass Männer besser sind als Frauen? Denn du wirst mir niemals sagen, was ich zu tun habe.«

Hagen warf Simone und Artan einen Blick zu und merkte, dass er etwas zu ungestüm gewesen war. »Entschuldige, Mädchen. Ich hab kein Recht, dir etwas vorzuschreiben. Das war nicht meine Absicht. Ich war ein wenig vorschnell mit meinen Worten. Mach, was du willst.« Verdammt, es hätte nicht schlimmer laufen können. Jetzt musste er eine Möglichkeit finden, seine Grobheit wiedergutzumachen. Irgendwie wusste er, dass sie es ihm nicht leicht machen würde.

Die Wut in Brynjas Blick brodelte, bis der Ausdruck darin so kalt war wie nie zuvor.

»Ignoriere ihn. Wie können wir helfen?«, meinte Jowell

Brynja drehte Hagen den Rücken zu und sprach direkt zu Jowell. »Da du und deine Freunde hier seid, darf ich euch eine Frage stellen?«

Hildi kam zu ihr, stellte sich neben sie und verschränkte die Arme. Hildi war einen halben Kopf kleiner als Brynja und hatte dunkleres Haar, aber er musste Jowell zustimmen. Auch sie war eine große Schönheit.

»Klar«, meinte Paden. »Wir helfen, wo wir nur können.«

»Patrouilliert ihr auf Mull?«

»Die ganze Zeit.« Jowell trat vor, und in seinen Augen blitzte Interesse auf. Jowell war schon immer etwas intensiver gewesen.

»Habt ihr irgendwelche unerwünschten Fremden gesehen?«, fragte Brynja und verschränkte die Arme. »Neue?«

Hagen sah Artan verwirrt an. »Nein, haben wir nicht. Artan? Simone? Sucht ihr nach jemandem Bestimmtes? Clyde ist tot. Er war der Mann, der wegen Sheona gekommen ist, nicht wahr?«

»Clyde ist tot«, bestätigte Simone. »Und Roger wird niemanden mehr belästigen. Soweit ich weiß, sitzt er im Kerker und ist in Ketten gelegt.

Wir haben niemanden auf Mull gesehen, aber wir alle haben ein Boot bemerkt, das seit kurzem um Iona kreist. Und wir wissen nicht, wer das ist. Das Boot kommt nicht nahe genug heran, um die Männer darin zu identifizieren. Sie sind ziemlich vorsichtig. Niemand sonst kommt so oft in die Nähe von Iona.«

»Habt ihr eine Ahnung, woher diese Männer kommen?«, fragte Jowell und strich sich seine kastanienbraunen Locken aus dem Gesicht. »Wohin fahren sie, wenn sie sich wieder von der Insel abwenden?«

»Das wissen wir leider nicht«, erklärte Artan. »Sie könnten von Coll oder Tiree kommen. Von Ulva. Vom Festland. Thane und seine Männer halten ebenfalls Ausschau.«

Thane MacQuarie war der Laird des MacQuarie Clans, der im Nordwesten von Mull ansässig war.

»Hast du eine Ahnung, wer das sein könnte?«, fragte Hagen und stemmte die Hände in die Hüften. In ihm stieg eine gewisse Wut auf – und er hatte plötzlich eine Ahnung, was sie sagen würden.

Brynja wartete, bis alle anderen antworteten, dass sie diese Halunken in dem Boot nicht kennen. Dann meinte sie mit einer Überzeugung, die nicht unbemerkt blieb: »Es ist der andere.«

»Welcher?«, fragte Paden.

Hagen fuhr sich mit der Hand über das Gesicht. Er wusste genau, was sie meinte, aber er musste in diesem Moment den Drang unterdrücken, wie ein Wilder zu brüllen.

Simone nickte und verschränkte die Arme.

»Der andere, der hinter Sheona her war. Niemand weiß, wer er war. Du hast wahrscheinlich recht, Brynja.«

Hildi senkte den Kopf. »Ich habe Angst vor ihm.«

Jowell ging zwei Schritte auf Hildi zu, was Hagen offenbar ein Hinweis war.

»Er macht mir keine Angst.« Brynja warf Hildi einen Blick zu. »Ich habe ihn schon mal gesehen. Ich habe ihm meinen Dolch ins Oberschenkel gerammt. Ihr könnt euch also alle denken, was er will. Oder sollte ich sagen, wen?«

»Rache«, flüsterte Hagen. »Er ist hinter dir her, Brynja.«

»Ich kann diese Vermutung nicht ausschließen, Grant«, meldete sich Artan zu Wort.

Hagen wusste, hinter wem er her sein würde. Hinter einem hässlichen Hundesohn mit einer Wunde am Bein.

Der Tölpel würde noch ein paar weitere Verletzungen davontragen.

KAPITEL DREI

Dugan

SHOLTO LANDRUM GING auf das kleine Häuschen auf Tiree zu. Er hatte die Hoffnung, seinen Cousin darin vorzufinden. Der Mann war auf dem Festland gewesen, um Geschäfte zu machen, die ihm nicht gefielen. Oh, er wusste alles über Kelvan und Glenna von Buchan, und auch über die Art ihrer Geschäfte wie dem Kinderhandel. Dafür hatten dann beide sterben müssen.

Warum sein dummer Cousin die gleichen Geschäfte machen wollte, wusste er nicht, aber er war mitgekommen, denn er hatte gehört, dass Kelvans Geschäftszweig für jeden offenstand, der mutig genug war, es zu übernehmen. Dugan hatte die Gelegenheit sofort ergriffen, aber sein Cousin war in manchen Dingen schon immer ein Blinder gewesen.

Also übernahm Dugan das Geschäft auf Tiree und machte sich auf die Suche nach weiteren Kindern, die er verhökern konnte.

Aber dann war da noch sein Kumpel Clyde. Er spielte eine wichtige Rolle dabei. Sholto kannte

Clyde schon seit vielen Jahren. Er machte es sich sogar zur Aufgabe, gelegentlich von Morvern nach Mull zu kommen, um Clyde zu besuchen. Als dieser ihm also versprach, ihm eine hübsche Frau zu besorgen, begleitete er ihn bereitwillig, obwohl das bedeutete, dass sie nach Iona rudern mussten.

Er hatte keine Ahnung, dass dort so ein Luder mit einem Dolch auf sie wartete. Sie hatte eine seltsame Haartracht und einen Blick in den Augen, der ihn fast zur Umkehr veranlasst hätte. Clyde hatte aber darauf bestanden, das sie sich weiter vorwagten. Der Tölpel hatte gedacht, sie könnten dieses Luder überwältigen, und dann hätten sie zwei Frauen, die sie fesseln und mit denen sie spielen könnten.

Aber dieses Miststück hatte sie beide mit einem Dolch attackiert und ihm um ein Haar den wertvollsten Teil seines Körpers amputiert. Zum Glück hatte sie ihr Ziel verfehlt, aber er hatte tagelang mit Fieber auf seinem Lager darniedergelegen. In Wahrheit tat es noch immer weh, obwohl die Wunde verheilt war.

Es dauerte zehn Tage, bis sein Schwanz endlich wieder hart wurde. Das hatte ihm mehr Angst als alles andere gemacht. Diese merkwürdige Hure würde dafür bezahlen. Dafür würde er sorgen.

Sholto hatte geplant, auf der Rückseite der Insel an Land zu gehen und zum Nonnenkloster zu laufen, wo dieses Weibsstück wohnte. Er hatte Geduld und diesen Abschnitt der Insel genau studiert, weil dort nie jemand war. Um ein Haar hätte sie ihn um seine geliebte Lanze gebracht, die sie ihm abnehmen wollte, und wenn sie damit Erfolg gehabt hätte, was wäre dann aus ihm geworden? Sie musste für ihre Tat bezahlen.

Er ging in die Hütte und war nicht überrascht, seinen Cousin Dugan dort zu sehen. Er hatte einen derart wütenden Ausdruck Gesicht, wie er ihn noch nie gesehen hatte. »Was ist los?«, fragte er Dugan.

»Warum zum Teufel hast du mir nichts gesagt?«

»Was gesagt?«

Dugan stand auf und schleuderte seinen Hocker auf den Lehmboden. Dann lief er im Häuschen auf und ab, fluchte und schlug auf alles ein, was er erreichen konnte. »Warum hast du mir nichts gesagt?«

»Ich weiß nicht, was du meinst.« Dugan war jünger, größer und muskulöser als er. Das war schon immer so gewesen, aber noch schlimmer war sein Temperament, das ohne Vorwarnung ausbrach. Er erinnerte ihn oft an ein Kleinkind, das an einem heißen Tag nach der Brust seiner Mutter suchte.

Dugan blieb direkt vor ihm stehen, beugte sich vor und starrte ihm direkt in die Augen. »Warum hast du mir nicht gesagt, dass vier oder fünf Enkel von Alexander Grant auf Mull sind? Und einer seiner Söhne! Hier! Genau hier! Sie sind weit entfernt von den tausend Kriegern, aus denen ihre Streitmacht zu diesem Zeitpunkt bestehen müsste. Weit weg von den Ramsays, den Camerons und all ihren anderen verdammten Verbündeten.«

Sholto war völlig verwirrt. Er setzte sich an

den Tisch und wählte seine Worte sorgfältig. »Ich wusste es nicht. Warum interessierst du dich für die Grants?«

Dugan ballte die Faust und schlug sie auf den Tisch, sodass er zusammenzuckte. »Warum sie mich interessieren? Weil Alexander Grant derjenige ist, der meinen Großvater getötet hat! Deshalb!«

»Das hat er getan? Das wusste ich nicht. Ich wusste nur, dass er in einem Schwertkampf gestorben ist.«

»Alex Grant ist der Grund, warum mein Vater keine Geschwister hatte. Er hat meinen Großvater getötet, bevor er heiraten und Kinder bekommen konnte.« Dugan setzte sich und ballte immer wieder seine Faust.

»Aber ...« Sholto neigte den Kopf und wollte sagen, dass er hier war ...

»Mein Großvater hat die Dienstmagd geschwängert, meine Mutter. Er hat nie geheiratet. Eigentlich hatte er eine englische Frau heiraten sollen.«

»Ich verstehe immer noch nicht.« Sholto schob seinen Hocker vom Tisch weg, bis dieser außerhalb der Reichweite der Faust vor ihm war.

Dugan sprang auf und begann auf und ab zu gehen, während er vor sich hin murmelte. Sholto versuchte, seine Worte zu verstehen, traute sich aber nicht, auch nur einen Mucks zu machen. Vielleicht wäre dies ein guter Zeitpunkt, sich aus dem Häuschen zu schleichen.

»Ich hätte der Laird eines Castles sein können. Vielleicht finde ich seine Tochter oder nehme seine Enkelin. Oder nein, das würde mir überhaupt nicht helfen. Ich muss seine Söhne verfolgen. Nein. Seine Enkel. Oder beides. Söhne und Enkel. Ich werde sie herauslocken und sie alle umbringen.«

Sholto hielt den Mund.

»Wie viele Wachen befinden sich derzeit auf Duart Castle?« Er kratzte sich an den wenigen dünnen Haaren, die ihm noch auf dem Kopf geblieben waren.

»Ich weiß es nicht.«

»Dann finde es heraus! Ich muss es bis morgen wissen. Ich mache mich daran. Ich muss die Information morgen haben, bevor sie aufbrechen. Oder bevor sie weitere Wachen über das Wasser schippern. Bevor ich diese Gelegenheit verpasse. Bevor ein anderer mir zuvorkommt.«

Sholto sagte nichts, sondern behielt den Mann im Auge, der sich in einem ständigen Wutanfall befand. »Wie war noch mal der Name deines Vaters?«

»Mein Großvater sollte eigentlich eine MacDonald-Schlampe heiraten, die Frau von Alex. Stattdessen hat er meinen Urgroßvater vor den Augen der Menge beim Grant Castle umgebracht. Er hat meinen Clan blamiert, weil mein Urgroßvater durch das Schwert von Alex Grant gestorben ist.«

»Verdammt, das wusste ich nicht. Tut mir leid, Dugan.«

»Weißt du, was das bedeutet?«

Sholto schüttelte den Kopf, da er fürchtete, etwas Falsches zu sagen.

Dugan packte ihn am Kragen und zog ihn zu sich heran. »Es bedeutet, dass Alex Grants Sohn und sein Enkel durch mein Schwert sterben müssen. Ich muss seinen Tod rächen.«

»Was soll ich unternehmen?«

Dugan schleuderte ihn auf den Hocker zurück. »Woher weißt du, dass sie kommen werden?«

»Weil sie einfach so sind. Diese Leute können nicht anders und sie müssen einfach jedem helfen. Wenn wir also dieses Mädchen und die andere mit ihr entführen, wird das Paar, das auf Iona lebt, Wind davon bekommen und sie werden kommen, um sie zu holen.«

»Woher sollen sie wissen, wo wir sie verstecken?«

»Das lassen wir durchsickern.«

»Und dann?«

»Wenn die Grants nach Tiree kommen, werde ich sie allesamt umbringen.«

»Du wirst Hilfe brauchen.«

»Ich werde Hilfe haben. Ich habe genügend Geld, um weitere Söldner anzuheuern, die nichts als Böses und Tod im Sinn haben. Ich habe bereits fünfzig Mann gekauft. Ich brauche nur noch dreißig weitere. Ich werde meines Großvaters Ehre wiederherstellen. Ich habe bereits Kelvans Posten übernommen, einen Teil seines Geldes gefunden. Das macht mich noch glücklicher.« Dugan klatschte in die Hände und lächelte. »Endlich bekomme ich die Chance, die ich mir immer gewünscht habe.«

»Was denn?«

»Ich werde endlich den Tod meines Großvaters Niles rächen.«

KAPITEL VIER

Brynja

———❦———

BRYNJA NICKTE HILDI zu, um ihr zu signalisieren, dass es Zeit war, ins Kloster zurückzukehren. Sie wollte nicht länger dort bleiben, wo dieser arrogante blondhaarige Grant war, wie auch immer er hieß. Jowell? Paden? Hagen? Sie wusste nicht, welcher von ihnen es war, und das allein brachte sie schon in Harnisch.

Denn sie war stolz auf ihr gutes Gedächtnis – sie merkte sich jeden Namen, jedes Gesicht, jede Waffe.

Aber jedes Mal, wenn sie ihn sah, passierte etwas in ihrem Inneren. Es war eine Reaktion, die sie nicht verstand, und die sie nicht erklären konnte. Sie konnte niemanden fragen, weil die Reaktion so unklar war.

Aber dieser Grant Krieger verunsicherte sie und ärgerte sie zugleich. Er hatte versucht, ihnen allen zu befehlen, an einem Fest teilzunehmen, als gäbe es in ihrem Leben oder dem von Hildi etwas zu feiern. Wenigstens hatte er sich für seine Grobheit entschuldigt.

Er musste derjenige namens Hagen sein, denn

als sie sich zum ersten Mal in der Nähe des Nonnenklosters begegnet waren, hatte er ihr erzählt, dass seine Mutter Norwegerin war. Hagen war ein nordischer Name, aber nicht Paden oder Jowell, also musste er der Norweger sein.

»Brynja!«

Sie fluchte innerlich, doch dann blieb sie stehen und drehte sich zu ihm um. »Was willst du?«

»Erzähl mir mehr über diesen Typen. Warum glaubst du, dass er dir folgt? Und wie nah kommt er dir?«

Hagens goldenes Haar fiel weit über seine Schultern. Es war weder glatt noch lockig, sondern irgendwo dazwischen. Seine blauen Augen hatten die Fähigkeit, tief in ihr Innerstes vorzudringen und dort Verwirrung zu stiften. Aber seltsamerweise geschah dies keineswegs auf eine schmerzhafte Weise. »Ich weiß, wer er ist, weil ich ihn spüren kann. Ich kann seine Wut und seinen Hass auf mich fühlen, weil ich ihn verletzt habe.«

»Und mit wem ist er zusammen?« Hagen nahm eine Haltung ein, die sie von den Schuften kannte, die ihre Mutter getötet hatten. Er stand breitbeinig, aber stark vor ihr. Er hatte wohl kraftvolle Beine, wenn sie wetten müsste. Dann stemmte er die Hände in die Hüften, und dies war ein Bild, das sie so schnell nicht vergessen würde.

»Das weiß ich nicht.«

Er machte zwei Schritte auf sie zu. »Lass mich dir helfen.«

»Ich brauche deine Hilfe nicht, Grant. Ich kann auf mich selbst aufpassen.« Sie umklammerte ihren Speer noch fester und fixierte seinen Blick, um zu beweisen, dass sie tatsächlich stark war. Sie würde sich niemals von einem Mann wie ihm einschüchtern lassen.

Eines Tages würde sie es ihnen allen zeigen.

»Kannst du das? Bist du deshalb im Kloster?«

Jowell pfiff hinter ihm und näherte sich Hildi, die sich von ihrer Freundin entfernt hatte.

Paden lachte und rannte in die entgegengesetzte Richtung. »Du solltest dich besser von diesem Speer fernhalten, Cousin. Ich gehe wieder zurück, um mit Simone und Artan zu sprechen.«

Sie warf ihren Speer in die Luft und fing ihn wieder auf, nur um sich davon abzuhalten, ihn zu ohrfeigen, wobei sie den Kiefer zusammenpresste. Er hatte keine Ahnung, warum sie im Kloster war oder was sie in ihrer Vergangenheit erlebt hatte. Er war in einem Castle aufgewachsen, in ein anderes Castle gezogen und ritt wahrscheinlich die besten Pferde. Was wusste er schon darüber, wie Frauen behandelt wurden? Für ihn trugen Mädchen hübsche Kleider und hatten einen Fächer dabei, um sich frische Luft zuzufächeln, wenn sie raten sollte. Die Frauen seines Clans saßen wahrscheinlich den ganzen Tag am Kamin und machten Handarbeiten, ohne den Bergfried jemals zu verlassen.

Sie war lieber draußen. »Ich geh dich nichts an. Lass mich in Ruhe.«

»Ich habe dich gerade zu meiner Angelegenheit gemacht.«

»Du bist so überheblich. Hat dir denn niemand Manieren beigebracht?«

Er verbarg ein kleines Grinsen. »Ich weiß, wie man mit einem Mädchen umgeht.«

»Ach ja? Davon merke ich nichts.« Plötzlich wurde ihr klar, dass er ihr zu nahe kam, so nahe, dass sie seine Körperwärme spüren konnte. Er war warm, zu warm.

»Ich will dir helfen. Das ist alles. Nicht mehr und nicht weniger.«

»Und ich sage dir, lass es sein. Geh zurück nach Duart Castle und spiel dort deine Spielchen.« Sie kniff die Augen zusammen. Das war eine Taktik, die sie sich angeeignet hatte, um ihre Tränen zurückzuhalten. »Rudere mit deinem großen Boot zurück, reite auf deinem edlen Hengst zu deinem riesigen Castle und lass mich tun, was ich tun muss. Ich bin sicher, dass du Wichtigeres zu tun hast.«

Er machte noch zwei Schritte auf sie zu. Wenn er die Hand ausstreckte, könnte er ihre Wange berühren.

Das würde er nicht wagen.

»Ich spiele keine Spielchen, Bryn.«

»Ich heiße Brynja.«

»Brynja, ich biete dir meine Hilfe an. Wir nehmen dieses Boot und schauen, ob wir die beiden Männer finden können, die um die Insel gekreist sind.«

»Die sind weg. Du kommst zu spät. Sie umkreisen die Insel früh am Morgen und kurz nach Einbruch der Dunkelheit.«

»Dann komme ich wieder.«

»Mach dir keine Mühe. Ich kümmere mich um ihn. Das nächste Mal stecke ich ihm meinen Dolch ins Herz.« Sie sagte ihm nicht, dass sie wusste, dass ihr kleiner Dolch den bösen Narr nicht aufhalten, sondern seinen Angriff nur verlangsamen würde. Sie müsste näher herankommen, um ihren Speer dort zu platzieren, wo sie ihn haben wollte, und sie hatte keine Übung darin, auf bewegliche Ziele zu schießen. Sie konnte ein Schwert nicht gut genug führen, um Schaden anzurichten, weshalb sie mit Simone trainierte, um das Bogenschießen zu lernen. Das würde Zeit brauchen.

Hildi nickte und machte zwei Schritte nach vorne. »Sie kann das.«

»Ich bin sicher, dass sie es kann. Aber was ist mit seinem Kumpel? Oder was ist, wenn er zwei Freunde mitbringt? Ist Hildi darauf vorbereitet, dir zu helfen?« Er beugte sich vor.

Er war ihr nun noch näher, aber sie weigerte sich, zurückzuweichen.

»Ich werde die beiden töten.« Das Mädchen stand wie ein Fels in der Brandung und reagierte nicht auf seine Worte. »Hildi muss nicht trainieren. Ich komme mit ihnen klar.«

»Du hast keine Hilfe im Kloster. Klar, Simone und Artan würden dir helfen, wenn du hier wärst, aber du bist im Kloster. Ich bin hier, um dir zu sagen, dass dieser Schuft abwarten und dich im Kloster angreifen wird, und wenn er zuvor von dieser Seite der Insel gekommen ist, wird er dich als Nächstes von hinten angreifen. Warum kommst du nicht zum Duart Castle, bis wir herausgefunden haben, wer dieser Mistkerl ist? Meine Mutter würde sich sehr freuen, zwei nordische Frauen kennenzulernen. Ihr wärt im Grantham Clan immer willkommen.«

Hildi kicherte: »Ich bin keine Frau. Ich bin erst sechzehn. Sie ist achtzehn. Und wir dürfen nicht weggehen. Niemals.«

Hagen lächelte. »Ich werde mit der Äbtissin sprechen und ihr sagen, dass ihr in Gefahr sein könntet. Ich glaube, sie würde einer Reise zustimmen. Verbringt eine Woche bei uns. Ihr werdet sehen, dass das Leben besser sein kann.«

»Besser?«

»Besser als in einem Kloster. Du gehörst nicht in ein Kloster.«

»Und wo gehöre ich hin?«

Ihr Blick traf seinen, und der Schmerz und die Wut darin waren so deutlich, dass er mehr über ihre Vergangenheit erfahren musste. »Du gehörst zu mir.«

»Genau das habe ich von einem verwöhnten, arroganten Narren wie dir erwartet. Ich gehöre niemandem außer mir selbst.« Sie drehte sich um und eilte zurück in ihre Kammer im Kloster. Sie wollte keine weitere Zeit mit diesem überheblichen Mann verbringen.

»Warte bitte.« Hagen folgte ihr und berührte sie an der Schulter, wobei er darauf achtete, sie nicht zu packen.

»Aua!« Als er ihre Haut berührte, sprang ein Funke aus seiner Hand. »Was zum Teufel war das?«, fragte sie und wirbelte herum, um ihn anzusehen. »Was hast du gemacht?«

»Nichts.« Er rieb sich die Finger, während er

zu begreifen versuchte, was er gerade erlebt hatte. »Ich habe dich nur berührt. Ich weiß nicht, was du meinst.«

»Lügner.« Sie stapfte davon, wartete aber, bis sie weit genug entfernt war, bevor sie sich den Schweiß zwischen ihren Brüsten abwischte. Als er sie berührt hatte, war etwas passiert, ein Funke, ein Feuerblitz, etwas Starkes war zwischen ihnen übergesprungen.

Etwas, das noch nie zuvor passiert war, und es hatte ihr gar nicht gefallen.

KAPITEL FÜNF

Magni

M AGNIS MUTTER GING zu ihm an den
Strand, wo er mit seinem Bruder spielte.
Tenney stand auf und zeigte aufs Wasser. »Boot
... großes Boot ...«

»Ja, das ist ein Boot, Tenney«, bestätigte Magni.
»Siehst du, wie schlau er ist, Mama?«

»Ja, er ist ein kluger Junge, Magni, genau wie
du.«

»Bin ich das?«

»Natürlich bist du das. Wie sonst könnte
Tenney so viele Wörter lernen? Schließlich bist
du derjenige, der ihm alles beibringt.« Seine
Mutter lächelte und faltete die Hände in ihrem
Schoß, während sie auf einem Baumstamm in
der Nähe saß.

»Was stimmt nicht, Mama?« Seine Mutter kam
nie zum Strand. Sie verbrachte ihre Zeit damit,
ihr Häuschen zu putzen oder den Eintopf für
das Abendessen zu kochen. Manchmal half sie
Beatris bei der Betreuung der anderen kleinen
Kinder. Sein Vater ging normalerweise mit Artan
Holz hacken, damit sie sich im Winter warm

halten konnten. Manchmal nahm er Magni auch zum Fischen mit. Er mochte das Fischen. »Soll ich mit Papa zum Fischen gehen?«

»Nein, ich möchte mit dir reden, mein Junge.«

»Worüber?« Er drehte sich zu ihr um, weil er befürchtete, dass sie ihm wieder diese schwierigen Fragen stellen würde. Wo war seine Schwester? Lia verschwand immer, wenn er sie brauchte.

»Über dich. Du hast eine schreckliche Zeit hinter dir, und ich hatte gehofft, du würdest darüber hinwegkommen. Ich wusste, dass es eine Weile dauern würde, aber du scheinst immer noch besorgt zu sein, Junge.«

»Nein, mir geht es gut.«

»Ich glaube nicht, dass es dir gut geht, mein Sohn.« Sie hatte die Hände noch immer ordentlich gefaltet und saß ganz still auf dem Baumstamm.

»Doch, es geht mir gut!« Er wollte nicht schreien, aber er wollte auch nicht über dumme Dinge wie Gefühle reden. Es ging ihm gut, denn jetzt war er hier auf der Insel, wo die Abtei und die Mönche und Nonnen ihn beschützten. Gott würde sicher nicht zulassen, dass ihn jemand von dieser Insel wegbrachte. Irgendwann hatte ihm einmal jemand gesagt, dass selbst die Schurken niemals einer Nonne oder einem Priester etwas antun würden.

»Warum willst du dann nicht zum Weihnachtsfest gehen? Ich dachte, die Kinder wären alle deine Freunde. Sylvi und Tora und Sandor und Alana. Vermisst du Alana nicht? Sie vermisst dich bestimmt.«

Er runzelte die Stirn, weil er nicht zugeben wollte, wie schrecklich er seine Freunde vermisste. Deswegen würde er aber bestimmt nicht weinen. Nur kleine Kinder weinten. Tenney weinte kaum noch, und das passierte ihm nur noch, wenn er hinfiel und sich wehtat. »Mir gefällt es hier.«

Ein Boot näherte sich und zog ihre Aufmerksamkeit auf sich. Er schaute über das Meer, um sicherzugehen, dass niemand Böses darin saß. »Wer ist das, Mama?«

»Deine Augen sind besser als meine, Magni. Wie sieht er aus?«

»Ich glaube, es ist Thane. Ich bin so aufgeregt! Ich wünschte, er käme öfter.« Puh! Er war diesem Gespräch mit seiner Mutter entkommen. Er wollte nicht darüber reden. Er wollte hier auf der Insel bleiben, wo er am sichersten war, und damit basta. »Thane! Hier drüben! Mama«, er drehte sich um und winkte seiner Mutter zu. »Pass auf Tenney auf, ich helfe Thane.« Er rannte zu seinem lieben Freund und klatschte in die Hände, als er Mora neben ihm sah. »Hallo Mora. Schön, dass du gekommen bist.«

»Hallo, Magni. Ich sehe, dein Bruder ist da drüben. Und deine Mama auch. Bist du immer noch glücklich hier? Ich vermisse dich so sehr. Vermisst du uns nicht auch? Und du solltest Tamsins Bauch sehen. Glaubst du, sie bekommt einen Jungen oder ein Mädchen? Ich hoffe auf ein Mädchen. Wir brauchen mehr Mädchen in unserem Castle.«

Thane legte einen Arm um seine Schwester

und sagte: »Hey Magni. Kannst du mir bitte das Seil reichen?«

Magni griff danach und reichte es Thane, der das Boot damit festband.

»Warum bist du hier, Thane?«

»Weil wir dich vermissen, Magni«, meinte Thane, der aus dem Boot stieg und die Arme ausbreitete. Magni sprang ihm mit einem Freudenschrei in die Arme.

»Ich vermisse dich auch. Papa ist beschäftigt. Komm mit zu Mama, und ich glaube, Simone ist auch da.« Er rannte über die Wiese zurück, denn er wollte Thane nicht ansehen. Er vermisste ihn zu sehr. Und Mora auch. Und Brian. Und ihre Eltern und Alana und Tamsin. Wenn nur …

»Komm, Mama«, er packte ihre Hand und zog sie zum Strand, obwohl sie sich nicht so schnell bewegte.

»Magni, mein Rücken macht mir ein bisschen zu schaffen. Sie kommen in diese Richtung.« Seine Mutter setzte zu dieser Geste an, die sie immer machte, indem sie beide Hände auf den Rücken legte und sich nach hinten beugte.

Simone kam als Nächste. »Hallo, MacQuaries. Schön, euch zu sehen. Seid ihr auf den Winter vorbereitet?«

»Ja. Wir haben etwas mehr Gemüse für die Kleinen mitgebracht. Und Mora hat ein paar Obstkuchen für einen ganz besonderen Menschen dabei.«

»Für mich! Für mich! Bitte! Die gibt es hier sonst nirgendwo.« Obwohl er Beatris gebeten hatte, die Köchin Obstkuchen backen zu lassen, hatte sie noch keine gemacht, sondern ihm nur Bratäpfel angeboten.

Als sie zu dem Tisch in dem kleinen Häuschen gefunden hatten, setzten sie sich, und Mora holte einen Obstkuchen aus ihrem Sack, den sie vor Magni hinstellte. Er seufzte tief und schnupperte an der köstlichen Leckerei. »Apfel. Ich liebe das«, flüsterte er. »Darf ich?«

Seine Mutter meinte: »Solltest du sie nicht teilen, Magni?«

Er runzelte die Stirn, weil er daran gar nicht gedacht hatte. Dann meinte aber: »Die haben Obstkuchen, und wir nicht.« Tenney kam hinter ihm herein und streckte die Hand nach etwas zu essen aus. »Tenney. Ich teile mit Tenney.« Sein Bruder aß noch nicht so viel. Er konnte ihm einen kleinen Bissen abgeben, aber nur einen kleinen.

Sie setzten sich, während Simone und Magnis Mutter für alle etwas zu trinken holte. Es gab Brühe und Met. »Warum bist du hier, Thane?«

Mora sah ihren Bruder an, der ihr zunickte, dann sagte sie: »Wir möchten dich und Tenney und deine Eltern einladen, Magni. Wir möchten, dass ihr bei uns wohnt.«

Magni hätte fast seine Obsttorte ausgespuckt, aber er konnte diesen Leckerbissen nicht vergeuden, und deshalb schluckte er alles hinunter, bis er fast würgte. »Nein, das können wir nicht!«, rief er dann.

»Warum nicht?«, fragte Mora.

Magni stellte die Obsttorte ab und sagte: »Weil

Mama hierbleiben will.« Das sollte die anderen überzeugen.

Seine Mutter warf ihm diesen Blick zu, der ihm sagte, dass sie ihn durchschaut hatte. »Ich würde gerne zum MacQuarie Castle gehen und dort bleiben. Zumindest für den Winter, Magni. Der Boden ist im Winter kalt.«

Thane sagte: »Magni, ihr seid zu zehnt in diesem kleinen Häuschen und vor dem Winter könnt ihr kein neues mehr bauen. Im nächsten Frühjahr können wir alle beim Bau eines neuen Häuschens helfen, aber bis dahin werdet ihr den ganzen Winter über in diesem winzigen Haus leben müssen. Warum wohnt ihr nicht eine Weile bei uns? Wir haben mehrere große Feuerstellen und eine gute Köchin. Du und Tenney könnt eine eigene Kammer haben und ihr müsst nicht auf dem Boden schlafen.«

»Es macht mir nichts aus, auf dem Boden zu schlafen. Nein. Ich gehe nicht.« Er stürmte hinaus, schlug die Tür hinter sich zu und die Tränen liefen ihm über das Gesicht. Er wollte nicht, dass der große Laird ihn weinen sah. Er war kein Baby, aber manchmal hatte er eben Angst. Als er hörte, wie die Tür geschlossen wurde, wischte er sich die Tränen weg.

Thane rief: »Magni, warte bitte auf mich.«

Das tat er, aber er wollte den großen Laird nicht ansehen. Manchmal tat ihm der Nacken weh wenn er zu jemandem aufschaute, der so groß wie Thane war. Und Connor Grant war noch schlimmer.

Thane kam hinter ihm her und führte ihn

zu einem Felsbrocken. »Setz dich bitte einen Moment zu mir.«

»Einverstanden.« Er setzte sich mit finsterer Miene hin. Magni wusste, dass er versuchen würde, ihn zu überreden, in sein Castle zu ziehen, aber er wollte nicht gehen. Er würde wieder entführt werden.

Als sie beide saßen, meinte Thane: »Tamsin vermisst dich sehr, und auch Alana.«

»Warum ist sie dann nicht mitgekommen?«

»Weil ihr Bauch zu groß wird. Sie hatte Angst, das Boot zum Kentern zu bringen.«

Magni lachte laut auf und schlug sich bei diesem Gedanken auf die Knie. »Würde sie das wirklich?« Er wollte darüber lachen, aber dann würde er sich schlecht fühlen.

»Nein. Glaubst du, ich würde Tamsin kentern lassen?«

»Nein, denn du bist ein ehrenhafter Highlander. Das weiß ich. Ich kann nicht zu deinem Castle zurückkommen. Mama lässt mich nicht.« Mama war nicht da, um diese Lüge zu hören, also dachte er, es könnte einen Versuch wert sein.

»Ich glaube, deine Eltern würden es vielleicht in Betracht ziehen. Deine Mutter sieht aus, als ob sie ein Rückenleiden hat und ich kann mir auch denken, warum. Du auch?«

Magni kannte den Grund. Es lang an der kleinen Pritsche, auf der sie schlafen musste. Und Papa schlief bei ihr. Magni und Tenney schliefen auf dem Boden, und Tenney beschwerte sich ständig, dass es zu kalt sei, also wärmte Magni ihn immer, bis er eingeschlafen war. Aber er wollte nicht von hier fortgehen. Und manchmal kletterten sie beide zu Mama ins Bett. Es war sehr eng.

»Ich bin mir nicht sicher«, log er erneut und plötzlich hatte er Schuldgefühle, weil er so viele Lügen erzählte.

»Ich glaube, sie würde sich in dem großen Bett in der Kammer, in der jetzt niemand schläft, wohler fühlen. Und du könntest in derselben Kammer wie Alana oder bei deinen Eltern schlafen. Ich würde Sorge dafür tragen, dass du dein eigenes Bett hättest, Magni.«

»Wirklich?« Noch nie hatte er ein eigenes Bett gehabt. Immer schon hatte er mit jemand anderem geschlafen – Rowan oder Sandor oder …

»Ja, das würde ich. Wenn du dich entscheidest, nicht zu kommen, hoffe ich, dass du wenigstens zu Weihnachten auf Besuch kommst, Magni. Vielleicht gibt es ja besondere Leckereien während der Feiertage.«

Seine Augen wurden groß. »Was für besondere Leckereien?«

»Ich weiß es noch nicht genau. Du musst kommen und dich selbst davon überzeugen.«

Er stand vom Baumstamm auf und sah Thane an. »Nein, wir können nicht kommen«, meinte er dann.

Und er rannte in Richtung Kloster davon.

KAPITEL SECHS

Hagen

DREI TAGE SPÄTER lief Hagen nach dem Frühstück in der großen Halle von Duart Castle auf und ab. »Warum, Mama? Warum sollte das Mädchen so dumm sein, meine Hilfe nicht zu wollen? Du bist Norwegerin. Sind die anders?«

»Hagen, ich weiß nicht, ob du dir dessen bewusst bist«, sagte seine Mutter Sela Grant mit der ihr eigenen Geduld, die sie oft an den Tag legte. »Aber du bist auch Norweger.«

»Ich weiß, aber du weißt, was ich meine.« Er hatte versucht, eine Möglichkeit zu finden, das Mädchen davon zu überzeugen, nach Duart Castle zu kommen, aber nachdem sie wütend davongestürmt war und ihn als verwöhnt bezeichnet hatte, war er gezwungen gewesen, seinen Drang zu unterdrücken, mit ihr zu streiten.

Tief in seinem Innersten wusste er jedoch, dass sie recht hatte. Er hatte ein viel leichteres Leben als sie gehabt, und er wollte das gerne für sie ändern, wenn er dürfte.

Sein Vater, Connor Grant – der jüngste Sohn von Alexander und Maddie Grant – kam die Treppe herunter und fragte: »Wer ist Norwegerin?«

»Hagen ist ... fasziniert von einem Mädchen im Nonnenkloster, das nordische Wurzeln hat. Sie lehnt seine Hilfe ab«, gab seine Mutter zur Antwort.

Sein Vater zog eine Augenbraue in die Höhe, bevor er sich an den Kamin setzte. Er bat eine der Dienstmägde um eine Schale Porridge. »Du interessierst dich für eine Nonne, Hagen? Wirklich?«

»Nein, sie ist keine Nonne.« Er warf seinem Vater einen spöttischen Blick zu.

»Noch nicht. Aber vielleicht will sie eine werden, wenn sie im Kloster ist«, meinte seine Mutter.

»Erzähl mir bitte mehr«, bat sein Vater und sah Hagen nun direkt an.

Hagen setzte sich und erklärte: »Sie ist keine Nonne, aber sie lebt im Kloster. Ich weiß nicht genau warum, aber ich vermute, dass sie und ihre Freundin Waisen sind. Es wird so sein wie bei Beatris und Geva, wo all die Waisen leben, aber sie ist älter. Erinnerst du dich, als Clyde und ein anderer versucht haben, Sheona Rankin anzugreifen?«

»Ja.«

»Diese junge Frau wusste, dass sie hinter ihr her waren, also hat sie beide Schurken mit einem Dolch attackiert. Dem einen hat sie ins Bein gestochen und Clyde in die Schulter. Das hat die beiden Gauner abgeschreckt. Da ist ein Boot, das jeden Tag um Iona kreist, und Brynja denkt, es ist der andere Schuft, der sich an ihr rächen will.«

»Brynja. Das ist ein schöner nordischer Name. Besonders für eine Frau, die gleich zwei Männer mit fast tödlicher Präzision treffen kann.« Sein Vater lehnte sich in seinem Stuhl zurück und grinste.

»Nun, im Ernst. Sag mir, was ich tun soll. Der Mann ist hinter ihr her. Simone hat das Boot auch bemerkt, und der Mann hat einen neuen Partner dabei. Sie kommen zweimal am Tag vorbei, fischen nicht, und Brynja glaubt, dass es dieser Mann sein könnte, der Rache nehmen will.«

»Was brauchst du also? Mehr Männer, um ihn zu verfolgen?«

Sela grinste und sagte leise: »Brynja lehnt seine Hilfe ab, Connor.«

Sein Vater grinste breit. »Eine Nordländerin, die die Hilfe eines Schotten mit guten Absichten ablehnt? Wo habe ich das schon mal gehört?« Er lehnte sich in seinem Stuhl zurück, balancierte auf zwei Beinen und lachte laut auf. Dann setzte er sich wieder hin, sah seine Frau an, beugte sich vor und küsste sie auf die Wange.

»Du weißt doch, dass er zum Teil Norweger ist, nicht nur Schotte.«

»Ja«, antwortete sein Vater. »Sela, du musst ihm antworten. Ich kann nicht erklären, warum Frauen so stur sein können. Warum sollte sie ihn ablehnen?«

Sela drehte eine Haarsträhne, die sich aus ihrem Zopf gelöst hatte. »Mir fallen da einige Gründe ein. Erstens könnte es ihr nicht gefallen, dich in der Nähe zu haben, aber da ihr euch gerade erst kennengelernt habt, bezweifle ich, dass das der Grund ist. Zweitens möchte sie dich nicht belästigen. Frauen fällt es immer schwer, um Hilfe zu bitten, und das insbesondere von Fremden. Drittens ist sie stur und glaubt, dass sie deine Hilfe gar nicht braucht. Das ist meine Vermutung. Wenn sie so gut mit einem Dolch umgehen kann, ist sie für ein junges Mädchen ziemlich versiert. Wie alt ist sie, Hagen?«

»Sie ist achtzehn. Ihre Freundin Hildi ist zwei Jahre jünger.«

»Ist Hildi ihre Schwester?«

»Ich glaube nicht. Brynja hat blonde Haare und Hildi hat dunkle Haare.«

Seine Mutter neigte den Kopf. »Denk mal darüber nach, blondhaariger Bruder von zwei dunkelhaarigen Geschwistern.«

Hagen verdrehte die Augen. »Stimmt, aber sie sehen sich nicht ähnlich.«

Seine Mutter schenkte seinem Vater ein schiefes Grinsen. Verdammt, die beiden hatten eine Sprache, die er nicht verstand.

Hagen stand wieder auf, um auf und ab zu gehen, und nahm sich einen Apfel aus einem Korb, um ihn zu verspeisen. »Sie ist diejenige, die einen Dolch benutzt und beide Männer getroffen hat, und sie kann auch mit einem Speer umgehen. Sie ist mit beiden Waffen gleichermaßen talentiert und jetzt probiert sie das Bogenschießen aus.«

Sein Vater fragte: »Einen Speer? Das ist beeindruckend.«

Seine Mutter meinte: »Das ist eine gängige Waffe für ein Mädchen im Land der Norweger.«

»Und sie kann das gut?«, fragte sein Vater, bevor er den ersten Schluck von der Brühe trank, die Murreal ihm gebracht hatte, und ihr dankbar zunickte.

Hagen sagte: »Ja, das kann sie. Sie hat mit einem Speer und einem Pfeil ein Ziel aus zwanzig Schritten Entfernung getroffen.«

Sein Vater starrte seine Mutter erneut an. »Du hast einen möglichen Grund ausgelassen, Frau.«

»Und welcher wäre das, mein Mann?«

Hagen beobachtete die beiden, wie sie diese seltsame Art der Kommunikation praktizierten, indem sie sich ansahen und nicht sprachen.

Der Blick seines Vaters war immer noch auf seine Mutter gerichtet, als er zu Hagen meinte: »Du verunsicherst sie.«

Hagen runzelte die Stirn und blickte von einem Elternteil zum anderen, während seine Mutter nun ein sanftes Lächeln auf den Lippen hatte. Zum Glück kam seine Schwester Dyna die Treppe herunter und unterbrach die drei. »Es ist das Letzte, Hagen. Sie mag dich.«

»Wirklich?« Meinte sein Vater das, als er sagte, er verunsichere sie? Warum sagte er das nicht einfach?

Dyna blieb auf ihrem Weg in die Küche kurz stehen. »Ja. Sie ist zu stur, um es zuzugeben, also lehnt sie dich einfach ab. Das passiert, wenn das Herz im Spiel ist. Es bringt dich dazu, törichte Dinge zu tun. Dinge, für die du keine Erklärung hast. Warum sonst hätte ich Derric ein Bein gestellt und meinen Stiefel auf seine Brust gesetzt, obwohl er der einzige Mann war, der mein Herz jemals höherschlagen ließ?«

»War das so, Sela?«, fragte sein Vater.

Seine Mutter, die seinen Vater immer noch fest ansah, flüsterte: »Du weißt genau, was es war, Connor Grant.«

Dyna ging in Richtung Küche. »Verschwinde jetzt, Hagen. Mach dich aus dem Staub. Wenn sie sich so aufführen, willst du nicht Zeuge des Schlimmsten werden.«

Hagen stand verwirrt auf und folgte seiner Schwester in die Küche. Als sie auf der anderen Seite der Tür waren, flüsterte er: »Was soll ich denn jetzt machen?«

Dyna füllte drei Schalen mit Haferbrei und nahm von der Serviermagd noch die Schüssel für den Vater entgegen, ehe sie wieder ging. »Hör nicht auf sie. Sei hartnäckig. Und benutze deinen Kopf. Das Mädchen kann nicht zwei Männer gleichzeitig mit einem Speer treffen und sie kann sie auch nicht beide mit Dolchen aufhalten. Sie braucht Hilfe von einem Freund. Das könntest genauso gut du sein. Magst du sie?«, fragte Dyna und zwinkerte ihm zu.

»Ich bin mir nicht sicher. Ich würde sie gerne besser kennenlernen, aber sie lebt nicht hier, also wie soll ich sie kennenlernen, wenn sie alles ablehnt, was ich ihr anbiete?«

»Ignoriere ihre Abwehr und geh trotzdem. Beobachte das Boot. Geh zu den MacQuaries und frag Thane, was er über sie sagt. Hat er irgendwelche seltsamen Boote gesehen? Frag

Artan, ob er glaubt, dass du eine Chance hast, wenn sie nicht da ist. Gib nicht auf, wenn sie dich ernstlich interessiert.«

Hagen drehte sich um und ging zur Tür hinaus. »Danke, Dyna.«

»Wohin gehst du?«

Er blieb an der Tür stehen und grinste. »Zu den MacQuaries. Ich bin hinter einer nordischen Frau her.«

»Gut. Ich würde sehr gerne lernen, wie man einen Speer wirft.«

Dann trat er in den Flur hinaus und war überrascht, dass seine Eltern verschwunden waren.

KAPITEL SIEBEN

Brynja

———❦———

SCHWESTER ADA SCHLENDERTE hinter Brynja die Küste entlang, die mit den Händen in den Hüften und dem Speer in der Nähe am Ufer auf und ab ging. »Bist du sicher, dass das Boot kommen wird?«

Brynja antwortete, ohne sich umzudrehen. Sie war auf das Meer konzentriert. »Natürlich. Er kommt immer am Morgen. Manchmal kommt er auch nachts, und an anderen Tagen kommt er gar nicht.«

Hildi kam auf sie zu gerannt. »Schwester Ada, warum bist du heute Morgen hier?«

Die Nonne seufzte. »Die Wahrheit ist, dass ich mir Sorgen um euch beide mache.«

Brynja blieb stehen und drehte sich zu der Frau um. »Du brauchst dir keine Sorgen um uns machen. Ich werde uns beide beschützen.«

»Aber ich sorge mich um deine Seele, Mädchen. Nicht etwa, dass du angegriffen wirst. Ich weiß, das ist deine größte Sorge, aber ich vertraue darauf, dass unser Herr uns beschützt, und das

in Verbindung mit deiner eigenen Kraft und
Simones Hilfe. Meiner Meinung nach verbringst
du zu viel Zeit hier draußen und jagst einem
Boot hinterher, das vielleicht kommt oder auch
nicht. Aber was geschieht in deinem Inneren?«
Sie tippte mit der Hand auf die Mitte ihrer Brust.
»Darum mache ich mir Sorgen.«

Brynja wandte sich ab, um mit den Augen
zu rollen, was ihre Mutter verabscheute, aber
es war eine perfekte Möglichkeit, ihre Gefühle
auszudrücken, ohne ein Wort zu sagen. »Mir
geht es gut, Schwester. Ich habe diese Schurken
heute Morgen verpasst. Ich habe verschlafen.
Wir kommen später und helfen dann beim
Gemüseschneiden für den Eintopf.« Das taten sie
fast jeden Tag, und es machte ihr nichts aus. Diese
Beschäftigung half ihr, mit einigen ihrer Gefühle
umzugehen, die sie nicht in Worte fassen konnte.

»Das würde ich sehr schätzen. Du hast gestern
deine Aufgaben vernachlässigt, und es ist nicht das
erste Mal, dass das passiert ist. Ich möchte nicht,
dass du dich so sehr in deine in Rachegedanken
versteigst, dass du alles andere um dich herum
vergisst, Brynja.« Die Schwester faltete die Hände
vor sich. »Gott sieht immer alles, Mädchen.«

Sie wusste, dass sie einmal gefehlt hatte, aber
zweimal? Was würde passieren, wenn die Nonnen
sie ablehnten? Sie wegschickten? Der Gedanke
war zu beängstigend. »Ich bitte um Verzeihung,
Schwester. Ich werde dafür Sorge tragen, dass es
nicht wieder vorkommt.«

»Wir werden dir dieses Mal vergeben, denn du
hast viel durchgemacht.« Schwester Ada wandte

sich ab, und ihre Robe wehte im Wind, als sie zum geheiligen Boden zurückging. »Dann folge mir. Wir können drinnen reden.«

Wie sehr sie diese Reden fürchtete. Warum sorgten sich nur alle um sie? Sie musste doch nur ihren Speer in die Herzen der beiden Männer stoßen, die ihre Mutter und ihre Tante getötet hatten, und dann ihren Dolch in den Bauch des anderen Mannes rammen. Anschließend würde er sie in Ruhe lassen.

Sie hatte keine andere Wahl. In den letzten vier Mondnächten hatte sie jedes Mal Albträume von den Männern, die ihre Mutter und ihre Tante angegriffen hatten, bevor sie ihr Häuschen geraubt hatten und die beiden Mädchen in ein anderes Häuschen auf Tiree gebracht hatten.

Dort erfuhren sie den Grund dafür. Die Mistkerle wollten die beiden jungen Mädchen an Männer auf der anderen Seite des Meeres verkaufen. Sie verstand den Grund dafür nicht genau, aber sie hörte verschiedene Worte von den Mistkerlen, die ihr Häuschen bewachten.

Herrin, Liebessklavin, Spielzeug.

Sie hasste Männer mit jeder einzelnen Faser ihres Körpers. Sie logen und intrigierten und schlugen Menschen. Wie viele andere Mädchen hatten sie wohl noch entführt? Wie viele weitere würden wohl noch ihre Opfer werden?

Und die meisten dieser Raufbolde stanken furchtbar. Wuschen sie ihre Kleidung nie im Meer?

»Komm mit«, forderte Schwester Ada sie auf.

»Ich komme gleich. Ich lege nur noch meine

Waffen weg und dann komme ich.« Sie winkte Hildi mit der Nonne fort.

Brynja stapfte in das Dormitorium mit den vielen Betten und dachte an Sheona und wie sehr sie die alte Heimat vermisste. Iona war jetzt das Zuhause, wo sie und Hildi lebten, und ihre Tage waren mit Beten, Arbeiten und Sorgen angefüllt.

Es war vollkommen anders als früher, als sie und Hildi ihren Müttern bei der Hausarbeit geholfen hatten und den Rest der Zeit mit Schwimmen oder Wandern auf der Insel Tiree verbrachten. Sie liebten es, Vögel zu beobachten, auf die Hügel zu klettern, um das Meer zu überblicken, oder zu fischen, um ihr Abendessen zu beschaffen.

Sie lachten und kicherten und verbrachten ihre Tage damit, das zu tun, wonach auch immer ihnen der Sinn stand. Nachts hörten sie dann ihren Müttern zu, die ihnen Geschichten über die Norweger und die Göttinnen erzählten. Freya war ihre Lieblingsgöttin. Das lag vor allem daran, dass sie auch die Lieblingsgöttin ihrer Mutter war.

Wie schmerzlich sie ihre Mutter vermisste, ihre sanften Berührungen, ihre leise Stimme, ihre liebevollen Umarmungen.

Auf Iona lachten sie nie, es sei denn, sie spielten mit den Kindern im nahe gelegenen Ionaland.

Sie machte ihr Bett, legte ihre Waffen weg und ging wieder nach draußen, um den Hof zu überqueren und die Küche des Nonnenklosters aufzusuchen. Es war wunderschön hier und die Steinbögen und Gehwege waren Dinge, die sie noch nie zuvor gesehen hatte. Die Abtei war nicht weit von ihnen entfernt, und sie war das größte Gebäude auf der Insel, doch sie gingen nicht oft dorthin.

Sie öffnete die Tür und sofort vernahm sie Hildis Stimme. »Hier drüben. Karotten schneiden.«

Bryjna gesellte sich zu den beiden an den Arbeitstisch, nahm sich ein Messer und schnitt mit ihrer üblichen Energie.

»Brynja, vielleicht wäre es besser, wenn du das Boot vergisst. Es könnte einfach ein Fischerboot gewesen sein«, meinte Schwester Ada. »Hast du diese Möglichkeit in Betracht gezogen?«

»Warum? Ich finde es klug, Sorge dafür zu tragen, dass die Männer gar nicht erst kommen, um uns anzugreifen.« Sie umklammerte das Messer fester und schnitt eine Karotte mit einer Präzision, die den anderen egal war. *Hack, hack, hack, hack.*

»Ich kenne andere Menschen, die schon viel zu lange Hass und Rachegefühle in sich tragen. Ich fürchte, diese Dinge können dich zu sehr ablenken. Ich denke, du solltest deine Zeit lieber mit Beten oder Meditieren verbringen.«

Hack, hack, hack, hack, hack, hack.

»Oder du könntest dich der Gruppe anschließen, in der du lesen lernen kannst. Diese Nonnen studieren die Bibel und nutzen ihr Wissen, um andere zu unterrichten. Wäre das nicht etwas, das dich interessieren könnte?«

»Nein, es tut mir leid.«

Hack, hack, hack.

»Erzähl mir von deiner Zeit hier im Kloster. Hast du oder Hildi schon entschieden, ob ihr daran interessiert seid, euer Gelübde abzulegen?

Vielleicht möchte eine von euch beiden ihr Leben dem Dienst an unserem Herrn widmen.«

Hack, hack, hack, hack, hack.

»Ich glaube, ich würde lieber bei Ionaland aushelfen, wenn ich alt genug bin«, meinte Hildi.

»Das ist eine bewundernswerte Berufung, meine Liebe. Vielleicht können wir das im nächsten Winter für dich arrangieren. Es freut mich, dass du diesen Weg in deiner Zukunft siehst, Hildi.« Dann richtete sich die Aufmerksamkeit direkt auf Brynja. »Was ist mit dir?«

Hack, hack, hack, hack, hack, hack, hack, hack, hack.

Sie knallte das Messer auf den Tisch. »Ich habe es schon oft gesagt, Schwester. Und es tut mir leid, dass du mich und meine Art nicht magst. Aber ich konzentriere mich nur auf zwei Dinge und nur auf diese beiden.«

»Ach ja?« Die Nonne sah sie an, als hätte sie keine Ahnung, was sie sagen würde. Als hätte sie die anderen zehn Male, als Brynja ihr das gesagt hatte, nicht zugehört.

Wenn sie es noch einmal sagen musste, würde sie es tun.

»Ich muss den Männern, die meine Mutter und meine Tante umgebracht haben, ein Messer ins Herz rammen. Und dann werde ich den Mann jagen, der wegen Sheona hierhergekommen ist und der Hildi und mich benutzt hätte, nachdem er mit ihr fertig gewesen wäre.«

»Bitte überleg dir, ob du das nicht sein lassen willst, Kind.«

»Nein!«

»Warum nicht?«

»Weil er als Nächstes hinter mir her ist!«

Brynja wirbelte herum, rannte zur Tür hinaus und schlug sie hinter sich zu.

Wenigstens hatte Hagen ihr nicht gesagt, dass sie sich ändern müsse.

Die Nonnen beteten ihr das ständig vor. Sie verstanden einfach nicht, dass sie nicht anders konnte.

Die Wut über ihre Situation packte sie und ließ sie nicht los, bis sie bekam, was sie wollte.

Was ihre Seele brauchte.

Rache.

Rache war jetzt ihre Seele.

KAPITEL ACHT

Sholto

DIE WUNDE IN Sholtos Oberschenkel pochte bei jedem Schritt und erinnerte ihn ständig an dieses norwegische Luder, die ihn an dieser Stelle mit ihren Dolch verletzt hatte. Seit fast zwei Wochen eiterte diese Sache und damit war gar nicht das Fleisch gemeint, das einigermaßen verheilt war, sondern die Demütigung. Die Wut.

Er humpelte zum Fenster des Häuschens, das er an der Westküste von Tiree bezogen hatten, und beobachtete, wie sich Sturmwolken über dem Sund zusammenbrauten. Hinter ihm saß Dugan am Tisch und mit der konzentrierten Aufmerksamkeit eines Mannes, der nichts als Silber verehrte, zählte er seine Geldmünzen.

»Du grübelst schon wieder«, meinte Dugan, ohne aufzublicken. »Das ist ermüdend.«

»Sie hat mich mit dem Dolch verletzt.« Sholto legte eine Hand auf seinen Oberschenkel und drückte durch den Stoff auf die Narbe. »Diese goldhaarige Hexe hat mir ein Messer ins Bein gerammt und darüber gelacht. Dann hat sie gedroht, mir noch eins zu verpassen.«

»Ja, das hast du erwähnt. Mehrmals am Tag, fast einen ganzen Mond lang.« Dugan stapelte seine Münzen mit nervtötender Präzision. »Du hast allerdings nichts sonderlich Nützliches dagegen unternommen.«

Sholto drehte sich vom Fenster weg und verlor fast das Gleichgewicht, als ein Schmerzensstich in seinem verletztes Bein aufflammte. »Ich habe sie beobachtet. Ich bin ihr gefolgt. Und ich habe herausgefunden, wo sie ist.«

»Du hast das Kloster von einem Boot aus beobachtet wie ein liebeskranker Narr.« Dugan sah endlich auf, seine blassen Augen kalt und abschätzend. »Damit hast du nur erreicht, dass sie dich entdeckt hat. Sie weiß, dass du kommst. Das ist keine Jagd, Sholto. Das ist eine Ankündigung.«

»Ich will, dass sie Angst hat. Ich will, dass sie nachts wach liegt und weiß, dass ich da draußen bin. Sie soll wissen, dass ich sie holen komme.« Sholtos Stimme wurde düsterer. »Ich will, dass sie sich daran erinnert, was ich mit ihr machen werde, wenn ich endlich meine Hände um ihren hübschen Hals legen kann.«

Dugans Gesichtsausdruck veränderte sich nicht. »Und nachdem du sie erwürgt und deinen verletzten Stolz befriedigt hast, was dann? Dann bist du noch immer ein landloser Söldner, der hinkt und den Ruf hat, gegen Frauen zu verlieren, die halb so groß sind wie du.«

Die Worte trafen ihn eins nach dem andern wie Steine. Sholto ballte die Fäuste. »Pass auf, Dugan.«

»Oder was? Wirst du mich mit dem Bein treten, das durch sie bereits verletzt ist?« Dugan wandte seine Aufmerksamkeit wieder seinen Münzen zu. »Sieh der Wahrheit ins Auge, Sholto. Du bist besessen von einer Frau, die dich gedemütigt hat. Ich bin daran interessiert, ein Imperium aufzubauen.«

»Imperium.« Sholto spuckte das Wort aus. »Du bist ein Söldner. Genau wie ich.«

»Im Moment.« Dugan lehnte sich in seinem Stuhl zurück und verschränkte die Finger hinter seinem Kopf. »Aber das wird nicht lange so bleiben. Während du dein verletztes Bein und deinen verletzten Stolz gepflegt hast, habe ich Informationen gesammelt. Ich habe Kontakte geknüpft. Und ich habe herausgefunden, wer wichtig ist und wem ich vertrauen kann. Ich habe kein Interesse daran, noch lange nach diesen Kindern zu suchen.«

Dugan hatte dieses Häuschen vor fast vier Monaten gefunden, und er war die Besitzer losgeworden. Ihre Kinder hat er in eine Hütte geschickt, wo er Geld für sie bekommen konnte. Aber in Wahrheit hatte er es satt, sich um Kinder zu kümmern. Und jetzt, wo er unerwartet zu Geld gekommen war, waren seine Ambitionen gewachsen. Jetzt hatte er einen Plan.

Trotz allem war Sholtos Interesse geweckt. »Und?«

»Und deine kleine nordische Schlampe wird nicht lange auf Iona bleiben.« Dugans Lächeln war dünn und kalt. »Sie wird bald im Duart Castle sein, wie man mir erzählt hat. Bei den Grants.«

Sholtos Puls beschleunigte sich. »Woher weißt du das?«

»Weil ich Leute dafür bezahle, dass sie mir Informationen liefern. Fischer. Händler. Eine Dienstmagd auf dem MacQuarie Anwesen, die sehr geldgierig ist und nach ein paar Bechern Ale sehr gesprächig wird.« Er winkte ab. »Deine goldhaarige Beute hofft auf die Aufmerksamkeit eines der jüngeren Grants. Ich vermute, es handelt sich um einen der Söhne von Connor Grant. Den Enkel des legendären Alexander Grant.«

Der Name sagte Sholto nichts, außer dass er ein weiteres Hindernis zwischen ihm und Brynja darstellte. Aber Dugans Blick war scharf geworden, und er sah fast aus, als würde er von Hunger getrieben.

»Die Grants«, fuhr Dugan fort, seine Stimme nahm eine seltsame Intensität an. »Weißt du, was es für den Ruf eines Mannes bedeuten würde, einen Grant zu töten? Was es in den Lowlands bedeuten würde, wo die Söldnerkompanien um die besten Verträge konkurrieren?«

»Dein Ruf interessiert mich nicht ...«

»Dann bist du ein Narr.« Dugan stand auf und ging zu dem Fenster, an dem Sholto kurz zuvor noch nachgedacht hatte. »Denk nach, Dummkopf. Der Name Grant hat von hier bis Edinburgh und darüber hinaus Gewicht. Sie sind Legenden. Alexander Grant kämpfte in der Schlacht von Largs gegen die Nordmänner. Connor Grant hat die Highlands durch Kriege und Rebellionen zusammengehalten, ihr Clan ist heute einer der größten im ganzen Land. Und es gibt eine neue Generation – Enkel, die alle diesen gesegneten Namen tragen.«

Er drehte sich wieder zu Sholto um und seine blassen Augen funkelten dabei. »Wenn ich – wenn wir – einen dieser kostbaren Erben töten würden? Wenn wir das Herzstück des Grant-Vermächtnisses empfindlich treffen würden?« Er breitete die Hände aus. »Dann würde jede Söldnerkompanie Schottlands meinen Namen kennen. Dugan, der Mann, der einen Grant zu Fall gebracht hat. Dann könnte ich jeden Preis verlangen. Ich könnte jeder Streitmacht vorstehen und eine Existenz aufbauen, die Bestand hat.«

Sholto starrte ihn an. »Du bist nicht ganz bei Trost. Die Grants würden dich bis ans Ende der Welt jagen.«

»Das sollen sie ruhig versuchen.« Dugans Lächeln wurde noch breiter. »Bis sie überhaupt begreifen, was passiert ist, werde ich mit einer Kompanie von zweihundert Männern im Rücken in den Lowlands sein. Es werden Männer sein, die Stärke respektieren. Männer, die einem Anführer folgen, der sich als der mörderischste bewiesen hat.«

Er rückte näher an Sholto heran und senkte seine Stimme, bis er in einem beinahe vertraulichen Flüstern zu ihm sprach. »Verstehst du denn nicht? Deine Besessenheit von diesem Mädchen ist Kinderkram. Aber was wäre, wenn wir sie zu einem Teil von etwas Größerem machen würden? Wenn wir dies benutzen würden, um einen der Enkel oder Connor Grant selbst aus der Reserve zu locken, und ihn zusammen mit ihr töten würden?« Er lachte leise. »Das wäre keine Rache. Das wäre ein Vermächtnis.«

Sholtos Gedanken schwirrten in seinem Kopf. Ihm lag nicht das Geringste an Vermächtnissen oder Reputationen. Ihm ging es um den Ausdruck in den Augen dieses Luders, als sie ihm den Dolch in den Oberschenkel gerammt hatte. Er war wild, furchtlos und siegreich gewesen. Er wollte diesen Blick für immer auslöschen. Er wollte diesem Luder Angst einjagen. Er wollte sie betteln hören.

Aber wenn Dugans Ambitionen ihm dabei helfen könnten, an sie heranzukommen ...

»Wie sieht denn dein Vorschlag aus?«, fragte er gedehnt.

Dugans Lächeln bekam etwas Raubtierhaftes. »Ich schlage vor, dass wir das Mädchen fangen. Sobald bekannt wird, dass wir sie in unserer Gewalt haben, werden sie zu uns kommen. Der jüngste Grant wird kommen, und auch sein Vater. Diese Leute können nicht anders. Sie sind immer in Gruppen unterwegs. Dann werde ich beide töten, und du kannst das Mädchen haben.«

»Wirst du mir das erlauben?«

»Sie gehört dir.« Dugans Gesichtsausdruck war gleichgültig. »Mach mit ihr, was dir beliebt. Behalte sie, töte sie, verkaufe sie – es ist mir egal. Mich interessiert nur der Name Grant. Sobald Connor Grant tot ist, habe ich genau das, was ich brauche.« Dann ging er wieder zum Fenster und starrte aufs Meer hinaus, während sein Kopf vor Ideen brodelte. Schon einmal hatte Sholto hatte ihn in diesem Zustand erlebt. »Die Grants sind reif für einen Angriff und sie werden zu sehr mit Trauern beschäftigt sein.« Der Mann lächelte und rieb sich die Hände, wobei ein beinahe fröhliches Lächeln über sein Gesicht huschte.

Sholtos Hand wanderte wieder zu seinem Oberschenkel und er rieb über die Narbe, die ihn bei kaltem Wetter Schmerzen bereitete. Es war eine ständige Erinnerung an die Schlampe, die ihn besiegt hatte. »Wie viele Männer kannst du zusammenbringen?«

Dugan wandte sich vom Fenster ab. »Mit dem Geld, das ich gefunden habe, vielleicht sechzig. Es sind Männer, die keine Fragen stellen. Männer, die Befehle befolgen, wenn Blut fließt.« Dugan verschränkte die Arme. »Aber ich brauche deine Zustimmung. Und ich möchte, dass du mit diesem lächerlichen Grübeln aufhörst und anfängst, wie ein Krieger zu denken statt wie ein verschmähter Liebhaber.«

Die Beleidigung hatte ins Schwarze getroffen, aber Sholto unterdrückte seinen Impuls. In einem Aspekt hatte Dugan recht – sie vom Boot aus zu betrachten hatte zu nichts geführt. Wenn er Brynja haben wollte, musste er sie sich holen. Und wenn das bedeutete, Dugan dabei zu helfen, einen legendären Grant-Erben zu töten ...

Damit konnte er leben.

»Wann?«, fragte Sholto.

»Bald. Das Wetter verschlechtert sich, und das spielt uns in die Hände. Erst holen wir das Mädchen hierher.« Dugans Lächeln wurde verschmitzt. »Dann wird ihr Liebhaber ihr zu uns folgen, und wenn wir echt Glück haben, kriegen wir vielleicht zwei Grants zum Preis von einem.«

Ein kalter Schauder durchfuhr Sholto. Einen

jungen Krieger in seinen besten Jahren zu töten, war eine Sache. Aber Connor Grant war eine Legende und er war ein alter Mann, der schon vor Sholtos Geburt in Kriegen gekämpft hatte. »Das ist …«

»Genial.« Dugans Augen glänzten vor Ehrgeiz. »Kannst du dir das vorstellen? Dugan ist der Mann, der Connor Grant getötet hat. Oder er war zumindest dabei, als der alte Veteran sein Lebenslicht endlich ausblies. Mein Name würde in jeder Taverne in jedem Söldnerlager und in jeder Halle eines jeden Castles von hier bis zu den Grenzen widerhallen.«

Er begann wieder auf und ab zu gehen und die Energie sprühte in Funken aus ihm heraus. »Jeder kleine Lord mit einem Groll wird mich anheuern wollen. Jeder ehrgeizige Kaufmann wird für meinen Schutz bezahlen. Ich werde einen Trupp aufbauen, der es mit jedem anderen in Schottland aufnehmen kann – nein, in ganz Britannien.«

Seine Stimme wurde leiser und nahm einen fast ehrfürchtigen Ton an. »Verstehst du, was ich dir biete, Sholto? Es geht nicht nur um deine kleine Rache an einem Mädchen. Sondern um die Gelegenheit, Teil von einer Mission zu sein, an das man sich erinnern wird. Die Chance, wichtig zu sein.«

Sholto war es einerlei, bedeutsam oder zu sein oder Rum zu ernten. Ihm ging es um den Geruch der Angst und um die Befriedigung, einen Menschen zu vernichten, der es gewagt hatte, ihn zu verletzen. Aber er verstand die Ambitionen anderer gut genug, um sie in seinem Partner zu erkennen. Und ehrgeizige Männer waren nützlich – denn sie planten, sie organisierten und sie kümmerten sich um Dinge.

»Glaubst du wirklich, dass du einen Grant töten kannst?«, fragte Sholto.

»Ich glaube, ich kann jeden töten, wenn der Preis stimmt und die Sache gut geplant ist.« Dugan drehte sich zu ihm um. »Grants bluten wie alle anderen auch. Sie sterben wie alle anderen auch. Sie haben nur mehr Geld.«

Er kehrte zum Tisch zurück und holte eine grobe Karte hervor, an der er gezeichnet hatte. »Und sobald sie trauern, machen wir uns daran, ihre Burg auf Mull zu übernehmen. Duart Castle liegt auf einer Landzunge. Das ist eine gute Verteidigungsposition und deshalb ist sie auch von den MacDougalls ausgewählt worden. Aber das bedeutet auch, dass nur wenige Fluchtmöglichkeiten bestehen. Wenn wir von der Landseite her mit einer ausreichenden Streitmacht angreifen, können wir sie einkesseln. Wir können sie zwingen, entweder zu kämpfen oder sich zu ergeben.«

»Sie werden kämpfen«, meinte Sholto mit Bestimmtheit. »Männer von diesem Schlag kapitulieren nicht.«

Sholto studierte die Karte, doch in Gedanken war er ganz woanders. Er dachte an goldblonde Zöpfe und blaue Augen. Bei dem Geräusch, das ein Messer macht, wenn es zwischen Rippen gleitet. Bei dem Blick, den Brynja haben würde, wenn sie merkte, dass sie verloren hatte.

»Ich will sie lebendig«, sagte er. »Zumindest am Anfang.«

Dugan blickte auf, sein Gesichtsausdruck war berechnend. »Wie viel Zeit brauchst du?«

»Lange genug, um Sorge dafür zu tragen, dass sie begreift, welchen Preis es hat, sich mit mir anzulegen.« Sholtos Stimme war monoton und bar jeder Emotion. »Lange genug, um sie betteln zu hören. Um ihren Kampfgeist zu brechen, der ihr vorgegaukelt hatte, sie könne mir einen Dolch ins Bein rammen und damit davonkommen.«

»Einverstanden. Gib aber acht, dass dein ... Spielzeug den großen Plan nicht durcheinanderbringt.« Dugan rollte die Karte zusammen. »Ich fang an, die Leute anzuheuern. Es sind gute Kämpfer, die keine Probleme damit haben, die Grants anzugreifen.«

Sholto presste den Kiefer zusammen. »Wenn das hier vorbei ist – und wenn ich sie habe –, werde ich der Mann sein, der das Mädchen gebrochen hat, das dachte, mir wehtun zu können. Ich werde der Mann sein, der ihr gezeigt hat, was passiert, wenn man sich mit dem Falschen anlegt.«

»Das sind kleine Ambitionen für einen kleinen Mann.« Aber Dugans Tonfall war jetzt fast fröhlich, während er die Münzen zählte. »Trotzdem sind kleine Ambitionen einfacher zu erreichen als große. Vielleicht hast du ja tatsächlich Erfolg.«

Sie verbrachten eine Weile schweigend, während Dugan rechnete und Sholto grübelte. Draußen zog ein Sturm auf und dunkle Wolken zogen aus Westen heran.

Schließlich richtete sich Dugan auf und klappte

die Truhe zu. »Noch einen oder zwei Tage, und wir schnappen uns das Mädchen. Dann bringen wir sie hierher. Bis dahin werde ich die Männer und Vorräte haben. Dann warten wir auf die Ankunft der Grants. Hast du schon herausgefunden, wie viele Männer es sind?«

»Nein, ich habe es noch nicht nach Craignure geschafft. Morgen werde ich dorthin gehen.«

»Gut. Ich muss wissen, wie viele Männer ich anheuern muss. Finde das bitte heraus.«

»Und wenn die Grants mehr Leute haben, als wir angenommen hatten? Wenn wir den Enkel oder Connor nicht trennen können?«

»Dann passen wir uns an. Meine zehn Jahre als Söldner habe ich überlebt, weil ich flexibel war.« Dugans Lächeln war kalt. »Meinen Ruf werde ich allerdings so oder so behalten. Und du wirst deine Rache bekommen. Es stellt sich nur die Frage, wie viele Grants sterben müssen, damit das passiert.«

Er ging zur Tür und hielt mit der Hand am Türgriff inne. »Oh, und Sholto. Unterlasse es bitte, mit diesem verdammten Boot die Küste zu patrouillieren. Du warnst unsere Widersacher damit, und sie werden wissen, dass wir kommen. Wiege sie in Sicherheit. Sorge dafür, dass sie keinerlei Verdacht schöpfen. Das macht die Überraschung umso schöner.«

Dann war er weg und ließ Sholto mit seinen Gedanken und seinem schmerzenden Bein allein zurück.

Sholto kehrte zum Fenster zurück und starrte in den aufziehenden Sturm. Zwei Tage. In zwei

Tagen würde er dieses goldhaarige Luder in seiner Gewalt haben. Er würde ihr zeigen, was mit Frauen passierte, die glaubten, sich zur Wehr setzen zu können, und die glaubten, sie seien stärker als die Männer, deren Besitz sie waren.

Seine Hand wanderte erneut zu seinem Oberschenkel und er legte sie auf die Narbe. Sie hatte ihn gezeichnet. Sie hatte ihren Abdruck auf seinem Fleisch hinterlassen und das war für ihn wie eine Art Brandmal.

Bald würde er sich revanchieren. Und sein Abdruck auf ihr würde dauerhaft sein.

Er lächelte bei dem Gedanken, die vollständige Kontrolle über dieses Luder zu haben. Dugan konnte seine Ambitionen und sein Imperium haben und seinem kostbaren Ruf nachjagen.

Sholto würde eine bessere Befriedigung haben.

Er würde ihre Angst haben. Und das war ihm mehr wert als aller Ruhm Schottlands.

KAPITEL NEUN

Brynja

AM NÄCHSTEN TAG machte sich Brynja auf den Weg nach Ulva. Dorthin waren sie gereist, weil dort nicht viele Menschen lebten, aber da die schönsten Apfelbäume standen, die sie je gesehen hatte. Hildi und sie waren mit zwei Mönchen aus der Abtei dorthin gerudert. Sie brauchten einen guten Vorrat an Obst für den Winter, und es gab noch einige Äpfel zu pflücken, die trotz des kalten Wetters noch nicht heruntergefallen waren, weil die Bäume so gut vor dem kalten Seewind geschützt waren.

Sie suchten auch nach Nüssen und anderen Nahrungsmitteln, die sie durch den langen Winter bringen konnten. Die Insel Ulva war viel größer als Iona und deshalb fuhren sie oft mit ihrem Boot der Küste von Mull entlang, um nach Nahrung zu suchen. Sie legten mit ihrem Boot am südlichen Ende an und die Mönche gingen mit ihren Säcken in eine Richtung, während sie und Hildi in die entgegengesetzte Richtung gingen.

»Was hältst du von Hagen?«, fragte Hildi und

verbarg ihr Grinsen, indem sie sofort nach der Frage den Kopf wegdrehte.

»Ich habe das gesehen, Hildi. Und ich weiß, dass du dich amüsierst, aber es gibt keinen Grund, sich aufzuregen. Hagen ist für mich nicht anders als Jowell, Paden, Alaric oder Broc. Alle stammen vom Grantham Clan und für mich sind sie alle gleich.« Sie bemerkte einen Baum, dessen Äpfel auf dem Boden lagen und zeigte darauf, woraufhin die beiden in diese Richtung gingen.

»Ich glaube, Hagen hält dich für etwas Besonderes«, meinte Hildi.

»Und was wäre, wenn Jowell dich für etwas Besonderes halten würde? Würde dir das gefallen?«

Hildi verzog das Gesicht, ehe sie dann breit grinste. »Ja. Ich finde ihn süß.«

Sie unterdrückte den Impuls, die Augen zu verdrehen, und sah sich dann um. Dabei war sie immer darauf bedacht, die beiden zu beschützen. »Das ist mir egal«, sagte sie, fand ein paar essbare Äpfel und legte sie in ihren Korb, den sie in den Sack stecken würde, sobald er voll war. Das Geräusch von Stimmen ließ sie innehalten, und sie legte ihre Hand auf die Schulter ihrer Freundin. »Pst.«

Brynja erstarrte, denn sie konnte die Stimmen nicht zuordnen. Sie wusste jedoch, dass es nicht die Mönche waren. »Ich gehe da rüber, um nachzusehen.«

Hildi nickte, und die beiden stellten ihre Körbe auf den Boden, während Brynja zwischen den dichten Bäumen hindurch den Weg voranging.

Sie blieben beide genau zur gleichen Zeit stehen, als das Boot so nah an ihnen vorbeifuhr, dass sie die Insassen tatsächlich sehen konnten.

Einer war der Mistkerl, der versucht hatte, Sheona zu verletzen, aber der andere hatte den Kopf von ihnen abgewandt. Brynja war sich bei dem einen sicher. Sie nickte Hildi zu, um ihr zu zeigen, dass dies die Männer waren, die sie fürchtete, hielt aber ihre Hand hoch, um ihre Freundin davon abzuhalten, etwas zu sagen. An der Küste entlang gab es eine Baumreihe, hinter der sie sich verstecken konnten. Die beiden Männer waren in eine lebhafte Diskussion vertieft, und Brynja hoffte, dass dies sie davon abhalten würde, ihre Anwesenheit zu bemerken.

Brynja folgte dem Boot, in dem die beiden Männer die Küste entlang ruderten. Sie blieb hinter den Bäumen versteckt und lauschte dem Gespräch der beiden. Anscheinend wusste keiner von ihnen, wie gut Stimmen über Wasser zu hören sind.

»Was hast du vor, Dugan?«

»Morgen. Wir kommen kurz vor Einbruch der Dunkelheit zurück. Wir überraschen sie, werfen sie ins Boot und bringen sie dann nach Tiree. Und was hast du über die Grants herausgefunden, Sholto?«

»Noch nichts, Dugan. Ich habe es versucht, aber man kann nicht einfach am Tor des Castles erscheinen und sich Auskunft geben lassen.«

»Dann schlage ich vor, dass du deinen Hintern dorthin bewegst, sobald wir zurückgekehrt sind. Ich brauche diese Angaben. Ich kann nicht angreifen, bevor ich nicht weiß, wie viele Wachen dort im Castle sind. Wenn ich mich entscheide, auf Tiree zu warten, brauche ich trotzdem genug Männer, um sie abzuwehren.«

»Warum die Grants? Ich dachte, Duart gehöre zum Grantham Clan?«

»Ich hab's dir doch gesagt. Alexander Grant hat meinen Großvater umgebracht, und mir steht der Sinn nach Rache. Es ist Grantham, aber der Grant Clan ist ein Teil vom Grantham Clan, du Trottel. Find' es einfach raus. Geh nach Craignure und frag in der Stadt nach. Dort wissen sie Bescheid. Ich lass dich dort und komm zurück, nachdem ich Mingary kontrolliert habe. Und frag, ob Connor, Kyla oder Jamie Grant ebenfalls dort sind. Ich will so viele Erben von Alexander wie möglich.«

»Connor, Kyle und James?«

»Nein, du Dummkopf. Frag einfach, wie viele seiner Söhne da sind.« Der Mann spuckte über die Reling des Bootes.

»Wie war noch mal der Name deines Großvaters?«

»Niles ... Moment mal. Was zum Teufel war das?«

Nun zogen die Männer die Ruder ein und wurden langsamer, sodass Brynja ihrer Freundin Hildi ein Zeichen machte, sich zurückzuziehen. Allerdings stolperte sie und landete mit einem Stöhnen auf dem Boden.

»Was zum Teufel? Da ist jemand.«

»Zwischen den Bäumen. Ich sehe sie.«

»Lauf, Hildi!« Brynja und Hildi rannten so

schnell sie konnten zwischen den Bäumen hindurch zu ihrem Boot. Hildi ließ ihren Korb fallen und stieß gegen einen Baum. Ihr Verfolger brüllte sie an und lachend lief er den offenen Weg neben ihr entlang, bis er sie fast einholte.

»Schneller!«, schrie Brynja und legte ihre Hand auf den Dolch in der Falte ihrer Hose.

Aber der kleinere Kerl tauchte neben Hildi auf, packte sie am Arm, zog sie vor sich und hielt ihr sein Messer an die Kehle. »Komm raus, du Miststück. Ich hab deine Freundin und halte ihr mein Messer an die Kehle, bis du auftauchst. Oder ich könnte sie einfach zuerst umbringen.«

Brynja erbleichte und hielt sich etwa fünfzehn Schritte entfernt in einem Gebüsch versteckt. Sie hatte ihren Speer nicht bei sich, aber sie hatte zwei Dolche. Wenn sie einen davon warf, könnte sie den Mann treffen, aber vielleicht auch ihre liebe Freundin.

»Brynja, hilf mir.« Hildis Schreie drangen zu ihr, und das Zittern ihrer Beine war durch die Büsche hindurch sichtbar.

Was zum Teufel konnte sie tun? Sie konnte ihre Waffen nicht benutzen, solange Hildi als sein Schutzschild diente.

Brynja kam aus dem Gebüsch, stand aufrecht da und ließ sich von dem Schuft nicht einschüchtern. »Lass sie los, dann komme ich zu dir.« Wenn er das tat und Hildi weglief, könnte sie ihn mit einem Dolch treffen, bevor er ihr zu nahe kommen konnte.

Er ließ Hildi los, also ging Brynja auf ihn zu,

aber dann griff er wieder nach ihrer Cousine und lachte.

Hildi schrie und stieß ihn weg, und Brynja rannte hinüber, und sie hielt ihr Messer zum Angriff bereit, ohne jedoch ein klares Ziel zu haben.

Bevor sie nah genug herankommen konnte, packte der Kerl Hildi am Arm und schleuderte sie gegen einen Baum. Hildi prallte hart dagegen und ihr Kopf schnappte nach hinten, als sie zu Boden fiel. Der Mann trat sie, und sie rollte den Abhang zum Strand hinunter.

»Hildi!« Brynja stürzte sich auf den Mann, zog ihr Messer und traf ihn am Arm.

Überrascht fluchte er und packte sie an den Zöpfen. »Ich habe eine von ihnen, Dugan.«

Der grausame Hundesohn packte sie am Arm und zog sie zum Strand, wo ihr Boot lag.

Er war zu stark für sie.

Brynja würde gefangen genommen werden, und Hildi bewegte sich nicht, Blut lief aus ihrem Haar.

KAPITEL ZEHN

Hagen

———— ✦ ————

HAGEN UND SEINE beiden Cousins machten sich vor Einbruch der Dunkelheit auf den Weg zum MacQuarie Castle. Die drei unterhielten sich, wenn sie auf bestimmten Wegstrecken nebeneinander reiten konnten.

Jowell war der Erste, der das Wort ergriff. »Was genau ist eigentlich der Grund für unseren Besuch, Hagen?«

Wie immer war er direkt, und Hagen hielt inne, um seine Gedanken zu ordnen.

Paden zögerte nicht. »Hagen wird Thane jetzt um ein Gespräch unter vier Augen bitten, und ihm dann sagen, dass er Brynja dazu bringen soll, sich in ihn zu verlieben. Dass er ohne sie nicht leben kann ...«

Hagen verlangsamte sein Pferd und fiel zurück, um Paden zu folgen, der über seine Schulter hinweg schmunzelte und ihn auf eine Art neckte, die für die MacNicols typisch war.

»Ich liebe sie, Thane. Bring sie dazu, mich zu lieben. Und könntest du mir bitte eine deiner

Schlafkammern überlassen, nachdem du sie davon überzeugt hast, dass ich der geschickteste Schwertkämpfer im ganzen Land bin?«

»Du bist so ein Arsch, Paden.«

Seine Stimme erreichte wieder ihren höchsten Punkt. »Aber ich liebe dich so sehr, Hagen. Heirate mich bitte. Mach mich zur glücklichsten Frau aller Zeiten. Ich werde dich durch dein Leben begleiten und für immer deine Befehle befolgen.«

»Ich werde dich von deinem Pferd prügeln und dir meine Faust in deinen süßen Mund stopfen.«

Paden schnaubte und hielt inne. »Im Ernst, mach dich einfach an sie ran, Hagen. Sie fühlt sich zu dir hingezogen.«

»Das weiß ich nicht. Ich denke eher das Gegenteil. Der Blick in ihren Augen drückt eher Hass als Anziehung aus.«

Jowell wartete, bis die anderen beiden fertig waren, und sprach wie so oft als Letzter. »Hagen, ich bin mir nicht sicher, ob Paden noch da war, als das mit dem Funken passierte, aber ich war Zeuge. Wenn der Funke, der den Himmel erhellte, als du ihre Schulter berührt hast, kein Zeichen ist, was sollte es dann sein? Ich wünschte, ich hätte ein ähnliches Zeichen für Hildi erhalten. Ich weiß, dass sie noch ein bisschen jung ist, aber ich fühle mich zu dem Mädchen hingezogen.«

Hagen setzte sich aufrecht hin und verlangsamte sein Pferd. »Du hast es gesehen? Es war wirklich ein Funke? Eigentlich hatte ich gedacht, meine Augen hätten mich getäuscht.«

»Ich habe es gesehen. Beachte dieses Zeichen. Frag Thane, was immer du wissen musst, aber du musst das Mädchen umwerben.«

»Spaß beiseite, ich habe es aus der Ferne gesehen«, meinte Paden. »Du musst auf Jowell hören. Ich habe noch nie ein deutlicheres Zeichen erlebt.«

Hagen rang mit den Ansichten seiner Cousins und seiner Erinnerung an das Geschehene. Es hatte einen sichtbaren Lichtschein wahrgenommen. Es war ein Schimmer oder ein Glanz oder Funke gewesen. Allerdings war das nicht nur ein sichtbares Zeichen gewesen.

Er hatte es *gespürt*. Eine Kraft war durch seine Hand geflossen, die dann tief in seinem Bauch angekommen war. Er hatte keine Ahnung, was er davon halten sollte, aber er war froh, diese Bestätigung von seinen Cousins zu erhalten.

Er war also doch nicht verrückt.

Sie kamen an ihrem Ziel an und Bearnard ließ sie ohne Fragen durch das Tor. »Das Nachtmahl ist gerade vorbei. Wir haben noch etwas Eintopf übrig.«

»Ich würde gerne zuerst mit Thane sprechen, wenn es dir nichts ausmacht«, antwortete Hagen daraufhin. »Ich habe ein paar Fragen an ihn.« Das MacQuarie Castle bot eine der besten Aussichten auf Mull. Von den Zinnen aus lagen Coll und Tiree auf der rechten Seite, Ulva, Iona und Staffa auf der linken Seite. Das Castle lag dem Duart Castle auf der Insel beinahe gegenüber.

»Geht rauf auf die Zinnen. Er ist da oben«, antwortete Bearnard.

»Ich nehme die Suppe dankbar an«, gab Jowell zur Antwort.

Paden folgte Jowell. »Es tut mir leid, Hagen. Ich muss erst etwas essen. Sag mir Bescheid, wenn du etwas siehst.«

Hagen schüttelte den Kopf und er war überhaupt nicht überrascht, dass seine Cousins dieses Thema als unwichtig ansahen. Aber sie hatten auch nicht das gleiche Interesse wie er.

Das Bild von Brynja, die von ihm wegging, ließ ihm keine Ruhe. Er musste alles in seiner Macht Stehende tun, um ihr zu helfen, und sie dann davon überzeugen, dass er es ernst mit ihr meinte. Er war vielleicht ein bisschen verwöhnt, aber das machte ihn noch lange nicht zu einem Schnösel.

Kurz darauf sah er Thane, der sich über die Brüstung beugte und auf die Wellen in der Ferne starrte. »Hagen, bist du allein?«

»Ja, meine Cousins haben Hunger. Aber sie wissen auch, dass du eine hervorragende Köchin hast. Ihr Ruf ist auf der ganzen Insel bekannt.«

»Meine Mutter hat alle ihre Rezepte an Agnes weitergegeben, die das so gut macht, dass wir eine weitere Magd für die Hausarbeit eingestellt haben. Nun, ich erkenne die Sorge in deinem Gesicht, also sag mir bitte, was dich so beschäftigt.«

»Wir waren auf Iona, als Brynja erzählte, dass zwei Männer oft um die Insel kreisen. Sie glaubt, dass sie von einer der anderen Inseln kommen und auf der Suche nach ihr sind.«

Thane rieb sich das Kinn. »Meinst du speziell nach ihr? Warum?«

»Brynja glaubt, dass einer der Männer derselbe ist, den sie verletzt hat, als die Kerle nach Sheona gesucht haben.«

»Ah. Das leuchtet mir vollkommen ein.« Er grinste Hagen an und schüttelte den Kopf. »Dieses Mädchen denkt wie eine erfahrene Kriegerin.«

Hagen konnte sein Lächeln nicht verbergen.

Thane fügte hinzu: »Aber für dich ist sie sicher mehr als nur eine Kriegerin, wie ich sehe.«

Hagen konnte sein Interesse nicht leugnen. »Ich würde sie gerne näher kennenlernen, aber sie weist mich zurück. Ich würde gerne herausfinden, ob ich eine Möglichkeit finden kann, ihr zu helfen. Sie weigert sich, die Insel zu verlassen, aber ich frage mich, ob wir eine Patrouille von deinem Land aus organisieren könnten. Ich möchte die Qualen für dieses Mädchens beenden.«

»Sie ist kein schwaches Mädchen, das nach einem Mann sucht, der sie rettet, aber das weißt du ja.«

»Gewiss. Aber das heißt noch lange nicht, dass sie keinen Schutz braucht. Jemand, der ihr ein wenig zur Hilfe kommt.«

»Das klingt ganz nach einem Grant. Dein Vater hat dich gut erzogen. Ich leihe dir gerne alle Boote, die du für deine Patrouille brauchst. Wann hat sie gesagt, dass sie Iona umkreisen?«

»Meist geschieht dies in der Morgendämmerung. Manchmal aber auch in der Abenddämmerung. Sie wartet jeden Tag.«

Thane schüttelte den Kopf. »Sie erinnert mich an meine Frau. Die Ärmste. Sie war immer auf der Hut. Du kannst gern mit deinen Cousins ein paar Tage hierbleiben und mit meinen Booten selbst patrouillieren.«

»Ich denke, wir nehmen dein Angebot dankbar an. Tamsin hatte es ein bisschen schwer, wie ich gehört habe.« Er seufzte und sortierte seine Gedanken, bevor er die Frage stellte, für die ihn seine Cousins verspotten würden, wenn sie ihn hören würden. »Wie hast du sie davon überzeugt, dass du an ihr interessiert bist? Ich meine ...« Er kratzte sich am Kopf. »Ich weiß, wie man eine junge Frau bei den Grants umwirbt, aber hier? Wie um alles in der Welt umwirbt man eine Frau, die auf Rache sinnt?«

Thane lächelte, doch dann drehte er sich um und lehnte sich mit dem Rücken an die Brüstung. »Das ist eine gute Frage. Man braucht viel Geduld, und ich kann nur sagen, dass sie dich mit anderen Augen ansehen wird, wenn sie endlich ihre Abwehrhaltung aufgibt. Das geschieht allerdings nur, wenn du die ganze Zeit für sie da warst. Ich habe Tamsin nie auf eine offene Art umworben, und unsere Umstände sind unterschiedlich, aber als sie bereit war, sank sie mir fast in die Arme. Ich will ehrlich zu dir sein. Ich hatte nicht viel Erfahrung mit Frauen. Es ist nicht wie bei den MacVeys oder Rankins, aber ich wusste, was ich wollte. Also habe ich mich darauf konzentriert, sie zu unterstützen, wann immer sie einen Menschen brauchte. Zum Glück hat es funktioniert.«

Ein Geräusch ließ Thane innehalten, und sein Blick wanderte zum Wasser, wo ein kleines Boot in ihr Blickfeld geriet, das in Richtung Ulva fuhr. »Ich hole meine Utensilien.«

Er ging zum Ende der Mauer, nahm etwas aus einer Kiste und hielt es hoch.

»Was ist das?«

»Es ist ein Objekt, das die Norweger in dem Boot zurückgelassen haben, welches ich übernommen habe. Es verbessert die Sicht.« Er blinzelte, als er durch das Gerät schaute. »Zwei Männer. Sie fahren direkt auf Ulva zu. Hier«, sagte er und reichte ihm das seltsam geformte Objekt. »Schau selbst.«

Thane hob es an seine Augen und richtete es auf das Meer. »Och, das ist beeindruckend. Zwei Männer, und mir gefällt ihr Aussehen nicht im Geringsten. Kennst du sie?«

»Nein. Wie komme ich am schnellsten nach Ulva? Ich meine mit dem Boot von hier aus?«

»Nein. Reite den zweiten Weg entlang, bis du den kleinen Hafen siehst. Der liegt am nächsten an Ulva. Dort wirst du Fischer sehen, die dich für ein oder zwei Münzen mit dem Boot hinüberbringen. Von hier aus ist die See zu schroff. Der Hafen ist nicht weit entfernt. Hast du Geld bei dir?«

»Ja. Ich breche sofort auf. Sag Jowell und Paden bitte, dass sie mir folgen sollen.«

Thane legte ihm eine Hand auf die Schulter. »Viel Glück. Für deine beiden Unternehmungen.«

Hagen nahm sein Pferd und machte sich auf den Weg. Ohne Schwierigkeiten erreichte er den von Thane angegebenen Hafen. Zwei Männer bewachten die Boote, aber sobald er sich eines ausgesucht und dafür bezahlt hatte, hatten Jowell und Paden ihn bereits eingeholt.

»Du und Jowell, ihr fahrt mit dem Boot. Ich passe auf die Hengste auf«, erbot Paden sich.

Hagen und Jowell stiegen ein und fuhren nach Ulva, als er einen Schrei hörte. Und es war eindeutig der Schrei eines jungen Mädchens.

»Das war nicht Brynja«, meinte Jowell. »Das war Hildi.«

Hagen fürchtete bereits, was sie auf der Insel vorfinden würden. »Da muss ich dir zustimmen.« Er schaute über seine Schulter und meinte: »Das Boot, in dem ich zwei Männer gesehen habe, liegt am Ufer. Erkennst du den Mann darin?«

Jowell schaute hin und antwortete: »Nein. Aber er wartet auf den anderen, der den Weg dort entlang rennt. Er muss hinter den Mädchen her sein.«

Als sie die Insel erreichten, war sie sie beinahe menschenleer und so sprang Hagen heraus und griff nach dem Schwert, das er in seiner Scheide auf den Boden des Bootes legte, damit er schneller rudern konnte. »Ich gehe in diese Richtung.«

»Nicht nötig«, sagte Jowell und zeigte auf etwas. »Er schleppt Brynja hinter sich her. Mach dich bereit, ich kümmere mich um den Mann im Boot. Ich hoffe, Hildi ist nicht auch hier. Ich sehe mich um, sobald ich den anderen Mann ausgeschaltet habe.«

Sobald der Mann im Boot hörte, wie Hagen heraussprang und sein Schwert zog, brachte er das Boot ins Wasser und schrie seinen Freund an: »Ich hoffe, du kannst schwimmen, denn ich komme diesen beiden Schwertern nicht näher.«

Jowell und Hagen schafften es ans Ufer, und

Hagen sagte zu seinem Cousin: »Bleib beim Boot. Ich hole die beiden.« Dann rannte Hagen auf den Mann zu, der Brynja hinter sich herzog.

»Lass sie los oder stirb!«, brüllte Hagen und marschierte direkt auf den Mistkerl zu, der Brynja losließ und sie einen steilen Abhang hinunter zum Meer stieß. Und ein Stück weiter lag eine andere junge Frau unbeweglich am Ufer.

Hagen ließ sein Schwert fallen und rannte los.

KAPITEL ELF

Dyna

———⚬⚬⚬———

DYNA SASS AUF den Binsen vor der
Feuerstelle und hielt den Kopf in den
Händen. Sandor rannte im Kreis und schluchzte:
»Onkel Shakee, komm und jag mich.« Dann
rannte er im Kreis, fiel hin und brach in Tränen
aus, als nichts passierte. »Mama, ich will Onkel
Shakee.«

»Onkel Jake, bitte!« Der Junge hatte das schon
eine halbe Stunde lang ohne Erfolg versucht.
Sandor hatte seine Spiele mit dem Geist seines
Großonkels Jake Grant sehr lieb gewonnen.

Ihr Vater sagte: »Er ist nicht hier, Sandor. Shakee
schläft.«

»Guter Versuch, Papa.«

Sylvi meinte: »Er schläft nicht, Mama. Er hilft
jemand anderem.«

Dyna nickte, und man merkte ihr an, dass ihre
Nerven von all den Ereignissen der letzten Zeit
angegriffen waren.

Maitland trat aus dem Turm und er hatte Grant
an seine Brust geschnallt, während Maeve ihm

folgte. »Maitland, vielleicht möchte er einen Apfel.«

Aber der Junge schlug seiner Mutter das Obst aus der Hand. Maitland hielt die Hand des Jungen fest und sagte: »Wir schlagen Mama nicht, Grant. Nein. Wir lieben Mama.«

Grant weinte noch heftiger. Dann strampelte er mit den Beinen und murmelte: »Wia, Wia, Wia.«

Dyna starrte Maitland mit großen Augen an. »Was zum Teufel soll das bedeuten? Das gefällt mir überhaupt nicht.«

Tora kam zu ihrer Mutter und flüsterte: »Er will Lia.«

»Ich weiß, Schatz. Aber Lia ist nicht hier.«

»Aber sie kommt bald. Und ihre Freundin auch.«

Dann rannte Tora zu den Bauklötzen und setzte sich zu ihrer Schwester.

Ihr Vater schaute von Tora zu Dyna. »Wer ist Lias Freundin? Gibt es da draußen ein Wesen, das ich übersehen habe? Gibt es noch einen anderen Engel?«

»Ich weiß es nicht, Papa. Diese Kinder sind seit dem Chaos mit Kelvan und seinen Freunden nicht mehr dieselben. Es ist, als würden sie sich alle immer wieder zusammen daran erinnern, wie es war, als sie entführt worden sind. Als sie auf ein Boot verfrachtet und in eine dunkle Kammer gesperrt worden sind. Und ohne Nahrung ausharren mussten ...« Dyna machte die Augen zu und sprach ein kurzes Gebet, damit alles wieder so wurde, wie es vor dem Chaos gewesen war.

Sandor stieß einen lauten Schrei aus und rannte

zum anderen Ende der Halle. »Onkel Shakee kann mich nicht fangen! Nein, das kannst du nicht.« Er kicherte und schlug mit den Händen in die Luft. »Mach weiter, Onkel Shakee.«

»Jake? Wo warst du denn? Der Junge hat dich vermisst«, flüsterte Connor.

Tora rannte herbei, sprang auf den Schoß ihres Großvaters und umfasste sein Gesicht mit einer kleinen Hand. »Er sagte, er war damit beschäftigt, einem anderen zu helfen.« Dann sprang sie von seinem Schoß herunter.

»Wem, Jake?«, rief Dyna und warf ihrem Vater einen ängstlichen Seitenblick zu.

Tora rannte zurück, kletterte hoch und sagte zu ihrem Großvater: »Er hilft Hagen.«

Dann rannte sie wieder los.

»Warte, Tora. Hilft Hagen mit wem?«, fragte Dyna.

Tora schaute ihre Mutter an, runzelte dann die Stirn und ging zurück zu ihrem Großvater, der mit den Schultern zuckte. Dann kletterte das Mädchen aber wieder zu ihrem vertrauten Großvater hoch. »Onkel Shakee hilft Hagen und Bria.«

Grant zappelte und quietschte: »Bwia, Bwia, Bwia!« Er klatschte in die Hände und kicherte.

Derric schaute sie an und fragte: »Diamond?«

Ihr Vater fragte: »Dyna?«

Maitland sagte schließlich: »Was ist los?«

Dyna hatte keine Ahnung.

KAPITEL ZWÖLF

Brynja

———❧———

BRYNJA KULLERTE DEN Hügel hinunter, direkt auf das Wasser zu, wobei die Steine ihr an einigen Stellen die Haut aufrissen, doch sie konnte sich nirgends festhalten, um den Sturz aufzuhalten. Sie schloss die Augen aus Angst, durch einen Stock oder einen Stein ihr Augenlicht zu verlieren.

Zwei starke Arme packten sie, hoben sie sofort hoch und verhinderten, dass sie im Meer landete. Sie schlug die Augen auf und blickte in blaue Augen.

»Ich hab dich.« Hagen Grant.

Erleichtert atmete sie aus, denn sie war so froh, ihren Retter zu sehen. »Hilf Hildi, denn sie ist verletzt.«

Hagen stellte sie auf die Füße und rannte dann zu der Gestalt am Ufer, die sich immer noch nicht bewegte. Er kniete sich neben den Körper und drehte sie um.

»Ist das Hildi? Ist sie tot?«

Das Lachen der beiden Männer, die in ihrem Boot davonfuhren, ärgerte sie mehr als alles andere. »Eines Tages werde ich euch umbringen«, schrie sie. »Ihr werdet schon sehen.« Sie erkannte einen der Männer und erhaschte einen kurzen Blick auf den anderen.

Könnte er einer der Männer sein, die ihre Mutter getötet hatten? Sie versuchte, den Kerl genauer ins Visier zu nehmen, aber sie machte sich mehr Sorgen um Hildi. Sie konnten diesen Schuften jetzt nicht folgen, aber sie konnte die Mistkerle trotzdem verfluchen. »Mögen die größten Aale aus den tiefsten Tiefen des Meeres über die Reling eures Bootes gleiten und euch beide erwürgen, bis euch die Augäpfel aus dem Kopf springen!«

»Hildi, wach auf«, rief Hagen und stupste sie sanft an.

Brynja versuchte, einen Schritt zu tun, aber ihr Knöchel war schwach und sie wäre fast hingefallen. »Zum Teufel nochmal.«

»Brauchst du Hilfe?«

»Nein, mir geht es gut. Hilf Hildi.«

»Sie wacht nicht auf. Ich trage sie ins Boot und fahre sie zurück nach Iona. Ich glaube, Tante Brenna ist zu Besuch. Wenn nicht, kann Beatris ihr helfen.« Hagen hob Hildi ohne Mühe hoch, trug sie und reichte sie Jowell, der sie so gut es ging im Boot unterbrachte.

»Ich hab keine Felle oder zusätzliche Decken.« Jowell zuckte mit den Schultern.

»Von hier aus kommen wir nicht nach Iona«, meinte Brynja und schaute sich um, als würde gleich jemand auf sie losgehen. »Nicht mit dieser kleinen Jolle.«

»Wir bringen sie zum MacQuarie Castle und holen dann ein größeres Boot. Das ist die einzige Möglichkeit. Das hier ist nicht unser Boot«, meinte Hagen.

Brynja setzte sich neben Hagen und betrachtete ihre Freundin. Tränen traten ihr in die Augen. »Meine liebste Hildi.«

Hagen sagte: »Brynja, ich kann nicht rudern, wenn du neben mir sitzt. Kannst du dich vor mich setzen und Hildis Kopf auf deinen Schoß legen?«

»Das kann ich machen.« Brynja nickte und sie war unfähig, klar zu denken. »Rette sie einfach. Bitte.«

Sie legten ab, und Brynja hielt Hildis Kopf auf ihrem Schoß. Obwohl sie weiter mit ihr redete, wachte das Mädchen nicht auf.

»Was ist passiert?«, fragte Hagen, als sie auf dem Rückweg nach Mull waren.

»Wir haben die beiden Männer mit dem Boot kommen sehen, also bin ich an den Rand gekrochen, um sie besser zu erkennen und um ihre Unterhaltung zu belauschen, aber Hildi ist gestolpert und sie haben uns gehört. Als Nächstes haben sie uns durch den Wald gejagt. Als er näher kam, packte er Hildi und schleuderte sie mit Wucht gegen einen Baum, sodass ihr Kopf nach hinten schnappte. Dann stieß er sie den Hügel hinunter. Ich hatte Angst, sie würde im Wasser landen und ertrinken. Die Mönche sind immer noch irgendwo auf der Insel unterwegs.«

Sie schaute zurück und bemerkte einen von ihnen am Ufer, der ihnen beim Wegfahren zusah.

Sie winkte, um ihm zu zeigen, dass es ihr gut ging.

Hildi ging es dahingegen gar nicht gut.

Als sie auf Mull ankamen und das Boot zurückbrachten, hob Hagen Hildi hoch und reichte sie Paden, der sie vor sich platzierte, während sie zum Castle zurückritten. Jowell erklärte Paden, was passiert war, während Brynja mit Hagen ritt. Sie lehnte sich an ihn und flüsterte: »Glaubst du, sie wird sterben?«

»Nein. Sie ist jung, sie ist stark«, antwortete Hagen daraufhin. »Kopfverletzungen brauchen Zeit, um zu heilen. Das habe ich zumindest gehört.«

»Wie kommen wir zurück nach Iona?«

»Thane MacQuarie wird uns ein Boot leihen. Ich werde Paden hier bei den Pferden lassen. Jowell kann mit uns fahren.«

»Vielen Dank, Hagen. Warum warst du auf Ulva?«

»Weil ich mit Thane gesprochen habe, als wir das verdächtige Boot vorbeifahren sahen. Du hattest also recht. Diese Männer suchen dich.«

Sie ritten langsam durch die Dunkelheit, und zu ihrer Überraschung hörte sie Hildis Stimme, als sie sich MacQuarie Castle näherten. »Brynja, bist du wohlauf?«

Sie drehte sich zu dem Pferd hinter ihnen um. »Hildi? Bist du das?«

»Was ist passiert? Wo sind wir, Brynja?«

»Der Mistkerl hat dich gegen einen Baum geschleudert. Hagen kam dazu und hat die beiden verscheucht. Geht es dir gut?«

»Nein, ich fühle mich nicht gut.«

Sie näherten sich der Burg und Thane rief ihnen bereits aus einiger Entfernung zu: »Was ist passiert?«

»Lass mich runter«, bat Hildi. Paden setzte sie ab, und sie fiel auf die Knie und übergab sich in den Büschen. Jowell folgte ihr und half ihr wieder auf, als sie fertig war, und sprach leise mit ihr.

Brynja sprang von Hagens Pferd und ging zu Hildi. Sie umarmte ihre Freundin, die dann ohnmächtig wurde, wobei Jowell sie von hinten auffing.

Thane kam zu ihnen und pfiff laut. »Artan, wir brauchen dich.«

Artan kam kurz darauf und meinte: »Wir müssen die beiden zurück nach Ionaland bringen. Hol eins der größeren Boote. Beatris wird sich um sie kümmern.«

Thane sagte: »Ich schicke ein paar Männer mit dir, die rudern können. Du musst sie festhalten, Brynja.«

»Das kann ich machen. Wird sie sterben?«

Artan sorgte dafür, dass die Männer das Boot bereit machten. Als alles fertig war, gingen sie mit den jungen Frauen zum Ufer, um ins Boot zu steigen. Artan gab lautstark Befehle, während Brynja von Hagen zu Jowell zu Paden ging. »Wird sie sterben? Wird sie aufwachen? Bitte sag mir, dass sie überleben wird.«

Hagen sagte: »Ich glaube, sie wird wieder gesund, aber sie wird vielleicht erst morgen aufwachen. Der Mond scheint hell, sodass wir über das Wasser fahren können, aber weck sie nicht auf. Sie braucht ihren Schlaf.« Er blickte über das Wasser. »Wenigstens ist es ruhig. Wir sollten schnell dort ankommen.«

Das große Boot fuhr in Richtung Iona, und es wurde von vier Männern gerudert. Jowell hielt Hildi auf seinem Schoß, während Brynja sich an Hagen lehnte. Sie konnte kaum die Augen offen halten. Sie war traurig, dass ihre liebe Freundin verletzt war, und sie hielt sich an Hagens Arm fest, als würde sie gleich aus dem Boot fallen.

Als sie auf Iona ankamen, stieg Hagen als Erster aus und half Brynja, die er neben sich stellte. Brynja sah zu, wie Jowell und Paden Hildi so vorsichtig wie möglich aus dem Boot hoben, obwohl sie nicht aufwachte.

»Wo geht's lang, Mädchen?«, fragte Jowell und hob Hildi in seine Arme.

»Das kleine Häuschen am Ende gehört Beatris und sie ist die Heilerin.« Sie gingen dorthin und klopften leise an die Tür. Beatris öffnete die Tür einen Spalt breit. »Beatris, ich glaube, Hildi stirbt.«

Beatris öffnete die Tür weit und hielt ihr Nachtgewand fest um sich geschlungen und zog den Gürtel enger. »Was ist passiert, Brynja?«

»Ein böser Mann hat sie gegen einen Baum geschleudert. Sie ist mit dem Kopf voran aufgeschlagen und dann ist der Kopf nach hinten gekippt, bevor sie zu Boden gekracht ist. Sie ist einmal für kurze Zeit aufgewacht, hat sich übergeben und ist dann wieder eingeschlafen. Kannst du sie heilen?«

»Bitte leg sie hier hin«, meinte Beatris. »Ich

sehe, dass sie eine Beule an der Stirn hat. Das ist wahrscheinlich der Grund, warum sie noch schläft. Ich muss sie entkleiden und mir ihre Verletzungen ansehen. Ich bitte euch alle, währenddessen hinauszugehen.«

Brynja nickte und drückte Hildis Hand, ehe sie nach draußen ging.

Alle zusammen verließen sie das Häuschen, und Hagen fragte: »Sollen wir dich zurück zum Kloster begleiten, oder möchtest du hierbleiben?«

»Weder noch.«

Er runzelte die Stirn, sagte dann aber: »Was dann?«

»Ich muss etwas erledigen, ehe Hildi stirbt.« Sie hielt sich die Vorderseite ihrer Tunika fest, als würde sie gleich in einem heftigen Sturm davonfliegen.

»Was willst du erledigen? Können wir dir dabei helfen?«, fragte Hagen. »Das werden wir, wenn wir können.«

»Vor nicht allzu langer Zeit haben wir auf Tiree gelebt, bis böse Männer kamen und unsere beiden Mütter umbrachten. Sie waren Schwestern gewesen. Unsere Mütter waren Norwegerinnen und sie sagten uns, dass für uns etwas versteckt ist, wenn wir jemals in große Not geraten sollten. Die Anweisungen waren einfach: Wir sollten hinter unserem Häuschen an einer bestimmten Stelle graben und dort würden wir dann etwas finden, das uns helfen wird. Dabei ist es egal vor welcher Herausforderung wir stünden. Ich glaube, genau das brauchen wir jetzt, was auch immer es sein mag.«

Jowell fragte mit großen Augen: »Und du willst jetzt aufbrechen? Es ist mitten in der Nacht und dunkel.«

»Ja, wir haben die Ruderer. Der Mond scheint hell. Ich muss jetzt gehen. Wenn Hildi stirbt, werde ich mir das nie verzeihen. Außerdem sind die Schurken weg und in die entgegengesetzte Richtung gefahren. Sie sind jetzt nicht da. Dies ist die sicherste Zeit. Bitte. Vorher hatten wir nicht gehen können. Wir hatten kein Boot und niemanden, der uns half. Wir brauchen ein größeres Boot als das der Mönche, um nach Tiree zu gelangen.«

»Gegen diesen Einwand kann ich nichts sagen«, meinte Paden.

»Unter einer Bedingung«, warf Hagen ein und verschränkte die Arme.

»Welche?«, fragte sie.

»Du musst versprechen, dass du nach unserer Rückkehr Duart Castle besuchst, wenn wir dich nach Tiree bringen. Wenn du die Insel verlassen kannst, um nach Tiree zu fahren, kannst du die Insel auch verlassen, um nach Duart Castle zu fahren.«

Sie starrte ihn an und wägte seine Worte sorgfältig ab. »Da stimme ich dir zu, aber du musst mir beim Graben helfen.«

»Das werden wir«, versprach Hagen. »Und du wirst innerhalb einer Woche nach Duart kommen.«

Sie dachte einen Moment nach und flüsterte dann: »Einverstanden. Bring mich nach Tiree.«

KAPITEL DREIZEHN

Lia

———❧———

L IA KLOPFTE AN die Tür und war froh, dass es Dyna war, die ihr öffnete. »Dyna, kann ich reinkommen, um mit dir zu reden?«

»Natürlich. Die Mädchen können es kaum erwarten, dich zu sehen. Ich hoffe, es ist alles in Ordnung. Du hast doch keine schlechten Nachrichten, oder Lia? Wir haben Hagen, Jowell und Paden seit gestern Abend nicht mehr gesehen.«

»Nein, alles ist in Ordnung. Sie helfen bei einer anderen Angelegenheit.«

»Mein Bruder hilft? Ist er in der Nähe?«

»Ja, er ist bei Brynja. Sorge dich nicht um sie, aber er hat noch eine Aufgabe zu erledigen, bevor er zurückkommt. Er sollte morgen hier sein.« Das sechsjährige Mädchen behauptete von sich, ein Schutzengel zu sein und wurde von manchen für eine grüne Fee gehalten. Nun schritt sie an Dyna vorbei in die große Halle. Die Kinder spielten vor dem Kamin und der kleine Grant warf einen Blick auf sie und quietschte.

»Gott sei Dank«, rief Maitland erleichtert aus. »Grant hat nach dir gerufen, Lia.«

Sie ging direkt zu dem Jungen, der mit einem Tuch vor die Brust seines Vaters gebunden war und nach außen blickte, damit er alle sehen konnte. Seine pummeligen Beine strampelten, als würde er Rehen nachjagen. Also setzte sich Maitland auf einen Stuhl in der Nähe, um auf Augenhöhe mit dem Jungen zu sein. Lia nahm Grants Hände in ihre, was den Jungen sofort beruhigte. »Grant, hast du dich über irgendetwas aufgeregt?«

»Wia, Wia.« Er steckte seine Faust in den Mund.

»Komm her und setzt dich neben mich. Du bist zu schwer, als dass ich dich halten könnte. Ich fürchte, du würdest dich in drei Atemzügen von meinem Schoß stürzen.«

Maitland sagte: »Das würde er. Du bist nicht stark genug für ihn, Lia.«

»Er ist ein ganz besonderes Kind, Mylord.«

Tora, Sylvi und Sandor rannten zu ihr hinüber, alle wollten sie umarmen. Sylvi fragte: »Bleibst du eine Weile bei uns, Lia? Bitte?«

Lia setzte sich auf einen bequemen Stuhl beim Kamin und faltete die Hände im Schoß. »Ihr wisst, dass ich das nicht tun kann«, meinte sie dann. »Aber ich möchte wissen, wie es euch geht. Seid ihr gesund oder krank?«

»Gut. Uns allen geht es gut«, antwortete Sylvi.

»Ich erzähl dir mal, was ich denke«, meinte Dyna daraufhin. »Sylvi und Tora haben schlimme Albträume gehabt. Grant jammert die ganze Zeit nach Lia und Bria. Und Sandor fragt ständig nach

Onkel Jake, als wäre er nur glücklich, wenn der da ist. Und wenn einer von ihnen enttäuscht ist, weinen sie und machen stundenlang Theater.«

»Oje. Ich werde sehen, ob ich etwas dagegen unternehmen kann.«

»Das wäre großartig. Ich bin vollkommen ratlos und weiß nicht, wie ich den Kindern helfen soll.«

»Du liebst sie und musst in ihrer Nähe sein, für den Fall, dass sie dich brauchen. Das ist doch nicht so schwer, oder?«, fragte sie mit einem breiten Lächeln. »Deine Liebe ist wirklich alles, was für sie wichtig ist.«

»Aber ich will nicht, dass sie so viel Schwierigkeiten haben«, meinte Dyna.

Lia setzte sich auf einen speziellen Teppich, der für die Kinder vorgesehen war. »Kommt alle zu mir und setzt euch zu mir.« Sie winkte Sylvi und Tora herbei, ehe dann Sandor folgte, während Maitland den kleinen Grant auf ihren Schoß setzte.

»Er kann nicht weit fallen, da du auf dem Boden sitzt.« Er sah Maeve an, um sich zu vergewissern, ob sie einverstanden war, und sie nickte.

Das Gegenteil war der Fall. Grant steckte seinen Daumen in den Mund und lehnte sich ganz ruhig an Lia.

»Gut, ich wollte mit euch allen reden. Habt ihr Albträume, Mädchen?«

Tora nickte, Sylvi runzelte die Stirn.

»Magni hat mir erzählt, wie sehr er euch vermisst.«

»Wir vermissen ihn auch«, sagte Sylvi. »Könntest du ihn bitte beim nächsten Besuch mitbringen?«

»Das würde ich gerne, aber er weigert sich, die Insel Iona zu verlassen. Den Grund dafür kenne ich allerdings nicht. Was denkt ihr darüber?«

Tora nickte. »Er hat Angst.«

»Wovor hat er Angst, Tora?«

»Vor bösen Männern. Sie haben uns alle schon einmal mitgenommen, und ich will nicht noch einmal fortgehen.«

»Glaubst du, dass sie dich wiederfinden werden?«

Sylvi nickte. »Ich will hier nicht noch mal weg. Sie haben uns weggebracht, als wir auf Pferden waren. Was, wenn sie zurückkommen, um uns zu holen?«

»Glaubst du, Magni hat auch Angst davor, fortzugehen?«

»Aye.«

»Sollen wir ihn besuchen gehen, um ihn aufzumuntern?«

Beide Mädchen schüttelten heftig den Kopf.

»Ihr wollt nicht zu ihm gehen?«

»Nein, ich will nicht«, sagte Tora und setzte sich auf den Schoß ihrer Mutter.

Lia meinte: »Das macht mich traurig.«

Maitland fragte: »Bist du wegen jemand Bestimmtem hier, Lia? Ist jemand in Gefahr? Bitte nicht die Kinder.« Er beugte sich vor und hob Grant wieder hoch.

»Ich bin wegen einer Person hier, aber ich kann nicht sagen, wer es ist. Ich kann dich beruhigen und dir sagen, dass es kein Kind ist.«

»Warum kannst du es uns nicht einfach den Namen sagen?«

Lia stand auf und ging zur Tür. »Ich muss gehen. Wie ich gehört habe, feiert ihr ein Fest zu Weihnachten? Stimmt das?«

»Ja, und wir würden uns freuen, wenn auch du dabei wärst, Lia. Als Freundin.« Maitland lachte leise und sah Dyna und Maeve hilfesuchend an. »Was die Person angeht, der du zur Hilfe kommst ...«

»Ich muss gehen, aber wahrscheinlich sehen wir uns bald wieder.«

Und dann war sie fort.

Maitland fluchte. »Wer ist es diesmal?«

Niemand antwortete.

KAPITEL VIERZEHN

Hagen

———❦———

DIE BOOTSFAHRT NACH Tiree war turbulent und die winterliche raue See tobte unter ihnen. Es herrschte Vollmond und die Wolkendecke war aufgerissen. In der Nähe der Stelle, an der Brynja anlegen wollte, war kein anderes Boot zu sehen.

»Hier«, flüsterte sie. »Das ist die God Bay. Unsere Häuschen liegen direkt am Weg, aber etwas zurückgesetzt vom Ufer.«

Hagen winkte Jowell zu sich. »Du bleibst hier. Paden und ich gehen mit Brynja, um für sie zu graben.«

»Verstanden. Du hörst meinen Vogelpfiff, wenn ich jemanden sehe.«

»Paden wird vor dem Häuschen warten. Brynja und ich gehen nach hinten. Dort graben wir, richtig, Mädchen?«

»Ja. Unter einem Baum hinter dem Haus. Mama hat mich immer wieder angehalten, ihr das mindestens zehn Mal pro Woche zu sagen.«

Sie machten sich auf den Weg und Brynja ging zwischen den beiden Männern, als sie auf dem dunklen Pfad voranschritten. »Erzähl uns die Geschichte noch einmal, Mädchen.«

Brynja räusperte sich. »Einverstanden. Mama sagte, sie hätte ein paar Wertsachen, die sie vor langer Zeit erhalten hatte. Sie wollte sichergehen, dass sie ihr nie gestohlen würden. Ein bestimmtes Stück lag ihr dabei besonders am Herzen.«

»Hat sie dir etwas über die Größe dieses Stücks gesagt? Eine Halskette? Ein Ring? Eine Brosche?«

»Das hat sie nie gesagt. Sie hat bloß immer wieder gesagt, dass wir es ausgraben sollen, wenn wir jemals von hier fortgehen sollten. Natürlich wussten diese Verbrecher, die sie umgebracht haben, nicht, was hier vergraben war, und ich hatte es auch vergessen. Ich bin dankbar, wenn noch etwas davon da ist.«

»Hast du eine Idee, was es sein könnte? Vielleicht ein Speer? Hat sie dir beigebracht, wie man einen Speer benutzt?«

Brynja lächelte, als sie sich daran erinnerte, wie ihre Mutter ihr das erste Mal gezeigt hatte, wie man einen Speer wirft. »Ja. Sie konnte wirklich gut mit dem Speer umgehen, aber ich glaube nicht, dass sie einen versteckt hat. Sie wollte die Männer wissen lassen, dass sie mehrere davon besaß. Sie hat sie sogar gegen einige Schurken eingesetzt, die geglaubt hatten, dass sie sich nachts an sie heranschleichen konnten. Sie hat einen Speer unter ihrem Bett liegen lassen, damit sie ihn greifen konnte, bevor ihr Angreifer überhaupt gemerkt hat, dass sie im Bett lag.«

»Wirklich? Sie klingt wie eine mächtige Frau.«

»Das war sie. Und sie hat zwei Männer getötet, die versucht haben, sich an sie heranzuschleichen.«

»Wer hat ihr das beigebracht?«, fragte Hagen.

»Ihr Vater. Sie nahm drei Speere mit, als sie mit den Norwegern auf Reisen ging. Sie sollte damit auf die Jagd gehen, wie auch ihr Vater, und die beiden schlossen sich einer Gruppe an, die nach Schottland unterwegs war. Man hatte ihnen erzählt, dass es dort überall Reichtümer gäbe, also kamen zwanzig Norweger in die Highlands und waren überrascht, dass sie außer Holz keine Reichtümer. Ihr Vater starb, als sie auf Arran landeten. Sie verloren weitere fünf Mitglieder ihrer Gruppe durch dasselbe Fieber, ehe sie dann von den Schotten gefunden und entführt worden war. Die Schotten hatten neben meiner Mutter auch ihre Schwester entführt. Hildi ist meine Cousine. Sie behielten die beiden eine Weile und setzten sie dann auf Tiree ab, um sie dort allein zu lassen. Mama sagte, die Männer hätten genug von ihnen gehabt, und sie sei nie glücklicher gewesen als an diesem Tag.«

»Eine erzwungene Beziehung«, meinte Hagen und kniff die Augen zusammen, während er auf das Meer starrte. »Es tut mir leid, dass du so ein Leben führen musstest, Mädchen. Jedes Kind sollte seinen Vater und seine Mutter kennen.«

»Ich brauche nichts von meinem Vater. Er war nur ein Mann, der einen Samen in meine Mutter gepflanzt hat, mehr nicht.«

»Das ist ein bisschen hart, oder?«

Sie zuckte mit den Schultern. »Ich habe noch nie einen großartigen Vater zu Gesicht bekommen. Sheonas Vater hat sie schrecklich behandelt. Das arme Mädchen hat geweint, nachdem er gegangen war.«

»Dermot Rankin kann schwierig sein. Ich möchte, dass du zum Grantham Clan oder dem Grant Clan kommst, damit du siehst, wie andere Menschen ihr Leben gestalten. Ich freue mich auf den Besuch, dem du zugestimmt hast, wenn wir auf dieser Reise erfolgreich sind.« Hagen tätschelte ihren Arm, aber sie zog ihn schnell zurück und warf ihm einen bösen Blick zu.

Sie zeigte nach vorne. »Das sind unsere beiden Häuschen. Unseres ist das erste, Hildis das zweite, also sollte unter dem Apfelbaum hinter dem näher gelegenen Häuschen etwas zu finden sein.«

»Hast du eine Schaufel zum Graben?«

»Hinter den Häuschen sollten zwei Schaufeln zu finden sein.«

Hagen und Paden schauten in den Hütten nach und waren froh, dass beide leer waren, obwohl es Anzeichen dafür gab, dass kürzlich jemand da gewesen war. Die Männer waren wahrscheinlich noch auf dem Boot, wie Brynja es beobachtet hatte.

Sie fanden die Schaufeln. »Ich fange an, Paden. Du hältst vorne Ausschau. Wenn wir zu viele Stellen ausgraben müssen, wechsle ich für eine Weile mit dir«, schlug Hagen vor.

»Wenn du mal eine Pause machen musst, sag einfach Bescheid. Ich übernehme dann.«

Die Gegend war menschenleer, aber Hagen schaute sich trotzdem in alle drei Richtungen um, bevor er zu dem Baum ging. Brynja hatte schon eine Schaufel in der Hand und zeigte auf eine Stelle direkt unter dem Apfelbaum. »Da.« Sie zeigte darauf, und er nickte.

»Ich kann es sehen. Der Boden hier sieht tatsächlich ziemlich locker aus. Warum sollte jemand hier graben?«

Brynja stieß mit ihrer Schaufel in den weichen Boden und prallte mit einem dumpfen Geräusch auf etwas Hartes. Sie schaute zu Hagen, der sich bückte, das Erdreich ein wenig beiseiteschob und eine kleine Kiste herausholte. Er stellte sie auf den Boden und sagte: »Mach nur, öffne sie, und ich schaue mal, ob noch mehr hier vergraben ist.«

Brynja kippte die Schachtel seitlich an, um den Schmutz von der Oberseite zu entfernen und dann öffnete sie vorsichtig den Verschluss und hob ihn an. Sie schnappte nach Luft und packte Hagen am Arm. »Oh mein Gott, schau mal!« Ein breites Lächeln huschte über ihr Gesicht, als sie die vielen Münzen darin sah. »Das sind Gold- und Silbermünzen. Wie viel sind die wert?«

Hagen hielt inne, hob ein paar Münzen hoch und ließ sie durch seine Finger gleiten. »Das sind alte Münzen. Wahrscheinlich sind sie ein Vermögen wert. Aber die weiche Erde irritiert mich ein bisschen.«

»Was glaubst du, was das zu bedeuten hat?«, fragte sie und schaute über ihre Schulter ins Leere.

»Ich denke, es bedeutet, dass jemand in diesem Häuschen das Geld gefunden hat, und es aber weiter hier versteckt. Wahrscheinlich nimmt er sich immer wieder etwas davon, um Vorräte zu kaufen. Dann vergräbt er die übrigen Münzen wieder. Vielleicht waren noch andere Leute hier und er wollte nicht, dass sie gesehen würden.«

»Wer sind sie? Meinst du diejenigen, die du auf der Insel gesehen hast. Glaubst du, sie leben hier? Sind das die gleichen Männer, die im Boot waren?«, fragte Hagen.

»Einer hieß Sholto. Den habe ich mit meinem Dolch verletzt. Er und sein Chief sind in die entgegengesetzte Richtung gegangen. Außerdem glaube ich, dass der andere Mann derjenige gewesen sein könnte, der meine Mutter und meine Tante getötet hat. Ich muss ihn mir genauer ansehen. Ich würde wetten, dass die beiden nicht hier leben, aber ich glaube auch, dass sie zurückkommen werden. Ich denke, wir nehmen das Geld und machen uns wieder auf den Weg.«

»Warte«, bat Brynja. »Ich glaube, da war noch mehr. Mama sagte, da wäre etwas Besonderes. Kannst du bitte noch ein bisschen weitergraben?«

»Einverstanden.« Hagen fing zu graben an, und nun war der Boden war viel härter. »Warum glaubst du, dass da noch mehr ist?«

»Weil meine Mutter immer gesagt hat, dass zwei Sachen für uns versteckt sind. Und diese Schatulle ist nur eines davon. Immer hat sie von mehreren Dingen gesprochen. Wenn du sie findest, hat sie gesagt. Sie hat nicht im Singular gesprochen. Wenn du sie siehst, hat sie gesagt. Immer hat sie im Plural geredet.«

»Ich grabe weiter.«

Hagen grub weiter, und nach einer Weile fing Brynja an, ihm zu helfen. »Brynja, wenn wir in den nächsten Augenblicken nichts finden, schlage ich vor, dass wir nehmen, was wir gefunden haben und uns auf den Weg machen. Die Männer könnten bald zurück sein, und ich habe keine Lust auf einen weiteren Kampf.«

»Da bin ich ganz deiner Meinung.«

Sie gruben weiter und zu ihrer Überraschung stießen sie beide gleichzeitig auf ein Metall und schauten sich an. »Was ist das? Was glaubst du?«, fragte Brynja.

»Das weiß ich nicht, aber es ist viel größer als diese Schatulle.« Er schob die Erde beiseite und bewegte sich in ihre Richtung. »Brynja, ich glaube, das ist für dich.«

»Warum?« Sie trat zurück, um ihm Platz zu machen, denn das Objekt war sehr groß. Er zog an einer Seite davon und hob es langsam an. Als er die Kiste zur Hälfte herausgezogen hatte, half sie ihm und zog den unteren Teil aus der tiefen Grube, in der es steckte.

Er hielt die Kiste hoch und sie hätte vor Aufregung fast geschrien.

Es war eine wunderschön gearbeitete goldene Rüstung.

Sie war für eine Frau gemacht.

KAPITEL FÜNFZEHN

Brynja

———— ✠ ————

BRYNJA KONNTE ES kaum erwarten, Hildi ihren Fund zu zeigen. Die Rüstung war für den Körper einer Frau gemacht und sie war so schön, dass sie immer noch völlig begeistert war. Mit Hagens Hilfe hielt sie die Rüstung an ihren eigenen Körper und sie passte perfekt. Es gab Riemen zum Festschnallen, aber es war zu unbequem, sie auf dem Boot zu tragen. Deshalb fasste sie den Entschluss, sie bis zum Boot auf ihren Armen zu tragen.

Hagen hob die Rüstung hoch, um sie für sie zu tragen, und meinte dann: »Schau mal, sie besteht aus zwei Teilen, die an der Taille separiert werden sollen.« Also trug sie den oberen Teil und Hagen den anderen.

Jowell und Paden waren überrascht, als sie ihren Fund sahen. »Tante Gwyneth wird diese Rüstung lieben«, rief Jowell erfreut aus.

»Und meine Schwester auch«, meinte Hagen.

»Dyna wird es gefallen, da stimme ich zu. Und Eli ebenfalls, wenn sie nicht gerade ein Kind erwartet«, fügte Paden hinzu.

»Eli wird trotzdem versuchen, sie anzuprobieren. Ich werde Alaric warnen«, fügte Jowell lachend hinzu.

Brynja räusperte sich und sagte: »Ich behalte sie. Das ist ein Geschenk meiner Mutter. Wahrscheinlich stammt die Rüstung aus Norwegen und ist von meinen Vorfahren.«

»Aber du hast zugestimmt, mit uns zum Duart Castle zu kommen, wenn wir dir helfen, den Schatz zu finden«, warf Hagen ein. »Und das haben wir getan, und du hast einen verdammt großen Schatz gefunden, also musst du jetzt mit uns zum Duart Castle kommen.«

»Erteilst du mir etwa schon wieder Befehle?«

Hagen knurrte, ohne jedoch etwas zu erwidern.

Sie räusperte sich noch mal und meinte dann: »Ich komme nur, wenn es Hildi besser geht.«

Sie stiegen ins Boot und legten die Fundstücke vorsichtig auf den Boden des Bootes. »Das war nicht Teil der Abmachung«, wandte Hagen ein.

»Aber ich denke, wir können ihr ein paar Tage Zeit geben, bis Hildi aufwacht«, schlug Jowell beschwichtigend vor.

Hagen brachte noch einmal dieses komische Knurren hervor und meinte dann: »Mal sehen.«

»Hast du gerade geknurrt?«, fragte Brynja.

»Nein«, sagte er und wandte den Kopf von ihr ab.

»Doch, hast du. Du hast ganz eindeutig geknurrt.«

Hagen ignorierte sie, und auch die anderen schenkten ihr keine Beachtung. Es war ihr egal. Sie war so froh, dass sie das gefunden hatte, und wusste, dass Hildi sich über das Geld freuen würde. Ihre Mütter hatten ihnen immer versprochen, dass sie eine Möglichkeit finden würden, wenn sie nach Norden zu den Norwegern reisen wollten.

Hier war sie, direkt auf ihrem Schoß. »Reicht das, um uns auf einem großen Schiff nach Norden zu bringen?«

»Wahrscheinlich. Ich bin mir nicht sicher, was das für Münzen sind. Sie sehen fremd aus«, antwortete Paden.

»Vielleicht«,   meinte   Hagen.   »Aber wahrscheinlich ist es nicht genug für das, was du brauchst, denn wenn du dich entscheidest zu gehen, solltest du Wachen als Begleiter mitnehmen. Zwei Frauen allein auf einem Schiff voller Männer wäre nicht gut.«

»Du denkst immer, dass das Schlimmste passieren wird.«

»In diesem Fall wird dies auch so sein. Würdest du dich auf einem Schiff mit vierzig Männern sicher fühlen?«

Sie runzelte die Stirn, da sie darüber noch nicht nachgedacht hatte, aber er hatte recht. »Ich weiß es nicht.«

Kurz darauf erreichten sie ihr Ziel und Magni rannte herbei, um ihnen aus dem Boot zu helfen. »Was ist das für ein Ding? Es sieht aus wie ein Monster.« Er zeigte auf die Rüstung, die am Boden des Bootes lag.

»Nein, das ist eine Rüstung, die meinen Körper schützen soll.« Brynja hob sie vorsichtig aus dem Boot.

Magni starrte auf die hervorstehenden Brustplatten. »Ja, die würde Hagen nicht passen, oder?«

»Nein, sie ist für Hildi oder mich. Mama hat sie für uns vergraben, und wir haben sie mit Hagens Hilfe gefunden. Wie geht es Hildi?«

Magni hat nicht geantwortet, sondern er rannte bereits zu den Häuschen zurück. »Tenney, bleib hier!« Die Jungen hatten Fangen gespielt und der Kleine hatte gekichert, bis Magni ihn erwischt hatte.

»Warum seid ihr beiden noch wach? Ist für Tenney nicht längst Schlafenszeit?«, fragte Hagen.

»Wir sind aufgeblieben, falls du zurückkommst.«

Brynja hielt inne und erinnerte sich an ihre Manieren. »Hagen, Jowell, Paden, ich kann euch nicht genug dafür danken, dass ihr mich nach Tiree gebracht habt. Hildi und ich wollten schon immer dorthin, aber wir hatten nie eine Begleitung. Ich werde jedem von euch ein Geldstück dafür geben, dass ihr mich begleitet habt.«

»Nicht nötig«, sagte Jowell. »Wir haben dir gerne geholfen. Denk nur an die Vereinbarung, die du getroffen hast.«

Sie errötete, da sie genau wusste, dass dieser Teil schwierig werden würde.

»Wir warten, bis du deine Sachen gepackt und nach Hildi gesehen hast«, kündigte Hagen an.

Sie nickte, obwohl sie genau wusste, dass sie gar nicht vorhatte, mit den Männern zu gehen. Sie hatte nur zugestimmt, um sie zu bewegen, sie nach Tiree zu bringen. Das war das Einzige in ihrem Leben, was sie hatte erreichen wollen. Nun war es geschafft, und sie würde sich entschuldigen, aber sie würde nicht nach Duart Castle mitgehen. Dort waren zu viele Menschen, und sie würde Iona niemals verlassen. Es sei denn, sie würde nach Norwegen reisen.

Leise betrat sie Beatris' Hütte, wo Beatris am Tisch saß. Hildi schlief tief und fest.

»Geht es ihr besser, Beatris? Ist sie schon aufgewacht?«

Beatris erschrak bei ihrem Eintreten. »Nein, Mädchen. Sie schläft weiter, und die Beule an ihrem Kopf ist noch nicht viel kleiner geworden. Ich weiß nicht, was ich für sie tun soll.«

»Darf ich hier bei ihr schlafen?«

»Ja.«

»Wir haben einen kleinen Schatz gefunden. Wo kann ich ihn sicher verstecken?«

»Ich kenne den perfekten Ort. Mein Vater hat darauf bestanden, dass wir ein Versteck in das Häuschen einbauen, als die Männer es für uns errichtet haben.« Sie zog eine Truhe hervor und entfernte zwei dicke Steine. »Leg ihn hier rein. Niemand wird ihn jemals anfassen.«

Brynja stellte die Kiste voller Münzen in das Versteck, lege die Steine darauf und schob die Truhe davor. »Ich muss den Grants sagen, dass sie nach Hause gehen sollen, dann komme ich zurück.«

Beatris fragte: »Hast du nicht versprochen, mit ihnen zu gehen, wenn sie dich nach Tiree bringen?«

»Ja, aber nur, wenn es Hildi besser geht.«

»Oh, natürlich. Das hatte ich nicht mitbekommen.«

»Ich bin gleich zurück.« Beatris hatte das nicht mitbekommen, weil sie es nie gesagt hat. Aber jetzt würde sie sich darauf berufen. Sie ging direkt zu Hagen und meinte: »Hildi geht es nicht besser. Sie ist noch nicht aufgewacht, also kann ich sie nicht allein lassen.«

»Wenn sie noch nicht aufgewacht ist, ist das der perfekte Zeitpunkt, um zu gehen. Sie wird dich nicht vermissen«, meinte Hagen. »Viele Leute mit Beulen am Kopf schlafen ein paar Tage lang. In zwei Tagen bist du wieder zurück. Magni wird ihr sagen, wohin du gegangen bist.«

»Es tut mir leid, Hagen, aber ich werde nicht gehen.«

Hagen stemmte die Hände in die Hüften. »Du hattest nie vor mit uns zu kommen, ist es nicht so?«

»Vielleicht hätte ich es mir überlegt, aber sicher nicht, solange Hildi noch krank ist.«

»Wir warten im Boot auf dich, Hagen«, meinte Jowell. Damit verschwanden Paden und er in Richtung Ufer.

»Du hast mich angelogen.«

Dieser Kommentar gefiel ihr ganz und gar nicht, auch wenn er der Wahrheit entsprach, aber mittlerweile hatte sie sich schon ein bisschen an sein herrisches Wesen gewöhnt. Es war keine absichtliche Lüge, sondern nur eine kleine Unwahrheit. »Nein, ich habe nur vergessen zu erwähnen, dass Hildi erst wieder gesund sein muss, bevor ich gehen kann.«

»Und wenn es ihr jetzt besser ginge, würdest du dann gehen?«

Jetzt ging er ihr nur noch auf die Nerven und somit konnte sie ihm auch die Wahrheit sagen. Wenn sie das tat, würde er vielleicht heimkehren und nie wiederkommen. Ihr Leben in der Abtei wäre weitaus einfacher, wenn er verschwände. Sie legte den Kopf schief und presste die Lippen zusammen. »Nein, wahrscheinlich nicht.«

»Warum? Hast du was gegen mich? Oder ängstige ich dich einfach nur?«

Verflixt, wie hatte er nur die Wahrheit erraten? Das würde sie ihm allerdings niemals gestehen. Er machte ihr Angst, weil er seltsame Gefühle in ihr auslöste. »Ich habe keine Angst vor dir.« Noch eine Lüge.

»Warum kommst du dann nicht mit nach Duart Castle?«

»Das habe ich dir doch schon gesagt.«

»Nein, du hast mich angelogen. Die Wahrheit ist, dass du niemals kommen wirst. Warum? Du bist du mir zumindest eine Antwort schuldig.«

»Ich schulde dir nichts.«

»Wir haben unser Leben riskiert, um dir nach Ulva zu folgen. Und dann nach Tiree. Und du weißt das überhaupt nicht zu würdigen. Du hast mich als verwöhnt und dumm bezeichnet, aber wie benimmst du dich jetzt?«

Sie wusste nicht, was sie ihm auf diese Frage antworten sollte, also griff sie auf ihre altbewährte Methode zurück. »Möge heute Nacht eine giftige Viper durch deine Mauern kommen und dir die Zehen abbeißen.«

Er schnaubte. »Norwegische Flüche. Ich kann
nicht glauben, dass du darauf zurückgreifst, anstatt
mir die Wahrheit zu sagen.«

»Möge dir eine eiternde Kröte in die Hose
kriechen und dort verrecken.«

Er schüttelte den Kopf und kam noch zwei
Schritte näher. »Du hast Angst vor mir, aber die
hast du keineswegs aus einem Grund, den die
andere vermuten würden. Du hast Angst vor den
Gefühlen, die ich in dir wecke.«

»Möge der Kot von achtzig Vögeln auf deinem
Hinterkopf landen.«

Brynja wollte zurückweichen, weil er ihr
zu nahe gekommen war. Durch seine Hitze
wurde ihr noch wärmer. Sie spürte den Schweiß
zwischen ihren Brüsten und ein seltsames
Kribbeln zwischen ihren Beinen. Auch ihr Herz
schlug immer schneller. Es war nicht nur so, dass
sie Angst vor ihm hatte. Die Reise nach Tiree
weckte einfach zu viele Erinnerungen. Der
Mord an ihrer Mutter, die Entführung von Hildi
und ihr und dann die Situation, bösen Männern
ausgeliefert zu sein, waren ihr jetzt wieder lebhaft
bewusst.

Hagen trat so nah an sie heran, dass sie seine
Hand hätte nehmen können, wenn sie nur die
Arme ausgestreckt hätte. Aber dann änderte er
seine Taktik, und das irritierte sie mehr als alles
andere. Es war, als könne er ihre Gedanken lesen.

»Wer hat dir wehgetan?«, flüsterte er.

Sie schüttelte den Kopf und kämpfte gegen die
Tränen an – es waren Tränen der Erschöpfung,
der Erregung und auch der Angst, ihre Freundin

zu verlieren. »Möge ein mit Dreck bespritzter Köter deine Mutter finden.«

»Wer? Nenn mir einen Namen, und ich sorge dafür, dass du ihn nie wieder fürchten musst.« Seine Fingerspitzen fuhren mit einer Berührung über ihr Kinn, die so sanft war wie das Fell eines roten Eichhörnchens.

»Mein Vater zum Beispiel. Ich war dabei, als er endlich nach Tiree zurückkehrte und meine Mutter fragte, ob ich ein Junge oder ein Mädchen sei.«

»Und?«

Ihre Worte kamen in einem Schrei heraus, den sie nicht beabsichtigt hatte. »Und er sagte, er wolle nichts mit einem Mädchen zu schaffen haben.«

»Und wenn du ein Junge gewesen wärst?«

Diesmal war es eher ein Schrei. »Er hätte mich mitgenommen. Er hätte meine Mutter allein gelassen, nachdem sie mich ohne seine Hilfe großgezogen hatte. Dieser egoistische Hundesohn. Ich war froh, als er endlich wieder weg war. Ich wäre sowieso nicht mit ihm gegangen.«

»Das war eine qualvolle Erfahrung für dich, da bin ich sicher, aber es gibt noch mehr, oder? Wer war er?«

Brynja wollte ihm die Antwort verweigern, aber warum sollte sie nicht ehrlich sein? Sie würde nie die Gelegenheit erhalten, dies jemand anderem zu erzählen. Niemanden sonst würde es je interessieren, was mit ihr geschehen war. Da ihre Mutter tot war, war Hildi die einzige Person in ihrem Leben, die sich um sie sorgte, falls sie jemals wieder aufwachen sollte. »Ich kann es dir nicht sagen«, flüsterte sie. »Ich kenne seinen Namen nicht.«

»Auf welche Weise hat er dir wehgetan?«

»Er hat mich angefasst. Als wir von Tiree nach Ulva gebracht wurden, hat unser Entführer mit seiner Hand über meinen ganzen Körper gestrichen. Ich habe mich gewehrt, aber er hat mich geschlagen und dann hat er auch Hildi geschlagen. Ich hasse ihn.«

»Aha, du sinnst also auf Rache, nicht wahr, Mädchen?«

Sie nickte.

»Pass gut auf dich auf. Ich hab gehört, dass Rache einen Menschen von innen her auffressen kann. Aber das nehme ich dir gar nicht übel. Ich würde genauso handeln. Wenn du jemals Hilfe brauchst, bin ich gerne für dich da. Es tut mir wirklich leid, dass du das alles hast durchmachen müssen. Das ist mehr Leid, als du verdient hast.«

Ihre Stimme war leise. »Ich hasse alle Männer.«

»Nein, das tust du nicht, aber ich kann warten, bis du von selbst darauf kommst. Ich werde auf dich warten, wann immer du bereit bist.« Er beugte sich vor und hob ihr Kinn mit seinen Fingern an, bis er ihre Lippen mit seinen berührte.

Sie hätte sich fast zurückgezogen, aber aus einem unerfindlichen Grund gefiel es ihr.

Wahrscheinlich war das auf die Zuneigung zurückzuführen, die sie für diesem Mann empfand, egal wie sehr sie sich dagegen wehrte. Dieser Mann erinnerte sie an ihre Mutter und an Hildis Mutter. Dieser Mann, der sich solche Mühe gab, um ihr zu helfen.

Er hatte ihr geholfen anstatt ihr wehzutun.

Er sagte ihr nicht, dass sie unerwünscht sei, oder dass sie den Mund halten sollte. Und vor allem sagte er ihr nicht, dass sie als Mädchen keinen Wert habe.

Seine Lippen waren weich und warm, und so verlockend, dass sie ihn zu einem weiteren Kuss zu sich zog, und Hagen knurrte, schlang seine Arme um sie und zog sie an sich, während er seinen Mund über ihren neigte. Sie öffnete ihre Lippen und ihre Zungen trafen aufeinander. Aber das machte ihr Angst. Sie stieß ihn weg.

»Du hast wieder geknurrt.«

Er lachte leise und sagte: »Ja, und das aus gutem Grund.« Dann beugte er sich zu ihr hinunter und flüsterte ihr ins Ohr: »Ich werde warten. Wann immer du bereit bist, mich in dein Leben zu lassen, werde ich da sein.«

Brynja wandte sich ab und marschierte in Richtung des Häuschens. Sie erzählte ihm nichts von ihrem Verdacht, dass der Mann, der sie damals berührt hatte, der andere Kerl in dem Boot sein könnte. Denn sie war sich nicht vollkommen sicher, also behielt sie diese Vermutung für sich. Gut versteckt vor allen, denn sie würde sich für das rächen, was er ihr und Hildi angetan hatte.

Allem voran wollte sie aber Hagen nicht ihre Tränen zeigen, denn diese waren ein Zeichen von Schwäche.

Sie war alles andere als schwach.

KAPITEL SECHZEHN

Lia

AM NÄCHSTEN MORGEN schlenderte Lia aus dem Wald herbei und hielt nach zwei Personen Ausschau. Dieser Auftrag würde sich für sie ganz anders gestalten als gewohnt. Normalerweise war sie die Beschützerin der Kinder, aber dieses Mal war es anders.

Sie war die Beschützerin eines älteren Mannes, der mit vielen der Kinder verbunden war, auf die sie aufpassen sollte. Ihr oblag es allerdings, alles richtig zu organisieren, denn andererseits würde das Universum im Chaos versinken. Sie schloss die Augen, und mit einem Summen rief sie eine bestimmte Person, die sie immer hören konnte, zu sich.

Wenig später trat Simone mit Artan unter den Bäume hervor. »Guten Morgen, Lia. Ich hätte nicht erwartet, dich hier zu sehen.«

»Seid gegrüßt ihr beiden. Es ist schön, dass ihr da seid. Ich könnte eure Hilfe bei einer Sache gebrauchen.« Lia fand die Idee wunderbar, durch Simone eine Nachricht zu überbringen, denn sie nahm die Gelegenheit wahr, ohne sich dessen so recht bewusst zu sein. Das war etwas, was Schutzengel oft machten. Simone spürte plötzlich den Drang, etwas Bestimmtes zu unternehmen oder an einen bestimmten Ort zu gehen. Sie war ein Mensch, der stets seiner Intuition folgte.

Wenn nur mehr Leute ebenso handeln würden.

»Es ist ein schöner Tag, Lia«, meinte Artan. »Simone hat gesagt, sie müsse hierherkommen, aber sie konnte mir den Grund dafür nicht verraten. Ich glaube, ich weiß, was sie dazu bewogen hat. Weißt du es?«

Lia lächelte. »Vielleicht. Ich brauche eure Hilfe bei einer bestimmten Sache, obwohl ich glaube, dass Simone mir dabei mehr helfen kann als du, Artan, aber ich bin froh, dass du mitgekommen bist«, antwortete Lia ihm

Simone schloss die Augen und flüsterte: »Lia, bitte, nicht schon wieder mein Vater. Das würde ich nicht verkraften.«

»Nein, es geht nicht um deinen Vater. Sondern um jemanden, den ich vor langer Zeit besucht habe, obwohl er mich noch nicht erkannt hat.«

»Wer? Sag es mir bitte.« Simones Gesicht hellte sich vor Aufregung auf.

»Das kann ich dir nicht sagen, aber ich bin mir sicher, dass du herausfinden wirst, wer mein Ziel ist. Aber jetzt musst du zuerst mal Brynja davon überzeugen, zum Duart Castle zu gehen.«

»Ist sie dein Ziel?«

»Nein, nicht direkt. Trotzdem ist sie ein wichtiger Teil dessen, was sich ereignen muss, doch derzeit ist sie ein bisschen stur.«

»Wie definierst du Sturheit?«, erkundigte sich Artan.

»Sie ignoriert alle Hinweise, die ich ihr zukommen lasse. Brynja muss nach Duart Castle kommen. Es ist in ihrem eigenen Interesse, aber sie weigert sich, überhaupt zuzuhören. Ich möchte nicht, dass sie entführt wird und deshalb hoffe ich, dass du sie überreden kannst, dich zu begleiten.«

Simone dachte einen Moment nach und fragte dann: »Muss Hildi mit uns kommen?«

»Ja, du musst Hildi zu Brenna, der Heilerin, bringen. Sie weiß, wie man Hildi heilen kann. Ich fürchte, dass ihre Verletzung langfristige Folgen haben könnte, wenn sie hier bleibt.«

»Wir werden uns darum kümmern.«

»Ich danke euch beiden«, meinte Lia erleichtert.

Manchmal waren die Erdenbürger bemerkenswert begriffsstutzig.

KAPITEL SIEBZEHN

Connor

CONNOR SASS AUF einem Schemel auf der Brüstung und hielt einen Becher Met in der Hand. Immer wenn er hier auf die Brüstung kam, musste er an seinen Vater denken. Wie sehr er diesen Ort geliebt hatte.

Alex Grant hatte die Brüstung und seinen besonderen Platz auf dem Grundstück der Grants geliebt, wo er Bäume gefällt hatte, um seiner Wut Herr zu werden. Connor hatte das Temperament seines Vaters nie gehabt. Jake, Kyla und Alasdair hatten es sehr wohl geerbt, aber er und Jamie waren davon verschont geblieben. Deshalb hielt Alasdair dieses Stück Land jetzt für alle offen, die es brauchten.

Connor vermisste seine Eltern sehr und so viele Stellen erinnerten ihn an sie. Er sah seine Mutter in Kyla, deren Fürsorge allen im Clan gleichermaßen galt. Aber auch in Elizabeth, wenn sie den Kindern Geschichten vorlas. Sein jüngster Sohn Morgan war das Ebenbild seines Vaters und er benahm sich auch so. So sehr, dass es Connor manchmal fast schon unheimlich war. Es kam ihm so vor, als würde er den Geist seines Vaters vor sich sehen. Hagen war auch wie Alexander Grant, weil er diese wilde Ruhe hatte, die seinen Vater ausgezeichnet hatte. Das war eine Eigenschaft, die Morgan fehlte. Hagens Stärke lag in seinen Worten und Taten, Morgans Stärke lag in seinem Schwert.

Er vermisste das Gebiet der Grants, aber er liebte auch Mull. Den Blick über das Meer zu genießen, war etwas, das er von Grant Castle aus nie hatte tun können. Von dort aus hatten sie einen See überblicken können, aber niemals das Meer. Und es war ein beeindruckender Anblick. Der Sund von Mull und Ben Buie waren seine Lieblingsorte. Die Berge und Hügel, das Wasser, die Wälder. Mull war ein wunderschöner Ort zum Leben. Wenn er jetzt noch den Rest seiner Kinder hierher holen könnte, würde er sich vollkommen fühlen.

Zu seiner Überraschung trat Dyna in diesem Moment mit ihren drei Kindern in den Hof. Sylvi rannte voraus, während Sandor mit seinem Spielschwert herumfuchtelte, und Tora?

Sie blieb unter ihm stehen, als wüsste sie genau, wo er sein würde. Sie drehte sich um und sah ihn direkt an. »Gwanpa!«

»Guten Morgen, süße Tora. Was gibt's?«

»Komm runter, Gwandpa! Ich brauche dich.«

Dyna sah zu ihm auf und zuckte mit den Schultern.

»Ich komme gleich, Dyna.«

Das gefiel ihm überhaupt nicht, aber er wollte seine Enkelin nicht einfach ignorieren, denn sie konnte sehen, was kommen würde. Und das wusste er. Er stellte den Schemel wieder zurück, nahm seinen Becher Met und ging die Treppe hinunter, bis er draußen war.

Tora rannte direkt auf ihn zu und streckte ihm die Arme entgegen. »Hoch, Gwandpa.«

Connor setzte sich auf eine Bank in der Nähe und streckte seine Arme nach dem süßen Mädchen aus. »Komm zu mir, Kleine.«

Tora kletterte auf ihn, kicherte, ehe sie dann wieder ernst wurde. Sie fasste sein Gesicht mit beiden Händen und sagte: »Du musst Bwia helfen.«

»Bwia?«

»Bwia. Hagens Bwia. Du musst ihr helfen. Sie kommt später.« Dann schubste sie ihn an der Brust, wie sie es immer tat. »Runter.«

Hagen war gestern Abend aus Iona zurückgekehrt, aber er hatte nicht viel gesprochen. Es war schon ziemlich spät, als er ihn zurückkommen hörte, und der junge Mann hatte vollkommen geschafft ausgesehen. Connor hatte ihm zugewunken, als er die Treppe hinaufging und Jowell ihm mit Paden folgte.

Er musste den Burschen heute Morgen suchen. Es war etwas im Busch.

Dyna kam herüber, nachdem Tora gegangen war, und flüsterte: »Was ist denn jetzt, Pa?«

»Es geht um Hagens Bria. Kennst du sie?«

»Nein, aber ich habe von ihr gehört. Die mit den Speeren. Sie ist Norwegerin, glaube ich. Brynja.«

»Deine Tochter sagt, ich soll ihr helfen.« Connor

sah sich um und suchte nach seinem Sohn. »Ich werde ihn suchen gehen. Es ist Zeit, sich an die Arbeit zu machen.«

Er kehrte in die große Halle zurück und war froh zu sehen, dass Hagen gerade eine Schale Porridge verspeiste und das als Einziger in der Halle. »Bist du spät gekommen, mein Sohn?«

»Ja, wir waren auf Iona und haben Brynja und Hildi geholfen, aber Hildi wurde verletzt und Brynja wollte nicht hierherkommen.«

»Von Anfang an, Hagen. Nach meinem letzten Wissensstand wart ihr auf dem Weg zu den MacQuaries.«

»Als wir ankamen, erzählten wir Thane alles, was wir wussten, und während wir auf seinen Zinnen standen, bemerkte er zwei Männer, die in Richtung Ulva fuhren. Also folgten wir ihnen und tatsächlich hatten die bösen Schurken es auf Brynja und Hildi abgesehen, die zufällig auf Ulva Äpfel sammelten. Einer der beiden Halunken packte Hildi und benutzte sie als Schutzschild gegen Brynja. Doch dann schleuderte er sie gegen einen Baum und sie ist noch nicht wieder zu sich gekommen. Wir brachten Hildi zu Beatris, dann bat Brynja uns, sie nach Tiree zu bringen, wo wir die Stelle aufsuchten, an der ihre Mutter gelebt hat. Wir haben ihr geholfen, ein Vermächtnis ihrer Mutter zu finden, die es hinter dem Häuschen vergraben hatte: einen Vorrat an Münzen. Es gehörte ihrer Mutter, aber die Erde war aufgewühlt, sodass wir glauben, dass einer der Männer die Münzen gefunden hatte, aber sie weiter dort versteckte. Wir haben das Geld mitgenommen, sodass die Männer jetzt vielleicht hinter ihr her sind, weil sie sich genommen hat, was ihr zusteht. Und sie hat sich geweigert, nach Duart zu kommen, obwohl sie versprochen hatte, dass sie nach Duart kommen würde, wenn wir sie nach Tiree bringen würden.«

Connor nickte und sagte dann: »Fang von vorne an. Erzähl mir alles.«

Hagen seufzte, wiederholte aber alles und fügte die fehlenden Einzelheiten ein. »Verstehst du jetzt?«

»Ein bisschen. Was bedeutet dir dieses Mädchen? Ist sie diejenige, nach der du gefragt hast? Ist sie das Mädchen, das dich interessiert? Zumindest dachtest du, dass sie dich interessiert. Sind dir deine Gefühle jetzt klarer?«

Hagens Blick huschte zu fünf Stellen im Saal. »Ja. Ich hoffe, sie zu meiner Frau zu machen, Vater.«

»Nachdem du sie ein oder zwei Mal getroffen hast?«

»Wie oft hast du Mama gesehen, bevor du es wusstest?«

»Das ist nicht dasselbe.«

»Wie oft hat Großvater Großmutter gesehen, bevor er es wusste?«

»Das ist auch nicht dasselbe.«

»Onkel Brodie und Tante Celestina?«

Connor fluchte. »Du hast deinen Standpunkt klar gemacht. Du sagst, sie weigert sich, hierher zu kommen. Tora hatte vor kurzem einen ihrer Anfälle.«

»Und?«

»Und sie sagte, ich müsse Bria helfen. Hagens Bria waren ihre genauen Worte.«

»Mist. Das gefällt mir nicht, aber ich bringe dich zu ihr, um sicherzugehen. Diese Männer könnten kommen, um sie zu entführen.«

»Nein, das ist nicht nötig. Tora hat gesagt, sie würde später herkommen.«

Hagen runzelte die Stirn. »Sie hat deutlich gemacht, dass sie kein Interesse daran hat, hierher zu kommen. Es müsste erst etwas passieren, damit sie ihre Meinung ändert.«

»Oder jemand.«

»An wen denkst du?«

Logan kam die Treppe herunter. »Simone wird sie später hierher bringen. Avelina hat es mir schon gesagt.«

»Sie kommt hierher? Wirklich?«

»Das hat dir sicher den Tag versüßt, Hagen. Du bist total verliebt, oder?« Logan hatte sein berühmtes schiefes Grinsen aufgesetzt.

»Ich schätze schon. Und ich freue mich, dass sie hierherkommt.«

»Warum willst du, dass sie hierherkommt, Hagen? Das hast du noch nie über ein Mädchen gesagt.« Sein Vater wusste, dass mehr hinter dieser Geschichte stecken musste, also beschloss er, ein bisschen zu bohren, ohne direkt zu werden.

Hagen seufzte und schob sich vom Tisch weg. »Weil ... Ihr Vater ist Schotte, der ihre Mutter geschwängert und dann verlassen hat. Der Mistkerl ist zurückgekommen, als sie älter war, und fragte sie, ob das Kind ein Junge oder ein Mädchen sei. Brynja hörte zufällig mit, als ihr

Vater sagte, da er nichts mit ihr zu tun haben wollte, weil sie ein Mädchen sei. Und dann ging er wieder.«

Logan pfiff und sagte: »Oh, Gott im Himmel, bitte lass mich diesen Schuft finden.«

»Und als die Männer kamen und ihre Mutter umbrachten, haben sie Brynja mitgenommen und angefangen, sie zu begrapschen. Sie hat versucht, einen davon abzuhalten, also hat er sie geschlagen. Geschlagen! Sie hasst Männer, Pa. Und ich weiß nicht, wie ich sie davon überzeugen soll, dass es auch gute Männer auf der Welt gibt, außer sie hierher zu bringen.«

Sein Vater und sein Onkel tauschten einen Blick aus. Onkel Logan ging ein wenig auf und ab, aber sein Vater blieb auf seinem Platz sitzen.

»Ich hab versucht, sie zu überreden, hierher zu kommen, aber sie hat abgelehnt. Sie meinte, sie könne Hildi nicht allein lassen.«

Logan starrte an die Decke. »Du weißt, was als Nächstes kommt, oder, Grant?«

»Ja, aber ich hör mir deine Meinung an, Ramsay.«

»Wenn Simone sie nicht hierher bringt, hole ich Hildi.«

Sein Vater grinste. Diese großen Geister kamen schnell zu denselben Schlussfolgerungen.

Hagen meinte: »Nein, hol Brynja. Bring sie her. Sie muss hierherkommen.«

Connor und Logan lachten beide. »Nein, mein Sohn. Wenn du das tust, wird sie dich hassen.«

»Sie wird mich hassen, wenn ich Hildi hierher bringe.«

Wieder tauschten die beiden diesen Blick aus.

»Was?«

Sein Vater meinte: »Wenn du Hildi hierher bringst, wird Brynja folgen.«

Logan meinte: »Sie wird darauf bestehen.« Er schüttelte den Kopf. »Wir müssen dir noch einiges beibringen, Junge. Aber das passiert nun mal verliebten Männern. Die richtige Frau wird dein Innerstes auf hundert verschiedene Arten durcheinanderbringen.«

Connor sagte nicht, was er dachte. Er war froh, dass sein Sohn verliebt war.

Allerdings war er gar nicht froh darüber, dass Brynja in Toras Gedanken war. Das konnte nichts Gutes bedeuten.

KAPITEL ACHTZEHN

Brynja

B RYNJA SASS MIT Hildis Kopf in ihrem
Schoß im Boot, während Artan, Simone
und einer von Thanes Wachen sie zu den
MacQuaries ruderte. »Kann Lady Brenna sie
heilen? Ich kann Hildi nicht verlieren. Sie ist
meine beste Freundin.«

»Wenn sie geheilt werden kann, wird Lady
Brenna einen Weg finden. Sie ist die Beste im
ganzen Land.«

Als sie bei den MacQuaries ankamen,
sagte Thane zu Artan: »Wenn sie noch nicht
aufgewacht ist, nimm das größere Boot und vier
weitere Männer und fahr durch den Sund von
Mull direkt nach Craignure. Von dort aus kannst
du sie mit einem Wagen nach Duart bringen.«

Sie hatten die Boote gewechselt, Hildi wurde
von einer Hand in die nächste und dann in die
nächste gereicht, aber sie wachte nicht auf.

Als sie im neuen Boot saß, versuchte Brynja,
nicht zu weinen, denn Hildis blasses Gesicht
machte sie trauriger als alles andere. Wie konnte

sie nach einer ganzen Nacht Schlaf immer noch tief und fest schlafen?

Oh, sie wusste, dass Hagen was zu sagen haben würde, weil sie mit Simone mitgegangen war und ihn abgelehnt hatte. Aber er würde sich damit abfinden müssen. Was hätte sie sonst machen sollen? Hildi ging es auch nicht besser, und Simone hatte darauf bestanden, sie zu einer anderen Heilerin zu bringen.

Beatris hatte dem voll und ganz zugestimmt.

Sie brauchten länger als erwartet, um zum Duart Castle zu kommen, aber das Wetter war gut und es war Mittag, also war sie zufrieden.

Sie hatte jedoch nicht erwartet, dass Duart Castle so spektakulär sein würde, majestätisch auf einem Felsvorsprung thronend, mit Türmen, Zinnen und Burgmauern, die den Eindruck erweckten, als würden sie den Himmel berühren. Das Bauwerk überragte den Sund von Mull und das Meer, eine echte Seltenheit.

Simone musste bemerkt haben, wie sie es anstarrte, als sie nebeneinander auf ihren Stuten den Hügel hinaufritten. »Ziemlich majestätisch, nicht wahr, Brynja?«

»Ich habe noch nie etwas Vergleichbares gesehen.« Sie fühlte sich auf ihrem eigenen Pferd unsicher, da sie nicht viel Reiterfahrung hatte und bislang nur die kleinen Ponys im Nonnenkloster geritten war. Simone hielt die Zügel ihres Pferdes, wenn sie Hilfe brauchte, und Brynja war ihr dafür dankbar. Aber das Castle war anders als alles, was sie je zuvor gesehen hatte.

Als sie sich auf dem Küstenweg näherten,

verwandelte sich die Festung von einer dunklen Silhouette vor dem Himmel in einen beeindruckenden Anblick aus verwitterten Mauern, deren quadratischer Bergfried sich trotzig über den Sund von Mull erhob, umgeben von einer dicken Ringmauer. Das Wasser unter ihnen schäumte graugrün und schwappte gegen die schwarzen Felsen, während die Möwen im salzig schmeckenden Wind kreischten. Die Burg schien aus dem Felsen zu wachsen, als hätte sie seit Anbeginn der Zeit über diese Gewässer gewacht, und ihre Steine trugen die Spuren jahrelanger heftiger Stürme und Schlachten zwischen den Clans.

»Es ist gigantisch«, flüsterte Brynja. »Wie viele Leute leben hier?«

»Wegen der Besuche der Grants und der Ramsays ändert sich das täglich. Sie haben die Gewohnheit, zwischen den Highlands und Mull hin- und herzureisen. Das Castle wurde von den MacDougalls erbaut, aber König Robert hat es ihnen abgenommen und den Ramsays geschenkt. Sie haben sich dann mit ihren Verbündeten versammelt, um die Lairds zu wählen. Es gibt zwei Lairds, Maitland Menzie und Dyna Grant.«

»Eine Frau ist Laird?« Brynja hätte nicht schockierter sein können.

»Ja, und für die Streitkräfte sind ein Ehemann und seine Ehefrau, Alaric und Eli Grant, verantwortlich. Sie ist meine Nichte. Er unterweist die Schwertkämpfer und sie die Bogenschützen.«

Brynja sagte nichts und wünschte, Hildi könnte diese Unterhaltung mithören. Würde sie genauso schockiert wie Brynja sein, wenn sie hörte, dass die Frauen zum Kampftrupp des Clans gehörten? »Das Castle sieht so hoch aus.«

»Das Turmhaus hat vier Stockwerke, und der Hauptturm ist drei Stockwerke hoch. Die Grants wissen die Kammern gut zu nutzen und sie haben in jedem Raum drei oder vier Betten aufgestellt, von denen einige nur für Kinder vorgesehen sind. Sie haben zwei Stallgebäude, von denen eines für die Pferde gedacht ist. In dem anderen nächtigen die meisten ihrer Wachen. Ich kann es kaum erwarten, alles von innen zu sehen. Es muss wunderschön sein.«

Simone nickte und drückte ihr die Hand. »Allein im großen Saal gibt es zwei Kamine. Unzählige Tische, Bänke, Wandteppiche und verschiedene Waffen zieren die Wänden. Du wirst es sehen, aber ich glaube, du wirst noch beeindruckter sein, wenn du den Innenhof und den inneren Bereich der Ringmauer zu Gesicht bekommst.«

Brynja neigte verwirrt den Kopf. »Warum?«

»Nach den jüngsten Angriffen ist der Bogenschießplatz nach innen verlegt worden. Er ist kleiner als der draußen, aber Alaric würde seine Frau nicht außerhalb der Mauern üben lassen. Es gibt ein kleines Areal, wo die Wachen trainieren können, aber die großen Übungsplätze liegen außerhalb der Mauer. Du wirst es sehen.«

Als sie am Tor angekommen waren und ihre Pferde den Stallburschen übergaben, meinte Simone: »Artan wird Hildi zu Brenna bringen. Ich möchte, dass du mit mir kommst. Lass Hildi erst einmal von Brenna in Ruhe anschauen, bevor wir zu ihr gehen. Bist du einverstanden?«

»Warum kann ich nicht bei Hildi bleiben?«

»Das wirst du, aber Heiler möchten den Kranken zunächst allein untersuchen. Ich möchte dir das Castle zeigen, damit du weißt, wo du hingehst. Und es gibt einige besondere Leute, die ich dir zuerst vorstellen möchte.«

Brynja stand innerhalb der Ringmauer der riesigen Burg und blickte zu den Zinnen und Fenstern des steinernen Bergfrieds hinauf. Zweifelsohne war dies ein prächtiger Ort mit Blick auf das Meer. Direkt hinter dem Tor stand ein großer Mann mit dunklem, von grauen Strähnen durchzogenem Haar. Er war größer als alle anderen und trat auf sie zu. »Simone«, sagte er. »Ist dies die junge Frau, von dem ich so viel gehört habe?«

»Das ist Brynja Nyberg«, antwortete Simone. »Sie lebt mit ihrer Freundin im Nonnenkloster, aber sie waren gerade auf Ulva, als sie von unbekannten Angreifern überfallen wurden. Hagen und seine Cousins waren dabei. Hildi hat sich von dem Angriff noch nicht wieder erholt und deshalb haben wir sie zu Brenna gebracht. Brynja, das ist der ehemalige Laird des Grant Clans, Connor Grant. Er ist auch Hagens Vater.«

»Seid gegrüßt, Mylord«, entgegnete sie, denn sie wusste nicht so recht, was in diesem Fall angemessen war. Noch nie hatte sie so viele Männer an einem Ort gesehen, außer in der Abtei mit all den Mönchen. Aber die Mönche redeten nicht, und somit war dies hier eindeutig etwas anderes.

Hier waren überall Männer.

»Willkommen auf Duart Castle. Wenn ich dir irgendwie helfen kann, Brynja, sag mir einfach Bescheid.«

»Vielen Dank«, entgegnete sie und knetete den Stoff ihrer Tunika ein wenig zu fest zwischen ihren Händen. Die Nähe zu Männern, die keine Mönche waren, war ihr etwas unangenehm, und sie trat zwei Schritte zurück. Was wäre, wenn einer der Männer versuchen würde, sie unangemessen zu berühren? Sollte sie Simone fragen, wie sie sich in einer solchen Situation verhalten sollte?

»Ich lasse dich jetzt mit deiner Führerin allein.« Connor ging zum Bergfried zurück und es kam ihr fast so vor, als hätte er ihre Verunsicherung bemerkt.

»Komm, ich zeige dir den Bogenschießplatz. Manche nennen ihn auch ‚die Zielscheiben‘«, lud Simone sie ein.

Brynja näherte sich dem kleinen Bogenschießplatz und Simone ging hinter ihr. Je näher sie kam, desto schockierter war sie. So etwas hatte sie in ihrem ganzen Leben noch nie auf Tiree oder Iona gesehen. Nichts hätte sie mehr überraschen können.

Es war weder das Castle oder der Bergfried, die ihre Aufmerksamkeit forderten, sondern die Menschen. Dies war die Welt, von der sie immer geträumt hatte. Es war eine Welt, von der sie dachte, dass sie nur im Land der Norweger existierte. Hier musste etwas Besonderes vor sich gehen.

An der Seite des Bergfrieds standen zwei Mädchen, eines mit roten Haaren und das andere mit braunen Haaren. Beide trugen enge Strumpfhosen und schossen Pfeile auf drei verschiedene Ziele. Sie schossen so schnell, dass es ihr den Atem raubte.

Was sie noch mehr schockierte, war die ältere Frau mit nur einem Bein, die ihnen offenbar Unterricht gab. Sie hatte eine seltsame Vorrichtung an einem Bein, während ein Mann hinter ihr stand und sie immer wieder auffing und wieder aufrichtete, wenn sie das Gleichgewicht zu verlieren drohte.

»Merryn, schau mir einen Moment zu«, gebot die ältere Frau. »Achte auf meine Handbewegungen. Ich ordne meine Pfeile in dieser bestimmten Weise an, damit ich sie schneller greifen kann.« Sie schoss fünf Pfeile aus ihrem Köcher in einer derart blitzschnellen Folge ab, dass Brynja sich die Hand vor den Mund hielt, um ihr Staunen zu verbergen.

Dann geriet die arme Frau auf ihrer seltsamen Beinvorrichtung ins Wanken, und der Mann hinter ihr fing sie auf und richtete sie wieder auf, während sie »Logan!« brüllte.

»Ich hab dich, Liebes«, sagte der Mann. Dann rief er über seine Schulter: »Dyna! Wir brauchen dich!«

»Das sind meine Adoptiveltern, Logan und Gwyneth Ramsay« flüsterte Simone. »Ich stelle dich ihnen später vor, aber zuerst will ich dir zeigen, was du haben kannst, wenn du zu ihnen hierherziehst. Ich verspreche dir, dass sie dich aufnehmen werden. Sie haben mich und viele andere vor genau der Art von bösen Hundesöhnen gerettet, die deine Mutter umgebracht haben. Wir werden dir helfen.«

Das rothaarige Mädchen schoss erneut. »War das besser? Es fühlte sich besser an.«

Simone nickte in Richtung der Bogenschützen. »Das ist Merryn, die mit Broc Grant verheiratet ist. Sie lernt gerade, genau wie du. Auch sie hat ihre Familie durch ein paar grausame Mistkerle verloren. Schau eine Weile zu und entscheide dann selbst, wer deiner Meinung nach die Beste ist. Das andere Mädchen andere ist meine Nichte Eli, die mit Alaric Grant verheiratet ist. Sie ist ein temperamentvolles Mädchen.«

»Versuch es noch einmal, Eli. Du warst ein bisschen zu langsam«, meinte Gwyneth.

Eli tat wie ihr geheißen und traf das Ziel viermal genau in die Mitte. Der fünfte Schuss ging dann allerdings daneben.

Logan pfiff. »Gut gemacht, aber was ist mit dem letzten Schuss passiert, Enkelin?«

Die Tür zum Bergfried öffnete sich und eine fast weißhaarige Frau trat heraus, eilte herbei, schnappte sich einen Bogen und einen Köcher mit zehn Pfeilen und unterdrückte ein Kichern. »Mama hat die Mädchen in ihrer Obhut. Jetzt bin ich dran, bitte.« Sie zog das letzte Wort so lange wie möglich in die Länge.

Logan warf der Blonden einen Blick zu und sagte gedehnt: »Du musst genauso üben wie Gwynie, und das weißt du auch, Dyna.«

Brynja hielt den Atem an. Sie schaute über ihre Schulter zu Simone, die nickte. »Ja. Das ist Hagens Schwester und meiner Meinung nach die Beste«, flüsterte sie dann. »Ich beobachte ihre Bewegungen sehr genau. Sie ist ebenso anmutig wie kraftvoll, und das sieht man nicht so oft.«

Brynja musste sich zusammenreißen, weil sie kaum glauben konnte, dass sie hier die Möglichkeit bekam, von diesen Frauen zu lernen. Von diesen starken, kraftvollen Frauen, die sie selbst sein durften und nicht gezwungen waren, Röcke zu tragen, um zart und grazil zu wirken. Kein Mann stand neben ihnen und brüllte Befehle, außer dem einen, der seiner Frau half, die Übungsstunde zu beaufsichtigen.

Dyna machte sich bereit, während die anderen zurückstanden. Sie schoss alle Pfeile ab und machte dabei zweimal eine Pause. Jedes Mal traf sie die Mitte der Zielscheibe. Gwyneth lachte und applaudierte. »Gut gemacht, Dyna.«

Dyna stieß ein undamenhaftes Knurren aus, als sie zum Ziel rannte. »Den hier habe ich verfehlt.«

»Verdammt noch mal, du verfluchte Hexe! Du hast jeden einzelnen erwischt!«, schrie Eli,

Brynja drehte ihren Kopf ruckartig zu Simone. Hatte diese Frau wirklich gerade vor ihrem eigenen Großvater geflucht? »Wirklich?«, flüsterte sie.

»Es ist es egal, wie sie flucht, solange sie das Ziel trifft.«

Dyna hob ihre Pfeile auf und nahm ihre Position wieder ein, als sich die Tür zum Bergfried öffnete und eine Frau in der Tür stand und darauf wartete, dass zwei junge Mädchen zu ihr kamen.

Sie war die majestätischste Frau, die Brynja je gesehen hatte. Ein langer dunkelblauer Umhang floss hinter ihr her, als sie heraustrat, und ihr fast weißes Haar war so einzigartig geflochten, dass Brynja fasziniert war. Sie hielt zwei kleine Mädchen an der Hand, die beide Miniaturbögen und -pfeile trugen. Die große, statuenhafte Frau ging mit den beiden Mädchen zum Bogenschießplatz und lächelte strahlend. »Schaut zu, wie eure Mama schießt, Mädels.«

Brynja in den Schatten eines nahe gelegenen Baumes zurück, um nicht gesehen zu werden. War das sie?

War das die Frau, die man die Eiskönigin nannte? Die Frau, von der sie und Hildi seit Jahren gehört hatten und die sie verehrten? Die Frau, mit deren Hilfe Hunderte von Mädchen und Kindern gerettet worden waren, indem sie sich gegen die grausamsten Männer des Landes gestellt hatte? Die einen ganzen Transport von jungen Mädchen aufgehalten hatte, die in Kisten versteckt über das Wasser transportiert und wie Schmuckstücke an den Mann gebracht werden sollten? Die Geschichte besagte, dass sie sich mit einer Gruppe von Männern namens »Bande der Cousins« zusammengetan hatte, um der grausamsten Bande aller Zeiten das Handwerk zu legen.

Simone flüsterte: »Ja, das ist Sela Seton Grant,

die nordische Frau, die als Eiskönigin bekannt ist und den Mann gefangen hat, den kein Schotte fangen konnte, sagt Großvater. Sie hat Connor Grant geheiratet, den du bereits kennengelernt hast. Sie sind die Eltern von Dyna«. Sie nickte in Richtung des Bogenschießplatzes. »Und auch von Hagen, Astra und Morgan. Sie ist der Grund, warum Dyna nicht nur stark, sondern auch anmutig ist. Dyna ist mit der Kraft einer Grant und der Anmut und Stärke einer Nordländerin gesegnet.«

Dann starrte Simone Brynja an und nickte ihr zu. »Dyna ist genau wie du, halb Schottin und eine halb Norwegerin.«

Brynja konnte die Tränen nicht zurückhalten, als sie ihr Vorbild hier direkt vor Augen hatte. Sie war die Frau, die sie motiviert hatte, mehr zu sein. Mehr als eine Ehefrau und mehr als eine Mutter. Sie war eine Frau mit eigener Stärke und Charakter.

Eine Frau, die etwas bedeutete.

»Kann ich jetzt Hildi besuchen?« Sie wischte sich die Tränen ab und schaute weg, damit sie nicht wieder weinen musste.

»Natürlich. Wir gehen nach drinnen. Wir müssen uns etwas zu essen besorgen. Ich bin ganz hungrig.«

Simone führte sie über den Hof und die Stufen zum Bergfried hinauf. Sobald die beiden reinkamen, wurde es plötzlich ganz still. Für manche war es noch Mittagszeit, aber die Schreie eines kleinen Jungen übertönten alle anderen Geräusche.

»Bwia, Bwia, Bwia!«

Simone führte sie zu einem Mann, der ein Kind vor der Brust trug, das strampelte, als würde es einen Hügel hinunterlaufen. »Maitland, das ist Brynja. Brynja, das ist einer der Lairds von Duart Castle neben Dyna, Maitland Menzie. Was sagt er?«

Der kleine Junge streckte die Arme nach ihr aus, aber Brynja wusste nicht, was sie tun sollte.

»Willkommen, Brynja«, sagte Maitland mit einem Nicken. »Das ist mein Sohn Grant, und ich glaube, er wartet schon lange auf dich. Er scheint dich zu kennen.«

»Er hat auf mich gewartet?« Sie hätte nicht überraschter sein können.

»Bwia, Bwia …« Er streckte die Hand nach ihr aus, also hob Brynja ihre Hand und legte ihren Finger auf die Handfläche des Jungen, der sie fest umklammerte. Er lächelte und flüsterte: »Bwia.«

»Er kennt dich.« Maitland runzelte die Stirn. »Aber wie?«

»Ich weiß es nicht. Ich war noch nie hier.« Brynja starrte auf die kleine Hand, die ihren Finger umklammerte.

»Ich glaube, er wird dich nie wieder gehen lassen.«

»Sprich mit ihm, Brynja. Sag ihm, warum du hier bist«, forderte Simone sie auf.

Sie senkte den Kopf und sagte: »Sei gegrüßt, Grant. Ich muss zur Heilerin, um sicherzugehen, dass meine Freundin gesund wird. Ich hoffe, es geht ihr jetzt besser. Ich vermisse sie schon jetzt.«

Grant beruhigte sich und winkte ihr zu, wobei

er seinen Daumen in den Mund steckte, nachdem er ihren Finger losgelassen hatte.

Die Tür öffnete sich und drei Männer traten ein, von denen einer direkt auf sie zukam. Hagen näherte sich ihr, während Jowell und Paden sich am Buffet bedienten.

»Da bist du ja, Brynja. Willkommen auf Duart Castle. Ich muss zugeben, dass ich überrascht bin, dich hier zu sehen. Bist du mit Simone gekommen?«

»Ja«, antwortete sie und kaute an ihrem Fingernagel. »Hildi geht es nicht besser. Simone meinte, Brenna könnte ihr helfen und dass sie noch zu Besuch hier sei. Sie wusste nicht, wann Brenna abreisen würde, also sind wir gleich gekommen.«

»Ich würde dir gerne alles zeigen«, lud er sie ein.

Dyna kam lachend zu ihnen gelaufen. »Wir haben Gäste, wie ich sehe, Maitland. Bleibst du über Nacht, Mädchen?«

»Ja, wenn es keine Mühe macht. Aber ich kann mit Hildi in der Kammer der Heilerin schlafen.«

»Auf keinen Fall. Ich werde dir eine eigene Kammer suchen, die du dir mit Hildi teilen kannst, wenn es ihr besser geht. Hagen, würdest du uns bitte vorstellen? Oder soll ich ihren Namen erraten?«

»Brynja, das ist meine Schwester, Dyna Corbett, und Laird des Grantham Clans. Dyna, das ist Brynja aus Iona.«

Grant nahm seinen Daumen aus dem Mund,

strampelte plötzlich und griff wieder nach ihr. »Bwia, Bwia, Bwia.«

Dyna griff nach dem Jungen und nahm ihn aus der von seinem Vater gefertigten Tragevorrichtung an seiner Brust. »Willst du Brynja sehen, Grant?«

»Bwia, Bwia.«

»Magst du Kinder, Brynja? Möchtest du ihn mal halten? Er scheint dich zu mögen.«

»Ich war schon oft in Ionaland, und dort gibt es immer Kinder. Ich würde ihn sehr gerne halten.« Sie legte ihre Hände unter die Arme des Jungen, hob ihn hoch und setzte ihn auf ihre Hüfte. Grant legte seinen Kopf auf ihre Schulter und schloss dabei die Augen.

»Oh mein Gott.«, flüsterte Dyna. Sie warf einen Blick zu Maitland.

Maitland sagte: »Ich bin schockiert. Er liebt dich, Brynja. Du musst etwas Besonderes sein.«

Brynja atmete den süßen Duft des Jungen ein und lächelte, doch dann erstarrte sie.

»Wer ist dieses Mädchen?« Hagens Mutter kam direkt auf sie zu.

Brynja geriet in Panik, gab Grant an Maitland zurück und rannte zu der einzigen anderen Tür neben der Tür, aus der die Dienstmädchen gekommen waren. Sie hoffte, dass es die Kammer der Heilerin war.

Sie konnte es noch nicht ertragen, der Eiskönigin zu begegnen.

KAPITEL NEUNZEHN

Hagen

»MAMA, DU HAST sie verängstigt. Mach das nicht. Ich habe dir doch gesagt, dass sie Angst hatte, hierher zu kommen.«

»Warum? Wir sind doch freundlich.«

Simone sagte: »Brynja hat bis vor ein paar Monaten ein sehr abgeschiedenes Leben geführt.« Simones Stimme wurde düster. »Hildi und sie lebten mit ihren Müttern auf einer Insel – nebeneinander in kleinen Häuschen auf Tiree. Dann kamen Männer. Sie töteten beide Frauen direkt vor den Augen der Mädchen.«

Sie machte eine Pause, damit sich dieser Information erst einmal setzte. »Sie brachten Brynja und Hildi in ein anderes Häuschen, wo gestohlene Kinder festgehalten wurden. Die Mädchen sollten auf ein Schiff gebracht und Gott weiß wohin geschickt werden. Mehr weiß Brynja nicht, denn sie und Hildi sind in einem kleinen Boot geflohen. Fischer haben sie gefunden und zur Abtei gebracht. Seitdem sind sie im Nonnenkloster.«

Seine Mutter sagte: »Hagen, das hast du uns nicht erzählt.«

»Ich habe ja nicht alles gewusst. Ich habe mehr erfahren, als wir zu den MacQuaries gereist sind, und ich habe es Pa erzählt. Im Moment sinnt sie auf Rache an dem Mann, der sie verfolgt ... dem, der mit Clyde zusammen war und sie töten will. Sein Name ist Sholto. Und sie will auch den Mann finden, der ihre Mutter und ihre Tante getötet hat.«

»Die Mädchen sind also Cousinen. Arme Mädchen«, sagte seine Mutter. »Ich bete, dass Hildi schnell gesund wird.«

»Mama, sie ist stärker, als du denkst.«

»Natürlich ist sie das. Sie ist zum Teil Norwegerin.« Ihre Mutter hob eine Augenbraue.

Dyna sagte: »Ich möchte nur zu gern wissen, warum Grant sie zu kennen scheint.«

Maitland schüttelte den Kopf. Grant zeigte auf die Heilkammer und sagte: »Bwia.«

»Ich weiß. Bria ist beschäftigt, Grant. Sie kommt gleich zurück.«

Dyna beugte sich zu Grant hinunter und fragte: »Woher kennst du sie, Grant?« Dann kitzelte sie seinen pummeligen Bauch, bis er kicherte. »Bwia? Woher kennst du sie?«

Grant zeigte wieder auf die Tür und sagte: »Bwia.«

Dyna stand auf und verschränkte die Arme. »Ich weiß nicht, was genau es ist, aber es besteht eine Verbindung zwischen den beiden. Ich bin gespannt, wie es weitergeht.«

»Vielleicht ist sie auch eine Seherin?«, vermutete seine Mutter.

»Oder ein Engel?«, meinte Dyna.

»Nein, sie ist kein Engel«, sagte Simone. »Brynja hat nichts Übernatürliches an sich, so wie Lia.«

Hagen gefiel diese Bemerkung nicht. Er würde das Mädchen gegen jede Beleidigung verteidigen. »Das kannst du nicht mit Sicherheit sagen.«

»Hat Brynja unter einem Blatt gelebt, bis Hildi sie gefunden hat?«, fragte Simone gedehnt.

Hagen verdrehte die Augen und lachte. »Das ist ein gutes Argument. Dann ist sie eben eine Seherin.«

»Vielleicht. Wir müssen abwarten und sehen«, meinte seine Mutter.

»Ich glaube, sie hat eine andere Kraft, aber sie ist noch zu jung, um sie entwickelt zu haben. Das muss sich erst noch zeigen«, meldete sich Dyna zu Wort. Dann wackelte sie mit Grants Fuß. »Genau wie du, kleiner Kerl.«

Wie auf eine Kommando drehten sich alle um und starrten zur Tür.

Hagens Vater kam näher und sagte: »Oh, ich möchte genau wissen, was das verursacht hat.«

»Hagen, erzähl ihm von Grant und Bria. Ich werde nach Brynja sehen«, bat Hagens Mutter.

Simone hielt sie zurück und sagte: »Sela, du musst wissen, dass sie als Tochter einer nordischen Frau alles über die Eiskönigin gehört hat ...«

»Wirklich?« Der überraschte Ausdruck auf dem Gesicht seiner Mutter war anders als alles, was er bisher gesehen hatte.

»Ja. Und sie verehrt dich. Deshalb ist sie so

schnell verschwunden. Sie hat dich kommen sehen und war noch nicht bereit, dir zu begegnen. Mit all den Leuten hier im Castle und dann, den Bogenschießplatz zu sehen, das war einfach ein bisschen zu viel für sie.«

»Mama!«, meinte Hagen. »Und sie war gestern Abend mit uns auf Tiree lange auf.«

Seine Mutter hob eine Augenbraue, aber dann sah er das Funkeln in ihren Augen und ihr kleines Lächeln.

Simone berührte ihn am Arm. »Nein, lass deine Mutter gehen. Das ist eine großartige Möglichkeit für sie, Brynja kennenzulernen, und da sie Norwegerin ist, denke ich, dass sie gut für beide Mädchen sein wird. Ich schätze auch, dass wir alle viel mehr von Brynja und Hildi sehen werden.«

»Stimmt«, sagte Dyna mit einem nachdrücklichen Nicken und einem Blick auf Grant. »Besonders Brynja. Ich meine Bwia.«

Hagen sah noch immer skeptisch auf die Tür. »Es ist schwer, mit Brynja ins Gespräch zu kommen. Sie hat eine Mauer um sich herum aufgebaut, um sich vor allen zu schützen.«

Dyna streckte die Hand aus und legte sie auf die Schulter ihres Bruders. »Denk mal an den Hintergrund unserer Mutter und vergleiche ihn mit Brynjas.«

Verdammt, seine Schwester hatte recht.

KAPITEL ZWANZIG

Brynja

———— ❧ ————

BRYNJA SETZTE SICH auf einen Schemel neben dem Bett, auf dem Hildi lag, und sah zu Brenna auf. »Geht es ihr schon wieder besser, Mylady?«

»Du musst Brynja sein. Sie ist noch nicht geheilt, aber ich glaube, es wird ihr bald besser gehen. Und bitte nenn mich Brenna.«

»Woher wisst Ihr das, Lady Brenna?« Sie rieb ihre Hände so fest aneinander, dass sie nach wenigen Augenblicken aufhören musste.

»Ich zeige es dir. Dann weißt du, was zu tun ist, wenn so etwas noch einmal passiert.« Sie hob eines von Hildis Augenlidern an und hielt es offen. »Siehst du den schwarzen Teil in der Mitte ihres Auges?«

»Ja.«

»Wenn sie wirklich krank wäre, wäre dieser Teil riesig. Das ist er aber nicht. Das ist ein gutes Zeichen. Hier ist noch ein weiteres. Pass auf, wenn ich ihr in den Arm kneife.« Brenna kniff zu und Hildi zuckte mit dem Arm zurück. »Hast du

das gesehen? Menschen, deren Gehirn wirklich
krank ist, spüren keinen Schmerz. Sie spürt ihn.«

»Ist das gut?«

»Ja, das ist sehr gut. Sie hat immer noch eine
ziemlich große Beule an der Stirn, aber sie scheint
allmählich abzuschwellen. Sobald sie ganz weg
ist, wird Hildi wohl aufwachen. Und dann wird
sie bestimmt ziemlich hungrig sein. Wir holen
ihr am besten gleich eine Suppe. Weißt du, wo
die Küche ist?«

Sie schüttelte den Kopf. »Aber ich kann sie
finden.«

Die Tür öffnete sich und die Eiskönigin kam
rein.

Brenna legte ihre Hand auf ihren Unterarm
und hielt sie davon ab, zur Tür zu gehen. »Nein,
ich gehe selbst. Sela bleibt bei dir. Sela, hast du
Brynja schon kennengelernt?«

Brenna stellte die beiden einander vor, und
Brynja stand auf und wich zurück.

Sela sagte: »Ich bleibe bei den beiden, Brenna.
Geh du. Ich wollte Brynja so gern kennenlernen.«

Brenna ging. Brynja stand auf und wich zurück,
bis sie die Wand erreichte. Sie drücke die Hände
gegen die Steinmauer. Sie wusste nicht, was sie
tun sollte. Würde Sela so nett sein wie Hagen und
Dyna? Oder so kalt, wie ihr Titel vermuten ließ?

Sela setzte sich und klopfte auf den Hocker.
»Ich beiße nicht. Bitte setz dich, Brynja.«

Sie tat, was die Frau verlangte, und ließ den
Blick nicht von dem schönen Gesicht der Frau,
während sie sich zu Sela hinüberbewegte und
sich neben sie setzte.

»Simone hat gesagt, du hast von der Eiskönigin gehört. Stimmt das?«, fragte Sela.

Brynja nickte und schluckte schwer. »Meine Mama hat oft von Euch gesprochen.«

»Du weißt, dass ich diesen Titel nicht besonders mag, aber ich würde dir gerne eine Geschichte erzählen. Bist du damit einverstanden?«

Brynja nickte zustimmend.

»Als ich Connor Grant traf, war mir sehr kalt. Weißt du warum? War das ein Teil der Geschichte, die du von deiner Mutter gehört hast?«

Sie schüttelte den Kopf und war auf die Antwort neugierig. Sie würde sich alles anhören, was diese Frau zu sagen hatte, insbesondere, wenn es Dinge waren, die sie noch nicht über die Königin wusste.

»Die bösen Männer hielten meine dreijährige Tochter von mir fern. Sie drohten, ihr etwas anzutun, wenn ich mich ihren Wünschen nicht fügte. Connor folgte mir, als er mich zum ersten Mal traf, und ich befürchtete, meine Tochter würde wegen Connors Handlungen bestraft werden. Aber glücklicherweise passierte das nicht. Allerdings wurden wir beide, Connor und ich, bestraft.«

Brynja war verwirrt, denn diesen Teil der Geschichte hatte sie noch nie gehört. »Bestraft? Ihr beide?«

»Diese bösen Kerle waren in der Überzahl und wahrscheinlich um die fünfzig Mann. Sie haben Connor verprügelt, dann mich, und uns beide im Wald liegen lassen, damit wir dort sterben. Ohne Connors Freunde, die nach ihm gesucht haben,

wären wir beide jetzt tot. Dann gäbe es keine
Dyna, keinen Hagen, keinen Morgan und keine
Astra. Aber wir haben es überlebt. Sie brachten
mich zum Grant Castle, und dort lernte ich
Connors Mutter kennen. Sie war die netteste
Frau, die ich je getroffen habe. Maddie Grant hat
mir beigebracht, zu lieben und zu vertrauen ...«
Sie hielt inne, um sich zu räuspern. Die Tränen
waren ihr in die Augen getreten. »... Connor zu
glauben, als er sagte, er würde mich vor diesen
Schuften beschützen, die für Geld und zum Spaß
töten.«

Völlig hingerissen konnte Brynja kein Wort
herausbringen, weil sie das seltsame Gefühl hatte,
dass Selas Leben ihrem eigenen sehr ähnlich war.

»Weißt du«, fuhr sie fort und wischte sich die
Augen, »Männer haben meine Eltern vor meinen
Augen umgebracht und mich dann zu ihrem
Spielzeug gemacht. Ich bekam meine Tochter
Claray, aber ich musste mich drei Jahre lang ihren
Wünschen fügen. Bis ich Connor traf.«

Sela stand auf und ging auf und ab. Ihre Stimme
erfüllte den Raum. »Und weißt du, dass Connors
Mutter, Maddie, die Frau war, die ich am meisten
bewunderte? Sie war keine Bogenschützin und
keine Königin, sondern eine Frau, die Kinder
liebte und sich ihrem Schutz verschrieben hatte.
Hast du die Geschichte gehört, wie meine
Tochter vor dem Mann namens Hord, dem
Spinnenmann, gerettet wurde?«

Brynja schüttelte den Kopf. Sie hasste Spinnen
derart, dass ihr bei der bloßen Erwähnung schon
die Haut kribbelte.

»Es war einer der schönsten Tage meines Lebens. Ich ritt vor Connor auf seinem prächtigen Hengst. Hinter uns ritten mindestens hundert Grant-Wachen, Maddie ritt mit ihrem Mann Alex. Sie hatte Alex gesagt, sie würde ohne meine Tochter nicht gehen. Ich konnte kaum glauben, dass sie zu etwas imstande war, was sonst niemand tun würde: meine kleine Tochter von diesen bösen Männern befreien. Aber als wir uns der Burg näherten, kamen etwa fünfzig dieser Schufte heraus. Sie waren alle mit Schwertern bewaffnet und kampfbereit. Alex verlangte meine Tochter zurück, und sie lachten und sagten, sie hätten keine kleinen Mädchen.«

Sela schmunzelte leise, neigte kurz den Kopf nach vorne und stand dann mit einem Lächeln auf, während ihr Tränen über die Wangen liefen.

»Weißt du, was diese zierliche Frau gesagt hat? Gegen all diese grausamen, bösen Kreaturen sagte sie: ,Bring mir dieses Kind, oder ich lasse dich von meinem Mann festhalten, während ich dir meine Nadel mitten ins Auge steche.'«

Brynja sagte: »Wirklich? Das hat sie gesagt? Aber warum sollten sie Angst vor einer Frau haben, wenn sie so viele Männer sind?«

»Es war nicht ihre Größe, sondern ihre Worte und die Art, wie sie sie sagte. Sie sprach mit einer Überzeugung, wie ich sie noch nie gehört hatte. Jeder, der Madeline Grant über meine Tochter reden hörte, wusste, dass sie ohne zu zögern ihr Leben für mein Mädchen geben würde. Und so dumm diese Männer auch waren, erkannten sie sahen das Feuer in ihren Augen. Ich habe diesen Blick selbst gesehen, und er hat mir Angst gemacht.«

»Und sie hatte nur Nadeln? Kein Schwert oder Dolche?«

»Ja, sie bedrohte die Schufte mit zwei Nadeln. Nachdem die Kerle sie sprechen gehört hatten und, ich möchte hinzufügen, ihren Mann hinter ihr gesehen hatten, der ein mächtiger Krieger gewesen war, und alles getan hätte, was seine Frau von ihm verlangte, tauschten die Schurken Blicke aus und winkten dann einem Mann, damit er meine Tochter herausbrachte.« Sie neigte erneut den Kopf und hob ihn dann wieder, um sich die Tränen von den Wangen zu wischen, bevor sie fortfuhr. »Diese kleine Frau rannte los, um meine Kleine zu schnappen, gerade als die Schlacht losging. Überall waren Schwerter und Gebrüll. Aber meine süße Tochter war sicher in Maddies Armen, wo sie sich fortan am liebsten aufgehalten hatte. Ich erzähle dir diese Geschichte aus zwei Gründen.«

»Warum?«, fragte Brynja mit zitternden Händen.

Sela kam herüber, setzte sich vor sie und umfasste Brynjas Hände mit ihren eigenen. »Ich erzähle dir das, weil du wissen musst, dass der Grant und der Grantham Clan die sichersten Orte sind, an denen du dich je aufhalten kannst. Vertraue dem, was die Menschen dir sagen. Mein Mann, mein Sohn, meine Tochter und ich werden dich vor diesen Mistkerlen beschützen.«

»Und der andere Grund?«

Sela streckte die Hand aus, strich ihr die

vereinzelten Haarsträhnen aus dem Gesicht und legte dann ihre Hand auf ihre Wange. »Zweifle niemals an deinem Wert als Frau. Diese Frau kontrollierte mit ihren Worten und zwei Nadeln über hundert Krieger und Männer. Du brauchst weder die Muskeln noch die Größe eines Mannes, um mächtig zu sein. Nutze deine Worte und deinen Verstand und die Kraft, die in dir wohnt. Das ist deine Stärke, Mädchen.« Dann legte sie ihre Hand auf ihre Brust. »Und hier. Maddie Grants Stärke lag in ihrem Herzen.«

Sela beugte sich mit einem Lächeln vor und flüsterte: »Und vergiss dein nordisches Erbe niemals.«

Brynja fiel Sela in die Arme und weinte sich die Augen aus.

Sie weinte um ihre Mutter, ihre Tante und um ihre liebe Freundin Hildi.

Und sie weinte auch um sich selbst. Sie hatte ihr Volk und ihren Platz gefunden.

KAPITEL EINUNDZWANZIG

Hagen

———✦———

AM NÄCHSTEN TAG verbrachte Hagen die meiste Zeit auf Patrouille und er hielt nach Spuren der Kerle Ausschau, die Hildi und Brynja angegriffen hatten. Sie waren nirgends zu finden. Er war bis zu den MacQuaries geritten und hatte mit Thane gesprochen, aber auch er hatte nichts gesehen.

Brynja verbrachte den Tag an Hildis Seite, aber Hildi war noch nicht aufgewacht. Brenna hatte ihm leise gesagt, dass ihre Chancen auf Genesung umso geringer seien, je länger es dauerte, bis sie aufwachte.

Er konnte sich kaum vorstellen, was für ein leidvolles Leben Brynja hatte führen müssen. Sie hatte miterleben müssen, wie ihre Mutter und ihre Tante starben. Sie war entführt worden und dann in ein Kloster geflohen, wo sie jetzt lebte.

Sie war allein, bis auf Hildi.

Oh, sie hatte Freunde und Freundinnen gefunden. Sheona und Simone und Magni und Beatris, aber außer Hildi hatte sie keine Familie.

Sie hatte nur diese eine Cousine.

Hagen saß am Kamin und dachte über diesen einen Gedanken nach.

Jowell kam herein und setzte sich neben ihn. »Worüber denkst du nach? Ich kann sehen, wie dir der Dampf aus den Ohren raucht.«

»Cousins. Was glaubst du, wie viele Cousins wir haben?«

Jowell machte große Augen und kicherte. »Mehr, als ich zählen kann?«

»Ich werde es versuchen. Du, Alaric, Paden, Eli, Alick, Eli, Alasdair, Merelda ...«

»Maryell, Broc, Chrissa, und dann sind da noch die Ramsays, die wir als Cousins betrachten, Ysenda, Errol, Thea und dann Brin ... Ich könnte ewig so weitermachen. Worauf willst du hinaus?«

»Brynja hat nur eine Cousine – Hildi. Ihre Mutter ist tot und auch ihre Tante ist tot, und das war alles. Sie lebt in einem Kloster. Wie wäre es wohl, nur eine einzige Person in der Familie zu haben?«

Jowell neigte nachdenklich den Kopf und verschränkte die Finger vor sich. »Du kannst doch deine Mutter fragen, wie das ist. Hatte sie nicht auch nur Claray, als sie deinen Vater kennenlernte?«

Hagen runzelte die Stirn. »Du hast recht. Ich habe gar nicht daran gedacht. Ihre Eltern wurden beide getötet. Mist. Was für ein schreckliches Leben.«

Jowell schaute ihn an. »Du wirst vorsichtig mit ihr sein, oder?«

»Was meinst du damit?«

Seine Stimme wurde leiser und nahm einen scharfen Unterton an. »Sie ist keine Trophäe, die man gewinnen kann, Hagen. Sie ist keine Herausforderung und sie ist kein Zeitvertreib. Sie ist eine Frau, die gebrochen wurde und die sich aus eigenen Antrieb und Wut wieder zusammengesetzt hat. Und sie verdient jemanden, der diese Leistung anerkennt. Es muss jemand sein, der versteht, was es sie gekostet hat, einem anderen Menschen wieder zu vertrauen. Spiel nicht mit ihren Gefühlen.«

Hagen zwang sich, tief Luft zu holen. Erst musste er nachdenken, ehe er antwortete. Denn Jowell hatte recht, wenn er sich um ihr Wohlergehen sorgte. Wenn überhaupt, respektierte Hagen ihn dafür umso mehr.

»Du hast recht«, sagte Hagen leise. »Ich fange an zu verstehen, warum Großvater als Beschützer der Frauen bekannt war.«

»Das ist vollkommen richtig. Jetzt, wo wir uns darüber einig sind, geh ich ins Bett. Paden hat sich schon hingelegt.« Die drei teilten sich eine Kammer mit drei Betten, da derzeit so viele Menschen in Duart lebten oder zu Besuch waren.

»Ich sehe noch nach Brynja, dann komme ich auch hoch.«

Hagen ging zur Heilkammer und öffnete die Tür langsam, für den Fall, dass dort gerade etwas geschah, das Privatsphäre erforderte, obwohl er gesehen hatte, dass Brenna sich vor einer Weile zurückgezogen hatte. »Brynja?«

Sie saß neben Hildi und hatte den traurigsten Ausdruck im Gesicht, den er je gesehen hatte

– Es war ein Ausdruck von Einsamkeit und Niederlage. »Brynja, darf ich reinkommen?«

»Ja, bitte.«

»Wie geht es ihr?«, fragte er und schloss die Tür hinter sich.

»Keine Veränderung. Sie schläft.«

»Sie wird wahrscheinlich die ganze Nacht schlafen, meinst du nicht auch?«

Brynja sah ihre Freundin an und strich ihr ein paar wirre Haarsträhnen aus dem Gesicht. »Ich denke schon.«

»Würdest du mit mir einen kurzen Spaziergang machen? Ich möchte dir etwas zeigen.«

Seufzend stand auf. »Ich muss mir wirklich die Beine vertreten.«

Er hielt ihr die Tür auf und sie traten in die große Halle.

»Wohin gehen wir?«, fragte sie.

»An einen besonderen Ort, den ich dir zeigen möchte.« Er deutete auf die Treppe.

Sie runzelte die Stirn. »Nicht in deine Kammer. Deine Cousins sind dort.«

»Nein.« Er lachte. »Erst würde mich mein Vater umbringen und dann meine Mutter. Die Brüstung. Wegen des Sunds von Mull ist der Ausblick von dort einfach atemberaubend.« Er führte sie die erste Treppe hinauf und dann den Gang entlang zu einer Tür am Ende. »Darf ich deine Hand nehmen? Es ist eine dunkle Treppe.«

Sie nickte, also schloss er seine Hand um ihre und führte sie die Treppe hinauf. Er drückte die schwere Tür auf und hielt sie für sie offen. Eine leichte Brise wehte ihm entgegen, und er lächelte.

»Dieser Ort macht dich glücklich«, bemerkte sie.

»Es ist der Geruch des Meeres, der mich glücklich macht. Es ist so anders als unser Castle in den Highlands. Das ist auch der Grund, warum wir hierbleiben. Das Wasser ist etwas Besonderes.« Er führte sie um die Brüstung herum, bis sie den Sund von Mull überblicken konnten.

»Es ist kühl. Ich hätte meinen Umhang mitbringen sollen.«

»Wenn du einverstanden bist, ziehe ich dich mit dem Rücken vor mich, dann bist du vor dem Wind geschützt«, schlug er ihr vor.

Zu seiner Überraschung willigte sie ein und trat vor ihn. Er legte seine Arme um sie, achtete aber darauf, dass er sie nicht zu fest umschlang. Er wollte sie nicht erschrecken. »Ich erzähle dir eine Geschichte. Mein Großvater liebte die Brüstung. Dort verbrachte er einen Großteil seiner Freizeit. Allerdings kam auch immer dorthin, wenn er über Schlachtpläne entscheiden musste oder wenn er festlegen musste, wer für bestimmte Dinge verantwortlich sein sollte. Er liebte es so sehr, dass es eine seiner letzten Handlungen war, die er vor seinem Tod beging. Mein Vater trug ihn zu den Zinnen hinauf, wo ein Stuhl für ihn bereitstand. Er liebte es, wenn der Wind durch sein Haar wehte, aber am meisten gefiel ihm die Aussicht. Er schwor, dass er bis zur Grenze Schottlands sehen konnte, obwohl ich das bezweifle.«

Sie schaute sich um und betrachtete alles, was sie noch nie gesehen hatte. »Es ist wunderschön. Ich habe so etwas noch nie so was gesehen,

Hagen. Danke, dass du mich hierher gebracht hast. Erzähl mir mehr über deinen Urgroßvater. Wie hat er deine Großmutter kennengelernt?«

»Er war auf Patrouille, was zu seinen Lieblingsaufgaben gehörte. Er wollte immer wissen, wer seine Nachbarn waren. Er war mit einem meiner Onkel unterwegs, als er bei einem Herrenhaus Halt machte, aber der Besitzer war nicht freundlich. Sie traten dennoch ein und beschlossen, die Nacht dort zu verbringen, und er behauptete später, er sei mitten in der Nacht gezwungen gewesen, Türen zu öffnen. Er sagte, er sei in einer der Kammern auf die schönste Frau gestoßen, die er je gesehen hatte. Sie hatte tief und fest geschlafen, aber er hatte sofort gewusst, dass er sie niemals verlassen konnte.«

»Warum nicht? Sie hat doch geschlafen.«

»Sie war schwer misshandelt worden. Er verließ die Kammer wieder, weil ihre Zofe ihn mit einem Besen verjagte, aber er konnte sie nicht einfach zurücklassen. Zusammen mit seinem Bruder wurde er vom Besitzer verjagt, aber sie schlichen sich später wieder hinein, und er erwischte ihn dabei, wie er die Frau schlug, also entführte er sie.«

»Und haben die beiden sofort geheiratet?«, fragte sie.

Hagen lachte leise. »Nein. Sie vertraute meinem Großvater nicht, aber sie vertraute keinem Mann. Sie war still, zurückhaltend und sie fürchtete sich vor Männern. Großvater sagte, er habe ewig gebraucht, um sie davon zu überzeugen, dass er ihr niemals wehtun würde.«

»Und dein Vater fand Sela, die auch gegen ihren Willen festgehalten wurde. Und sie heirateten.«

»Das hat auch eine Weile gedauert. Sie blieb in einem Kloster, weil sie dachte, sie hätte es nicht verdient, Connor Grant zu heiraten. Aber er hat sie überzeugt.«

»Sie ist jetzt so glücklich.«

»Oh, nichts macht meine Mutter glücklicher als ihre Enkelkinder. Immer wieder macht sie Astra und mir gegenüber Andeutungen, dass sie noch mehr Enkel haben möchte. Morgan ist noch zu jung.«

»Wie alt bist du?«

»Zweiundzwanzig. Und du?«

»Achtzehn. Ich bin alt genug, um die Abtei zu verlassen, aber ich weiß nicht, wohin ich gehen soll.« Sie schaute über die Landschaft und fragte: »Warst du schon an all diesen Orten dort in der Fremde, Hagen Grant?«

»Nein. Ich habe viele besucht, aber nicht alle. Und du?«

Sie lächelte und sagte: »Keinen einzigen. Ich bin zum ersten Mal auf Mull. Ich war bisher nur auf Tiree und Iona.«

Er trat einen Schritt zurück und drehte sie zu sich um. Er fasste ihr Gesicht mit beiden Händen und sagte: »Brynja, ich führe dich überall hin, wohin du möchtest. Aber darf ich dich zuerst küssen?«

Sie lächelte und nickte.

Seine Lippen verschmolzen mit ihren, und zunächst war die Berührung sanft und vorsichtig, um sie nicht zu erschrecken. Ihm war klar, dass sie noch nie mit einem Mann zusammen gewesen war. Alles an ihr war zögerlich. Seine Zunge neckte ihre, und sie öffnete sich ihm und gewährte ihm Zugang zu ihrer süßen Höhle. Er neckte und reizte sie, bis ihre Neugierde die Oberhand gewann. Dann duellierten sich ihre Zungen, bis er vor Verlangen keuchte, wie er es schon lange nicht mehr getan hatte.

Es verlangte ihn, mehr über sie zu erfahren, sie zu kosten, sie zu seiner zu machen.

Sie überraschte ihn, indem sie sich an ihn schmiegte und ihr weicher Körper passte sich so perfekt an seinen an, als wären sie wie füreinander geschaffen. Sie legte ihre Arme um seinen Hals, und er vertiefte den Kuss, bis er vor Verlangen knurrte, das so heftig war, dass er sich vor seinen Handlungen fürchtete.

Er beendete den Kuss und sie flüsterte: »Du hast wieder geknurrt.«

Er lachte und küsste sie auf die Stirn. »Das ist alles deine Schuld, Mädchen. Du inspirierst mich.«

Die Tür in der Ecke ging auf und er bewegte sich gerade so weit, dass er seinen Cousin sehen konnte. Paden hielt die Tür offen und sagte: »Hildi ist wach. Tante Brenna hat mich geweckt.«

Brynja quiekte und eilte die Treppe hinunter, Hagen direkt hinter ihr. »Danke, Paden. Geh wieder ins Bett.«

Brenna wartete bereits unten an der Treppe auf Brynja.

Er betete inständig, dass ihre Cousine geheilt sein möge.

KAPITEL ZWEIUNDZWANZIG

Brynja

———— ❧ ————

BRYNJA STÜRMTE DURCH die Tür in die Heilkammer. »Hildi?«

Brenna machte eine Handbewegung, um sie zu erinnern, leiser zu sprechen und nicht so stürmisch zu sein. War sie nicht wach? Was bedeutete das?

Hagen kam hinter ihr herein und seine Hand lag auf der kleinen Wölbung ihres Rückens, was sie dazu ermutigte, weiterzugehen. »Ist sie wach?«, flüsterte sie.

»Brynja?«, rief eine kratzige Stimme nach ihr.

Brenna nickte und zeigte auf einen Schemel für sie, also setzte sie sich und griff nach Hildis Hand. »Hildi, wie fühlst du dich?«

»Wo sind wir, Brynja? Und wer ist diese nette Frau?«

»Sie ist eine Heilerin. Wir sind im Duart Castle. Simone meinte, du solltest zu Brenna gebracht werden, weil sie eine der besten Heilerinnen ist, und ich hatte solche Angst, dass du nie wieder aufwachen würdest. Geht es dir gut?«

Hildi stöhnte und schloss die Augen. »Mein

Kopf.« Sie hob die Hand, um sich die Wange zu halten. »Er tut weh.«

»Du hast einen schlimmen Schlag auf den Kopf bekommen, Hildi«, meinte Brenna. »Dein Kopf wird noch eine Weile wehtun, aber dann vergeht der Schmerz wieder. Ich kann dir einen Trank geben, um die Schmerzen zu lindern.«

Brynja fragte: »Hast du Hunger? Möchtest du etwas essen?«

»Nur etwas zu trinken. Mein Hals ist viel zu wund, um etwas zu essen.«

»Ich habe etwas warme Brühe für sie. Das wird ihrer Kehle guttun. Brynja, versuch doch mal, sie Hildi zu trinken zu geben.«

»Ich kann meinen Kopf nicht heben«, jammerte sie.

»Hier, ich helfe dir.« Brynja legte ihre Hand hinter ihren Nacken und half ihr, den Kopf ein wenig anzuheben und dann führte sie ihr die Tasse an die Lippen. Hildi trank zwei Schlucke, bevor ihr Kopf wieder zurücksank.

»Bitte, kannst du diese Schmerzen in meinem Kopf irgendwie lindern?«

»Ich gebe dir den Trank, aber er wird dich sehr schläfrig machen«, versprach Brenna.

»Gut, denn ich bin müde.«

Brenna ging hinaus und Hildi flüsterte ihrer Freundin zu: »Wo sind wir? Und wer ist sie?«

»Ich habe es dir doch gesagt ...« Hagen legte seine Hand auf ihre Schulter, um ihr zu bedeuten, ihre Freundin nicht zu rügen. Sie sah zu ihm auf, und er schüttelte den Kopf.

Brenna kam zurück und sagte: »Ich gebe ihr den

Trank.« Sie gab Hildi das Mittel, das sie zubereitet hatte. »Das sollte deine Kopfschmerzen lindern. Hast du noch irgendwo anders Schmerzen?«

Hildi schluckte und sagte:»Nein, es ist nur mein Kopf. Es ist schrecklich.« Dann drehte sich ihre Freundin auf die Seite und machte die Augen wieder zu.

Brynja konnte nicht glauben, dass ihre Freundin sich von ihr abgewandt hatte. Sie sah Brenna hilfesuchend an, aber die Heilerin winkte sie zur Tür, Hagen kam hinter ihr her. Er legte seinen Arm um Brynjas Schultern. »Mach dir keine Sorgen wegen ihrem Zustand. Sie hat mehrere Tage geschlafen. Sie muss alles nachholen, und ihr Körper ist noch am Heilen. Das Beste, was ich mir erhofft hatte, war, dass sie aufwacht und dich erkennt und um etwas zu trinken bittet. All das hat sie getan. Sie wird bald wieder gesund sein, Brynja. Du musst ihr nur Zeit geben. Es wird eine Weile dauern, bis sie wieder ganz genesen ist.«

»Vielen Dank, Lady Brenna. Ich glaube, ich geh jetzt ins Bett.« Brenna nickte Hagen zu, der sie zur Tür begleitete.

Als sie allein im Flur waren, sah Brynja Hagen an und meinte: »Ich hab's vergessen, aber ich hab gehört, wie die Männer über die Grants gesprochen haben. Ich sollte Connor wohl Bescheid sagen, oder?«

»Ja, wir sagen es ihm gleich morgen früh.«

»Ich muss mich anstrengen, um mich an ihre Worte zu erinnern. Ich war so besorgt um Hildi, dass ich das vollkommen vergessen habe.«

»Konzentrier dich einfach darauf, etwas Schlaf zu finden. Morgen wirst du dich daran erinnern, und dann werden wir mit meinem Vater sprechen.«

Sie nickte und lächelte Hagen vorsichtig an. »Es gibt nur eine Sache, die ich jetzt tun möchte.«

»Sag mir nur ein einziges Wort, und ich helfe dir, Mädchen.«

»Ich will den Schuft töten, der Hildi das angetan hat. Ich will mich an ihm und an den Männern rächen, die unsere Mütter umgebracht haben. Hilfst du mir dabei?«

»Das werde ich, aber du musst mir versprechen, dass du nichts auf eigene Faust unternimmst.«

Sie war sich nicht sicher, ob sie das versprechen konnte, aber sie nickte zustimmend.

Diese Schurken waren so oder so dem Tode geweiht.

Und dafür würde sie die Rüstung ihrer Mutter tragen.

KAPITEL DREIUNDZWANZIG

Brynja

———❧———

AM NÄCHSTEN TAG stand Brynja am Rand des Übungsplatzes und beobachtete Hagen bei der Arbeit mit einer fuchsfarbenen Stute. Das Pferd war jung und noch in der Ausbildung. Offenbar stellte es die Geduld seines Ausbilders auf die Probe. Hagen murmelte etwas, das Brynja nicht verstehen konnte, und die Stute drehte ihre Ohren zu ihm, wobei sich ihre Haltung von trotzig zu neugierig veränderte.

»Sie vertraut dir«, meinte Brynja.

Hagen blickte über die Schulter und ein Lächeln huschte über sein Gesicht. »Noch nicht. Aber wir sind auf einem guten Weg.« Er strich mit der Hand über den Hals der Stute. »Willst du es versuchen?«

Brynja zauderte. Sie konnte reiten. Die Nonnen hatten ein paar Ponys für Ausflüge zur Abtei gehalten, aber das waren betagte und ruhige Tiere gewesen, die sich damit begnügten, gemächlich an der Küste entlang zu trotten. Diese Stute war anders. Jung. Kraftvoll. Sie war ein Schlachtross.

»Ich werde nicht besonders gut darin sein.«

»Dann wirst du es lernen.« Hagen führte die Stute herbei, und er hielt die Zügel locker in der Hand. »Außerdem brauchst du ein richtiges Pferd, wenn du hier bei den Grants bleiben willst. Du kannst nicht zu Fuß unterwegs sein, wenn es Probleme gibt.«

Die Praktikabilität dieses Arguments überzeugte sie. Im Kloster und auf Tiree hatte sie keine Notwendigkeit gehabt, sich im Reiten zu verbessern. Reiten zu lernen bedeutete eine weitere Fähigkeit, und damit eine weitere Möglichkeit, ihr Schicksal selbst in die Hand zu nehmen.

»Einverstanden.«

Hagens Lächeln wurde breiter. »Gut. Zuerst musst du die Stute verstehen.« Er reichte Brynja die Zügel. »Was fällt dir auf?«

Brynja schaute sich die Stute genau an. »Ihre Ohren bewegen sich ständig. Sie hört aufmerksam zu.«

»Ja. Sie achtet auf alles – auf dich, auf mich, auf den Jungen neben dem Stall, auf den Wind in den Bäumen. Pferde sind Beutetiere. Sie halten immer nach Gefahren Ausschau.«

In Brynjas Brust zog sich bei diesen Worten etwas zusammen. Das verstand sie. Immer wachsam zu sein, nie ganz entspannt.

»Wie schaffst du es, dass sie dir vertraut?«

Hagen rückte näher, und nun war er so nahe, dass sie seine Wärme in ihrem Rücken spüren konnte. »Du beweist ihr, dass du keine Bedrohung bist. Dass du ruhig bist. Dass du bemerkst, was sie braucht.« Er legte eine Hand auf ihre an den

Zügeln und korrigierte ihren Griff. »Wenn du sie zu fest hältst, denkt sie, dass du Angst hast. Wenn du sie zu locker hältst, denkt sie, du passt nicht auf. So wie jetzt.«

Seine Finger fühlen sich warm an ihren an, sie waren vom Schwertkampf schwielig geworden. Brynja stockte der Atem. Sie zwang ihre Konzentration auf die Stute und nicht darauf, dass Hagens Stimme tiefer und vertrauter geworden war.

»Streichle jetzt ihren Hals. Gib ihr Zeit, deinen Geruch und deine Berührung kennenzulernen.«

Brynja streckte ihre freie Hand aus. Das Fell der Stute war warm und glatt, ihre Muskeln bewegten sich unter der Haut. »Sie ist wunderschön.«

»Ja.« Hagens Stimme hatte einen seltsamen Unterton. Als Brynja zurückblickte, sah er nicht mehr auf das Pferd.

Ihre Wangen wurden heiß. Sie konzentrierte sich wieder ganz auf die Stute.

»Wie heißt sie?«

»Sie hat noch keinen Namen. Sie ist noch zu neu. Papa hat gerade ein paar junge Pferde aus Oban hergebracht. Sie mögen das Schiff nicht, also versuche ich, sie zu beruhigen und sie an ihre neue Welt zu gewöhnen.« Hagen trat zurück und machte Brynja Platz. »Du könntest ihr einen Namen geben, wenn du möchtest.«

»Ich?«

»Warum nicht? Du wirst sie reiten.«

Die beiläufige Gewissheit in seiner Stimme, dass sie bleiben würde und ihr eigenes Pferd brauchen würde, hätte sie eigentlich ärgern müssen.

Stattdessen fühlte es sich wie ein Geschenk an. Als würde er ihr eine Chance anbieten, von der sie nicht zu träumen gewagt hatte.

»Freya«, sagte Brynja leise. »Freya ist eine Göttin in der Sprache meiner Mutter. Sie sieht wirklich majestätisch aus, und es ist etwas Besonderes, wie ihr Fell das Licht einfängt.«

»Freya«, wiederholte Hagen, wobei sein Akzent das Wort anders klingen ließ, aber nicht weniger schön. »Das passt zu ihr.«

Die Stute drehte bei ihrem neuen Namen die Ohren zu Brynja, als würde sie zustimmen.

»Also«, sagte Hagen wieder ganz ernst, »dann heben wir dich mal in den Sattel. Komm her.«

Er führte Freya zum Aufsitzblock. Brynja kletterte hinauf und bemerkte plötzlich, wie hoch der Rücken des Pferdes aus diesem Blickwinkel wirkte.

»Schiebe deinen Fuß in den Steigbügel. Ja, genau so. Jetzt schwing dein anderes Bein rüber. Ich halte dich fest.«

Seine Hände stützten sie beim Aufsteigen, und eine lag an ihrer Taille, eine an ihrem Ellbogen. Die Berührung war kurz, aber sicher, und dann saß sie auf dem Pferd und blickte von einer ungewohnten Höhe auf ihn herab.

»Wie fühlt es sich an?«, fragte er.

»Seltsam, weil ich so hoch über dem Boden bin. Kraftvoll.« Freya bewegte sich unter ihr, und Brynja hielt die Zügel fester.

»Ganz ruhig.« Hagen legte seine Hand wieder auf ihre und lockerte ihren Griff. »Denk dran, sie spürt alles, was du tust. Wenn du angespannt bist, ist sie auch angespannt. Atme.«

Brynja atmete langsam ein und dann wieder aus. Freyas Ohren drehten sich zu ihr zurück und lauschten.

»Besser«, sagte Hagen. »Jetzt gehen wir. Zuerst im Hof herum. Drück sanft mit deinen Beinen, dann geht sie vorwärts.«

Brynja tat, wie ihm geheißen. Freya ging gemächlich los, Hagen hielt neben ihnen Schritt und legte eine Hand leicht auf die Schulter der Stute.

»Gut. Halte deinen Rücken gerade, die Schultern entspannt. Du machst alles sehr gut.«

Sie umrundeten den Hof, und mit jeder Runde fühlte sich Brynja sicherer und besser auf die Bewegungen der Stute eingestellt. Es war, als würde sie eine neue Sprache lernen, die aus subtilen Signalen und Reaktionen bestand. Es war wie eine Unterhaltung ohne Worte.

»Willst du es mal im Trab versuchen?«, fragte Hagen nach ein paar Runden.

Brynja nickte und ihre anfängliche Nervosität war einer Art Aufregung gewichen.

»Drück deine Beine etwas fester an. Dann wird sie schneller. Und du musst dich im Rhythmus ihrer Bewegungen aufrichten und senken. Das braucht etwas Übung, also mach dir keine Sorgen, wenn es sich anfangs etwas seltsam anfühlt.«

Brynja drückte mit den Beinen. Freyas Schritt ging in einen holprigen Trab über, und Brynja fand sich unangenehm im Sattel hüpfend wieder.

»Versuch, ihren Rhythmus zu finden«, rief

Hagen, der neben ihnen herlief. »Hoch, runter. Hoch, runter. Genau so. Du kannst es schon beinahe.«

Es dauerte noch eine ganze Runde, bis Brynja den richtigen Rhythmus gefunden hatte, und dann klappte es plötzlich. Sie hob und senkte sich im Takt von Freyas Gang, und das Hüpfen wurde zu einer fast anmutigen Bewegung.

»Genau so!«, Hagen grinste ansteckend. »Jetzt hast du Freya ganz alleine unter Kontrolle.«

Ein Lachen stieg aus Brynjas Brust auf und überraschte sie mit seiner Leichtigkeit. Wann hatte sie das letzte Mal so gelacht? Das war nicht das bittere, wütende Lachen, an das sie sich gewöhnt hatte, sondern wahre Freude. Das war etwas anderes als das Reiten von Ponys oder das Reiten mit Hagen auf einem Pferd. Das war eine eigene Beziehung zwischen ihr und Freya.

Nach ein paar weiteren Runden gab Hagen ihr ein Zeichen, langsamer zu werden. Freya verlangsamte ihr Tempo bis zum Schritt und blieb dann stehen. Brynjas Herz raste, ihre Wangen waren vor Anstrengung und Freude gerötet.

»Gut gemacht«, lobte Hagen sie und streckte die Hand aus, um ihr beim Absteigen zu helfen. Er fasste sie um ihre Taille, als sie ihr Bein über das Pferd schwang und herunterglitt. Für einen Moment war sie an ihn gedrückt, und nah genug, um die silbernen Flecken in seinen blauen Augen zu sehen. Sie war nah genug, um seinen Atem auf ihrer Stirn zu spüren.

Keiner von beiden bewegte sich.

Dann stupste Freya Hagen mit ihrer Nase an

die Schulter und unterbrach damit den Moment. Er trat zurück, ließ ihre Taille los und errötete leicht.

»Jetzt kommt der wichtige Teil«, sagte er mit leicht rauer Stimme. »Die Pferdepflege. Komm mit mir.«

Er führte Freya zum Stall, Brynja folgte ihnen. Im Inneren war es dunkel und kühl. Es roch nach Heu und Leder und dem warmen, würzigen Geruch von Pferden. Hagen führte Freya in eine der Boxen am anderen Ende und begann, ihren Sattel abzunehmen.

»Kümmere dich immer zuerst um dein Pferd«, sagte er. »Es hat dir seine Kraft und sein Vertrauen geschenkt. Im Gegenzug bist du ihm Pflege schuldig.«

Sie arbeiteten zusammen, Hagen zeigte ihr, wie man Freya striegelt, ihre Beine auf Hitze oder Schwellungen untersucht, ihr frisches Wasser und Getreide gab. Die sich wiederholenden Bewegungen waren beruhigend, fast meditativ. Freya stand geduldig da, und sie hielt die Augen vor Zufriedenheit halb geschlossen.

»Mein Großvater hat immer gesagt«, meinte Hagen nach einer Weile, »dass man den Charakter eines Mannes daran erkennen kann, wie er sein Pferd behandelt.«

»Was hat das für dich bewirkt?«

Er sah auf und über Freyas Rücken hinweg trafen sich ihre Blicke. »Ich hoffe, es hat mich zu einem Menschen gemacht, dem man vertrauen kann.«

Die Bedeutung dieser Worte lag schwer

zwischen ihnen. Er sprach nicht nur von Pferden, und das wussten sie beide.

»Das bist du«, sagte Brynja leise. »Vertrauenswürdig.«

Sein Gesichtsausdruck veränderte sich und vielleicht war es Erleichterung oder Hoffnung. Er streckte die Hand über Freyas Rücken aus, wo er ihre Hand auf dem Widerrist der Stute berührte und streifte sie mit seinem Daumen ihre Fingerknöchel. Es war eine Berührung, die zufällig hätte sein können, aber das war sie nicht.

Dann passierte etwas Seltsames. Eine Wärme durchströmte sie, die anders war. Sie hatte bereits ähnliche Reaktionen auf Hagens Nähe und seine Berührungen gehabt, aber das hier war etwas fast Überirdisches. »Hagen?«, flüsterte sie und starrte in sein Gesicht, um zu sehen, ob er es auch bemerkte.

Er schluckte schwer und folgte mit seinem Blick seiner Hand, als er wieder nach ihrer griff. Sobald sie sich berührten, passierte dasselbe.

Es war Wärme und Hitze und auf einmal schoss etwas Helles von seiner Hand zu ihrer. Ein Lichtblitz erhellte den kleinen Bereich.

»Hast du das gespürt?«, fragte er.

Sie nickte, denn sie war zu ängstlich, um zu sprechen. »Ich habe es auch gesehen. Genau wie beim ersten Mal.«

Er wiederholte es noch einmal, und diesmal griff er nach ihrer Hand und hielt sie fest.

Sie beide wurden von einer Intensität durchflutet, die so heftig war, dass sie einen Schritt

zurücktraten und ihre Verbindung unterbrachen.
»Hagen, was war das?«

»Ich weiß es nicht.« Sein Blick heftete sich
auf ihren, während er erneut die Hand nach ihr
ausstreckte, aber diesmal passierte nichts. »So
etwas habe ich noch nie zuvor gespürt.«

Diesmal war es nur eine schlichte Berührung.
Hagen zuckte mit den Schultern. »Es muss wohl
etwas Seltsames in der Luft liegen. Vielleicht zieht
ein Sturm auf.«

Sie akzeptierte seine Antwort, weil sie keine
andere Erklärung für diese Seltsamkeit hatte.

Dann kümmerten sie sich in geselliger Stille um
Freya, ehe sie dann hinaus in die Nachmittagssonne
gingen. Brynjas Muskeln schmerzten angenehm
von dem Ritt, und ihre Hände rochen nach Pferd
und Leder. Sie fühlte sich ... geerdet. Sie fühlte
sich so präsent in ihrem Körper, wie seit jenem
schrecklichen Tag auf Tiree nicht mehr.

»Vielen Dank«, sagte sie, als sie zurück zur Burg
gingen. »Für die Lektion. Für ...« Sie machte eine
vage Geste, denn sie war unfähig, in Worte zu
fassen, was dieser Nachmittag für sie bedeutet
hatte.

»Wofür?«, fragte er.

»Dass du mich so behandelst, als wäre ich
befähigt. Als wäre ich mehr als nur ...« Sie
verstummte.

»Mehr als nur was?«

»Gebrochen«, murmelte sie leise.

Hagen blieb stehen. Er trat einen Schritt
näher, sein Gesichtsausdruck war ernst.

»Brynja. Du bist nicht gebrochen. Du bist eine Überlebenskünstlerin. Das ist ein Unterschied.«

»Es fühlt sich nicht immer so an.«

»Das weiß ich.« Er hob die Hand, hielt sie kurz vor ihrem Gesicht, ehe er sie dann wieder sinken ließ, als hätte er es sich anders überlegt. »Aber ich sehe dich, wie du wirklich bist, Brynja. Ich sehe dich nicht in deiner Vergangenheit. Ich sehe deine Narben nicht. Und deine Verluste auch nicht. Ich sehe dich. Und ich sehe jemanden, der stark ist. Jemanden, der mutig ist. Jemanden, der zum ersten Mal auf einem fremden Pferd reitet und lacht.«

Ihre Kehle schnürte sich vor unerwarteter Rührung zusammen. »Ich habe schon lange nicht mehr so gelacht.«

»Dann müssen wir Sorge dafür tragen, dass es nicht zu lange dauert, bis es das nächste Mal passiert.« Sein Lächeln war sanft. »Morgen arbeiten wir am Galopp. Und wenn du dann Lust hast, reiten wir mit Freya auf den Wanderwegen. Es gibt einen Weg an der Küste entlang, der zu dieser Jahreszeit wunderschön ist.«

»Das würde mir gefallen«, sagte Brynja. Und das meinte sie ernst.

Zusammen gingen sie zum Castle zurück, während die Sonne langsam im westlichen Meer versank. Brynjas Körper schmerzte an ungewohnten Stellen, aber ihr Herz fühlte sich so leicht an wie schon lange nicht mehr.

Vielleicht war Vertrauen keine Sache, die man auf einmal verschenkte. Vielleicht war es eine Sache, die man lernen musste, wie das Reiten –

einen vorsichtigen Schritt nach dem anderen, bis man plötzlich mit Zuversicht vorwärts kam.

Und vielleicht war Hagen Grant genau der Lehrmeister, den sie brauchte.

KAPITEL VIERUNDZWANZIG

Magni

MAGNI STAND VOR seinem Häuschen und beobachtete wieder seinen jüngeren Bruder, aber diesmal war er genervt. »Tenney, hör auf, zu dem Haufen Pferdemist zu gehen. Ich habe dir gesagt, du sollst ihn in Ruhe lassen.«

Der Junge war fasziniert von diesen Klumpen, die wie Dreck aussahen, aber Magni wusste aufgrund des Geruchs, dass er von Simones Pferd hinterlassen worden war, als sie vor kurzem angekommen war. Sie unterhielt sich gerade mit seiner Mutter und Lia im Haus, aber er könnte wirklich etwas Hilfe mit dem Jungen gebrauchen.

»Tenney, das stinkt. Du darfst nicht damit spielen.«

Tenney lachte und kicherte, und dann rannte er vor Magni weg, als wäre es nur ein Spiel für ihn. Schließlich kam Magni eine Idee. »Ich werde dich bestrafen.« Also rannte er ihm hinterher, packte ihn wie einen Sack Gemüse und trug ihn zum Pferd. Magni kletterte auf den Aufsitzblock, setzte ihn auf Simones Hengst, der gerade damit beschäftigt war, Gras zu fressen.

Tenney landete auf dem Sattel, und das Pferd hob den Kopf, um Magni anzusehen, der es streichelte. »Er will nur ein bisschen reiten. Simone kommt bald zurück.«

Das Tier ignorierte ihn und widmete sich wieder seinem Futter.

Tenney hatte unterdessen den Spaß seines Lebens. Er saß auf dem Sattel, hielt sich vorne fest, um das Gleichgewicht zu halten, und hüpfte auf und ab, als würde er wirklich auf dem Tier über den Strand reiten. Er lachte und kicherte und machte so viel Lärm, dass Magni lächeln musste.

»Ich wünschte, ich könnte alles vergessen und wieder Spaß haben, Tenney.« Seufzend dachte er an die die Ängste, die er noch immer hatte. Immer wieder sagte ihm seine Mutter, er müsse sie loslassen.

Er hatte Angst vor Entführungen, vor stinkenden Zimmern und Kellern, vor gemeinen Männern, die einen ohne Grund schlugen. Vor alten Booten, die einen in ein unbekanntes Land brachten und dort ganz allein zurücklassen könnten.

Er hatte Angst vor Booten, die einen an der Küste von Mull zurücklassen könnten, wo man mit der Hoffnung davongelaufen war, einen Menschen zu finden, der einem half. Das war ihm auch gelungen. Er hatte seine Schwester gefunden, die nicht wirklich seine Schwester war, aber ihn liebte und beschützte. Lia.

Aber dann könnten die gemeinen Männer ihn an einem anderen Ort lassen, wo er niemanden kannte. Er wünschte sich, Thane würde hier mit ihm leben, weil er Magni beschützen würde, wenn Lia nicht mehr hier war. Und Connor Grant könnte auch hier leben, weil er der größte Mann war, den er je gesehen hatte. Und wenn er sein Schwert benutzte, bekam Magni es mit der Angst zu tun.

Aber Broc und Alaric könnten das auch. Ihre Schwerter waren größer als Thanes Schwert. Und Lennox' Frau Meg könnte auch bei ihm wohnen. Sie hat ihn mal mit einer Axt beschützt. Sie hat den Schurken direkt in die Stirn getroffen, und er ist zu Boden gefallen und hat sich danach nicht mehr gerührt.

Vielleicht könnte er seinen Großvater dazu bringen, hierher zu ziehen. Logan war zwar nicht sein echter Großvater, aber er hatte ihn adoptiert. Könnte er ihn überzeugen, einen Monat lang hier zu leben? Und dann vielleicht Thane im nächsten Monat. Und dann Lennox und Meg. Und dann Connor. Und dann Alasdair und John. Sie hatten dieses große blaue Schwert.

Und dann waren da noch die Bogenschützen. Simone wohnte schon hier, also brauchte er noch einen. Würde Eli kommen und einen Monat bei Alaric bleiben? Oder würde Gwyneth mit Logan kommen und ihn beschützen? Oder Dyna. Ja. Dyna könnte mit Tora und Sylvi und Sandor kommen, und sie würden ihm im Voraus sagen, wenn böse Leute hinter ihm her wären. Sie waren alle Seher. Oder zumindest waren Dyna und Tora es. Und vielleicht Sylvi. Aber Sandor konnte mit Toten sprechen. Oder vielleicht auch nur mit ganz bestimmten Toten?

»Magni«, rief seine Mutter. »Würdest du bitte meine Tasche für mich tragen?«

Magni hob Tenney vom Pferd und trug ihn zu seiner Mutter. »Wo soll ich deine Tasche hinbringen, Mama?«

»Bitte ins Boot.«

Er wollte gerade tun, was sie gesagt hatte, als ihn etwas stoppte. Er starrte auf die Tasche und dann wieder zu seiner Mutter. »Wohin gehst du, Mama?«

»Ich habe beschlossen, eine Weile bei Thane zu bleiben. Und dein Vater wird mir helfen, dorthin zu kommen. Möchtest du mitkommen?«

Er machte zwei Schritte zurück. Er schüttelte den Kopf, noch bevor er seine Antwort herausschreien konnte. »Nein! Ich gehe hier nicht weg, niemals. Und du darfst mich nie wieder verlassen.«

Simone kam hinter seiner Mutter hervor und sagte: »Nun, Magni. Ich habe das gehört. Du weißt, dass Thane dich beschützen wird. Deine Mutter hat schlimme Beschwerden mit ihrem Rücken, und ich glaube, wenn sie nachts in einem guten Bett schlafen könnte, würde sie sich erholen. Und sie hätte nicht so viele Aufgaben im MacQuarie Castle. Hier hilft sie mit allen Kindern, und das zehrt an ihr. Warum kommst du nicht mit uns mit?«

»Zu den MacQuaries? Nein. Niemals. Ich bleibe hier. Mama, du kannst nicht gehen. Bitte.«

Seine Mutter kam herüber und legte ihm eine

Hand auf die Schulter. »Magni, ich möchte, dass du mit uns kommst. Ich lasse dich nicht im Stich. Du gehörst zu mir, also komm bitte mit. Dein Vater wird mich dorthin bringen, aber er wird zurückkommen.«

»Aber du kannst mich nicht zurücklassen.«

»Kind, wenn ich meinen Rücken nicht heilen lasse, kann ich bald nicht mehr laufen. Brenna hat mir eine Salbe gegeben, die ich jeden Tag auftragen soll, aber ich muss herausfinden, was genau meine Rückenbeschwerden auslöst. Komm mit mir.«

»Nein.« Er hielt inne, um einen Moment nachzudenken. Er wollte nicht, dass seine Mutter nicht mehr laufen konnte. Sie musste behandelt werden. Vielleicht könnte sie in ein oder zwei Tagen wieder nach Hause kommen und solange sein Vater auch zurückkam, wäre alles in Ordnung. »Kommst du zurück, wenn es dir besser geht?«

»Wenn du das möchtest, werde ich das tun. Aber Papa kommt mit mir. Er wird dich abholen, wenn du darauf bestehst, hier zu bleiben.«

Er wollte weinen, aber dafür war er schon zu groß. »Ich möchte, dass du zurückkommst, sobald es dir besser geht.«

»Einverstanden. Wenn es dich beruhigt, dann werde ich das tun.«

»Und Papa.«

»Einverstanden. Ich werde ihn zu dir zurückschicken, sobald ich mich eingelebt habe.«

»Lia bleibt bei mir.« Er sah sich um, weil er sie schon eine Weile nicht mehr gesehen hatte. Wo war sie? »Lia?«

Lia kam aus dem Haus und ging direkt auf ihn zu. »Magni, ich gehe mit deiner Mama. Sie braucht unsere Hilfe.«

»Nein, du kannst nicht auch noch gehen, Lia. Du bist meine Schwester.«

»Ich weiß, aber ich muss etwas auf der Insel erledigen. Ich verspreche, dass ich zurückkomme.«

Magni fühlte, wie seine Welt zusammenbrach. Er schaute über seine Schulter, um zu sehen, ob jemand auf ihn wartete. Oder vielleicht versteckte sich jemand in den Bäumen und wartete darauf, dass alle weg waren. Oder es näherte sich vielleicht ein Boot? Eines mit zehn Männern, die sich ihn und Tenney schnappen und wegbringen würden?

Lia kam auf ihn zu und nahm seine Hände in ihre. »Magni, ich werde nicht zulassen, dass dir jemand wehtut. Ich habe dir gesagt, dass ich dich beschützen werde. Aber wenn du dich hier allein so unwohl fühlst, dann komm mit uns. Thane und Tamsin würden sich sehr freuen, dich zu sehen, ebenso wie Mora und Brian.«

Tränen liefen ihm über die Wangen, und er konnte sie nicht zurückhalten, also umarmte er Lia und hoffte, dass niemand seine Tränen sehen würde. Er war kein Baby, also wusste er nicht, warum er weinte. »Bitte geh nicht, Lia.«

Simone kam aus dem Häuschen und nahm Magni bei der Hand. »Verabschiede dich von deiner Mama. Dein Vater bringt sie dorthin und kommt dann zurück. Wir müssen sie alle sicher zu Thane bringen. Dann kommen Artan und ich zurück. Dein Vater kommt wahrscheinlich in ein oder zwei Tagen zurück, sobald deine Mutter sich eingelebt hat. Lia muss noch woanders hin.«

»Aber du hast es versprochen, Lia.«

»Ich habe versprochen, dich immer zu beschützen, Magni, und ich werde dieses Versprechen halten.«

»Aber das hast du vorher nicht getan. Ich bin doch entführt worden.«

»Und jedes Mal wurdest du gerettet.«

»Aber ich will nicht, dass das noch mal passiert. Ich mag es nicht, entführt zu werden.«

Simone winkte seine Mutter und seinen Vater zum Boot herüber. »Magni, komm, setz dich einen Moment zu mir.«

»Einverstanden. Bleibst du bei mir, Simone?«

»Nein, aber ich komme bald zurück. Ich werde weiterhin in unserem Häuschen wohnen, aber ich werde dich jeden Tag besuchen, solange Lia weg ist. Das verspreche ich dir.«

»Aber warum verlassen mich alle? Liebt ihr mich nicht mehr?«

Vier Stimmen riefen gleichzeitig: »Natürlich tun wir das!«

Seine Tränen wurden zu einem Schluchzen, das er nicht unterdrücken konnte. Seine Albträume wurden immer schlimmer, und er hasste es, wenn er mitten in der Nacht voller Angst aufwachte. Dann legte er sich neben seine Mutter ins Bett, und alles war wieder gut.

Jetzt könnte er das nicht mehr tun.

»Magni, deine Mutter hat schlimme Rückenschmerzen. Brenna hat nach ihr gesehen und gesagt, dass sie in einigen Monaten wahrscheinlich nicht mehr laufen kann, wenn sie keinen besseren Platz zum Schlafen findet. Das willst du doch nicht, oder? Deine Mutter könnte dich nicht mehr aus ihrem Bett heraus umarmen, wenn sie die ganze Zeit flach auf dem Rücken liegen müsste.«

»Nein, Mama«, brachte er mit stockender Stimme vor, »soll nicht so große Schmerzen haben. Das will ich nicht. Aber warum kann sie nicht hier behandelt werden?«

»Weil sie ein ordentliches Bett braucht, wie Thane eines hat. Sie wird für eine Weile dorthin gehen. Und du musst nicht allein sein. Du kannst sofort mit deinen Eltern kommen. Du und Tenney könnt ins Boot einsteigen.«

»Aber Tenney will auch nicht mitkommen.«

Simone zog eine Augenbraue hoch. »Wirklich? Bist du dir da sicher?«

Magni seufzte tief. »Nein, aber ich will nicht von hier weg, und ich will auch nicht, dass Tenney geht. Ich hab zu viel Angst. Gott wohnt hier auf Iona.«

Lia beugte sich vor und küsste ihn auf die Wange. »Gott ist überall, mein Kind. Das habe ich dir schon mal gesagt, aber ich verspreche dir, dass ich zurückkomme. Pass gut auf Tenney auf. Wir müssen uns jetzt auf den Weg machen.«

Simone umarmte Magni fest. »Artan und ich kommen zurück, bevor es dunkel wird. Das verspreche ich dir.«

»Wirst du hier bei mir bleiben?«

Sein Vater rief: »Ich komme morgen zurück, mein Sohn. Beatris, Geva und Emma sind auch alle hier, Magni. Henry kommt auch bald zurück.«

»Möchtest du zusammen mit Tenney heute Nacht in unserem Häuschen schlafen?«, fragte Simone.

»Einverstanden.«

Simone winkte zum Abschied und ging zum Boot.

Magnis größte Angst hatte sich bewahrheitet. Er war mutterseelenallein.

KAPITEL FÜNFUNDZWANZIG

Drew

———❦———

DREW MENZIE WAR auf dem Weg in die Taverne. Es war spät in der Nacht und die arme Lina hatte wieder schlimme Kopfschmerzen.

Es waren diese Kopfschmerzen, die ihm ankündigten, dass etwas Schlimmes passieren würde. Ihm fiel nichts Besseres ein, als außerhalb der Mauern von Duart Castle nachzuschauen, was sonst noch auf der Isle of Mull los war.

Denn ganz eindeutig war irgendetwas im Gange. Das konnten sie alle spüren.

Connor würde die MacVeys und Rankins aufsuchen. Dyna würde zu den MacQuaries und MacLeans gehen. Er wusste aber auch, wo man am besten Informationen aus der Unterwelt bekommen konnte – in der örtlichen Taverne.

Als er die Taverne in Craignure betrat, war er nicht überrascht, dass sie fast voll war. Er setzte sich auf einen freien Platz an die Bar, bestellte einen Becher Ale und warf dem Mann eine Münze zu, während er sich eine Geschichte zurechtlegte.

»Woher kommst du?«, wollte der Mann hinter der Theke wissen.

»Ich bin heute Abend mit der Fähre angekommen. Ich habe gehört, dass hier jemand gutes Geld für Kämpfer bezahlt. Kannst du mir sagen, an wen ich mich wenden könnte?«

»Ja, möglicherweise«, antwortete er und nickte einem Mann zu, der an der Wand gestanden hatte.

Drew blieb, wo er war, und wartete, bis der Mann auf ihn zukam. Er hatte ungepflegtes braunes Haar und einen Bart, der frisch gewachsen zu sein schien. Der Kerl war nicht sonderlich groß, aber er hatte breite Schultern und trug ein kleines Schwert in einer Scheide.

Und er hatte eine stolze Haltung, mit der er alle zu beeindrucken versuchte.

Auf Drew machte das nicht den geringsten Eindruck.

Als er endlich näher kam, erzählte Drew dem Mann genau dieselbe Geschichte. »Bist du derjenige, der Männer anheuert?«

»Ja, aber wir brauchen dich noch nicht. In etwa einer Woche. Wir sammeln gerade unsere Kampftruppe.«

»Gegen wen?«

»Das musst du nicht wissen. Du musst nur auftauchen und kämpfen. Bring ein gutes Schwert mit.«

»Wo?«

»Das ist noch nicht sicher. Du kannst in zwei Tagen hierher zurückkommen. Ich werde dem Mann hinter der Theke sagen, wo du uns treffen kannst.«

»Das kommt mir gelegen. Ich liebe einen guten Kampf«, meinte Drew. Er bemerkte, dass die rechte Wange des Mannes durch eine Narbe verunziert war, und sie war schon älter. Außerdem hatte er frische, oberflächlich gerötete Stellen, als wäre er in einen Haufen Brennnesseln gefallen. »Wie heißt du? Damit ich weiß, nach wem ich fragen muss.«

»Das musst du nicht wissen. Frag einfach den Mann nach der Macht. Er weiß dann Bescheid.«

Drew trank einen Schluck von seinem Ale und wartete in der Hoffnung, dass der Kerl noch mehr sagen würde. Der Mann rührte sich nicht und trank dann einen Schluck von seinem eigenen Getränk. Schließlich fragte der Mann mit der Narbe: »Weißt du viel über die Grants?«

»Nicht viel. Ein bisschen.«

»Wie viele Wachen gibt auf Duart? Und wie viele Grants gibt es, die kämpfen können?«

Drew zuckte mit den Schultern und sagte: »Ich habe jemanden auf der Fähre sagen hören, er sei ein Grant. Er prahlte vor allen Leuten mit der Streitmacht, die sie hatten. Und dass es hier ein paar Grants gäbe.«

»Sind Alex' Söhne hier?«

»Nur einer. Vielleicht sind hier ein paar seiner Enkel.«

»Wie viele insgesamt?«

»Er meinte, sie hätten vierzig, und in einer Woche sollen noch zwanzig weitere kommen. Keine Ahnung, ob er ehrlich war oder nur angegeben hat. Ich kannte den Mann nicht.«

Der Mann wollte sich gerade verabschieden,

aber der Mann hinter der Bar sagte: »Du musst bezahlen, Sholto.«

Drew verbarg sein Lächeln. Jetzt kannte er den Namen des Kerls, und beim Hinausgehen fiel ihm noch etwas anderes auf.

Sholto humpelte beim Gehen, und als er stehen blieb, fasste er sich an den Oberschenkel.

Wahrscheinlich rieb er sich genau die Stelle, an der Brynja ihn mit ihrem Dolch verletzt hatte.

KAPITEL SECHSUNDZWANZIG

Connor

AM NÄCHSTEN TAG saß Connor mit Drew, Alaric und Maitland in der Kabinettstube. Drew berichtete, was er gestern Abend in der Taverne erfahren hatte. Es hatte ganz den Anschein, als würden sie bald wieder angegriffen werden. Aber aus welchem Grund?

»Ich muss wissen, was diese Kerle wollen. Hat er dir irgendwas darüber gesagt, Drew?«

»Nein. Gar nichts. Er hat nur gemeint, es würde innerhalb einer Woche passieren.«

Ein Klopfen unterbrach sie. »Herein«, rief Connor daraufhin.

Hagen kam rein, mit jemandem hinter sich, den er nicht sehen konnte.

»Was gibt es, Hagen? Wir sind beschäftigt.«

»Brynja hat einige Informationen für dich. Sie hat die beiden Männer im Boot reden gehört.«

Connor nickte. »Bitte, bring sie rein.«

Hagen führte sie herein, und die vier Männer standen alle auf. An Brynjas schockiertem Gesichtsausdruck erkannte er, dass sie noch nie so respektvoll behandelt worden war. Der Ausdruck auf dem Gesicht seines Vaters verriet ihm, dass dieser dasselbe dachte.

Brynja errötete. »Guten Morgen euch allen«, begrüßte sie dann alle.

»Du kennst meinen Vater und Maitland bereits. Das ist Grants Großvater, Drew Menzie, Avelinas Ehemann und Maitlands Vater, und das ist Alaric, ein weiterer Cousin, Ehemann von Eli«, stellte Hagen die Anwesenden vor.

»Wie geht es Hildi, Mädchen?«, fragte Connor und wartete, bis sie sich gesetzt hatte, bevor er sich wieder hinsetzte.

»Vergangene Nacht und heute Morgen ist sie aufgewacht. Es geht ihr allmählich besser.« Hagen führte sie zu einem Stuhl vor dem Schreibtisch seines Vaters. Obwohl dies eigentlich Maitlands oder Dynas Platz war, erlaubten Maitland und Dyna dem älteren Connor aus Respekt vor seiner früheren Position als Laird, sich hinter den Schreibtisch zu setzen, wenn er sich an der Unterhaltung beteiligte.

Dyna schaute durch die offene Tür und meinte dann: »Entschuldigt, Sandor ist heute Morgen ein kleiner Teufel. Habe ich etwas verpasst?«

»Nein, Brynja hat uns was zu erzählen. Leg los, Mädchen.« Er winkte Dyna herein.

Dyna nahm Platz und nickte Brynja zu, woraufhin die junge Frau zu sprechen anfing. »Als wir auf Ulva waren, habe ich die beiden Männer reden hören, bevor sie uns entdeckt haben. Einer wollte wissen, wie viele Wachen die Grants haben.«

»Hast du ihre Namen verstanden?«, fragte Maitland.

Sie dachte einen Moment nach und neigte den Kopf. »Ja. Sholto und ... Dugald? Nein, Dugan. Genau. Dugan.«

Connor sah Drew an. »Ist das der Name, den du gestern Abend genannt hast?«

»Ja, sein Name war Sholto. Braunes Haar, lang, kurzer brauner Bart. Einen Kopf kleiner als ich, aber breite Schultern. Eine Narbe auf einer Wange.«

»Ja, genau. Das ist der Kerl, den ich mit meinem Dolch verletzt habe.«

Drew grinste und zwinkerte ihr zu. »Und du machst ihm das Leben durch die Wundschmerzen noch immer schwer, Mädchen. Gestern Abend hat er mächtig gehinkt und hat sich den inneren Oberschenkel gerieben. Gut gemacht.«

»Es gibt nicht viele, die so gut zielen können«, sagte Connor. »Ich hoffe, du bist stolz auf dich.«

Sie errötete, doch sie antwortete nicht und rückte ihren Stuhl ein kleines Stück näher an Hagens heran. Connor fragte sich, ob sein Sohn wusste, wie viel diese Reaktion aussagte. Wahrscheinlich nicht, aber er wusste es ganz sicher.

»Weiter bitte. Weißt du, warum er wissen wollte, wie viele Wachen wir haben?«, fragte Connor. Plötzlich fühlte er sich so auf das Mädchen eingestellt, dass er sich beruhigen musste. Er hatte das seltsame Gefühl, dass ihn nichts auf die Aussage vorbereiten konnte, die er gleich von ihr hören würde.

»Er sagte Sholto, dass er, wenn er nicht angreifen würde, falls er auf Tiree bleiben würde, trotzdem wissen müsste, wie viele Männer er mitbringen muss.«

»Hat er noch etwas anderes gesagt, an das du dich erinnerst? Irgendetwas?«

Sie nickte und schluckte schwer. »Er fragte, ob irgendwelche Erben von Alexander Grant hier seien. Er nannte deinen Namen und fragte nach Kyle und James, glaube ich?« Sie sah Hagen an, der seinen Vater mit großen Augen ansah.

Connor hob die Hand, um Dyna zu beruhigen, die von ihrem Stuhl aufsprang. »Könnte er Kyla und Jamie gesagt haben?«

»Ja. Der eine sagte Kyle und James, der andere sagte Kyla und Jamie. Er wollte wissen, ob jemand von euch hier ist und ob Enkel hier sind.«

»Dieser Schuft«, fluchte Dyna und lief auf und ab. »Warum? Hat er gesagt, warum er Connor sehen will? Und was ist mit den Enkelinnen? Ich warte hier auf ihn.« Sie ballte die Faust, als wollte sie jemanden schlagen.

Brynja erbleichte und Connor bedeutete Dyna daraufhin, sich wieder zu setzen. Sie würden diese Informationen so genau wie möglich brauchen. Brynja war erschöpft und befand sich in einer fremden Umgebung. Connor sagte: »Geben wir Brynja die Zeit, die sie braucht, um sich an alles zu erinnern.«

Dyna setzte sich und murmelte: »Entschuldige, Brynja. Nimm dir alle Zeit, die du brauchst.«

Dann wandte Connor seine Aufmerksamkeit wieder dem Mädchen vor ihm zu, dessen Hände deutlich zitterten. »Hat er noch etwas gesagt, das wichtig sein könnte? Warum er sich für die Grants interessierte? Oder für mich?«

Brynja räusperte sich. »Dugan behauptet, Alexander Grant habe seinen Großvater umgebracht.«

»Oh Mann«, meinte Maitland. »Das könnten hunderte verschiedene Kerle sein, Connor.«

»Es könnte ein Buchan sein«, schlug Drew vor.

»Oder ein MacNiven«, meinte Dyna.

»Brynja«, fragte Connor. »Hat er gesagt, wer sein Vater war? Ein Graf, ein Baron, ein Laird oder so was in der Art?«

Sie schüttelte den Kopf und warf Hagen, der neben ihr saß, einen Blick zu. Connor hörte, wie er ihr zuflüsterte: »Du hast das toll gemacht. Keine Sorge.«

Dann drückte sein Sohn ihre Hand. Connor sah die beiden an und ihm fiel eine Sache auf, die vorher nicht vorhanden gewesen war. Die beiden hatten eindeutig eine innige Beziehung zueinander, und es war mehr als nur eine einfache Freundschaft.

Sein Sohn verliebte sich in Brynja. Und sie erwiderte seine Gefühle.

Das überraschte Connor nicht sonderlich. Sie war eine schöne Frau auf eine andere Art. Sie hatte nichts Zierliches an sich. Die junge Frau war zäher als ein alter Bock und verdammt temperamentvoll. Sie erinnerte ihn an Eli Ramsay, Alarics Frau. Sie würde sich von niemandem mit Lügen überrumpeln lassen. Er würde wetten, dass sie schon ein paar deftige Hiebe ausgeteilt hatte, obwohl ihre Geschicklichkeit mit dem Dolch bereits bekannt war. Sie musste sich nur an die wilde, aber liebevolle Familie Grant gewöhnen.

Er war zuversichtlich, dass ihr dies gut gelingen würde.

Die Anwesenden unterhielten sich weiter und versuchten zu erraten, wer Dugan sein könnte. Hier und da kam leises Gelächter auf, als Erinnerungen an Connors Vater und seine vielen Kämpfe zur Sprache kamen. Aber aus dem Augenwinkel erkannte er, wie sich Brynjas Gesichtsausdruck veränderte, und auch der Rest ihres Körpers vollzog eine Wandlung.

»Ich erinnere mich.« Sie sprang von ihrem Stuhl auf und sah alle Anwesenden einzeln an.

»Was ist los?«, fragte Connor mit leiserer Stimme als je zuvor, während die Gruppe still wurde und auf ihre Worte wartete. Dyna stand auf und umklammerte die Rückenlehne des Stuhls neben ihr.

»Sholto hat ihn gefragt, wer sein Großvater ist. Er hat nicht den ganzen Namen gesagt, nur seinen Vornamen. Er hat gesagt, sein Großvater hieß Niles.«

Alle im Raum erstarrten, und Dyna hatte mit sich zu kämpfen, damit sie nicht direkt aus der Tür stürmte. Connor spürte, wie die Spannung wuchs, und das allein bei dem Gedanken, dass es sich um die Person handeln könnte, an die sie alle ursprünglich gedacht hatten.

An die sie alle gedacht hatten.

Die arme Brynja schaute in all die schockierten Gesichter. »Habe ich was Falsches gesagt?«

»Nein, Mädchen. Du machst das ganz wunderbar.« Hagen drückte erneut ihre Hand.

Dann fragte Connor: »Hast du den Namen Niles Comming gehört?«

»Nein, nur Niles. Alexander Grant hat seinen Großvater Niles umgebracht. Er sinnt auf Rache.«

»Oh mein Gott«, flüsterte Dyna.

Drew meinte: »Connor, lass dich davon nicht beeinflussen. Das sollte keine Auswirkung auf irgendetwas haben.«

»Das geht nicht, Pa«, gab Maitland zurück. Er schaute seinen Vater an und hob eine Augenbraue.

Brynja sah Hagen an. »Wer ist Niles?«

»Niles ist der Mann, der meine Mutter vergewaltigt hat. Und ja, mein Vater hat ihn dafür umgebracht. Er hätte Schlimmeres verdient«, gab Connor zur Antwort.

KAPITEL SIEBENUNDZWANZIG

Brynja

———— ∞ ————

BRYNJA FAND HAGEN auf dem Übungsplatz, wo er mit einer konzentrierten Intensität eine neue Schwerttechnik einübte, die eher von Wut als von Übung zeugte. Seine Bewegungen waren scharf und aggressiv, wobei jeder Schlag gegen den Übungsständer kräftiger als nötig ausgeführt wurde.

»Du brichst dir noch das Handgelenk, wenn du so fest zuschlägst«, rief sie.

Hagen hielt mitten in der Bewegung inne und seine Brust hob und senkte sich von der Anstrengung. Trotz der Dezemberkälte war sein Haar schweißnass. »Vielleicht will ich ja etwas brechen.«

Sie ging zu ihm hinüber und bemerkte, wie er seinen Schwertgriff mit weißen Knöcheln festhielt. »Was ist passiert?«

»Es geht um die Möglichkeit, dass der Enkel von Niles Comming meinen Clan angreifen will. Ich habe gesehen, wie das auf meinen Vater wirkt, und ich habe auch die Reaktion meiner Mutter wahrgenommen. Das macht Dyna traurig. Ich bin froh, dass Astra und Morgan noch beim Grant Clan sind. Sie wären auch traurig, und Astra hat schon zu viel durchgemacht.«

Brynja verstand diese Wut, denn sie lebte auch in ihrer Brust, heiß und unaufhörlich. »Dann stell ihn einfach. Warum warten?«

»So einfach ist das nicht.«

»Es ist wohl so einfach.« Ihre Stimme wurde härter. »Er hat Böses getan. Dafür muss er büßen.«

Hagen sah sie an, und sein Gesichtsausdruck veränderte sich. »Du scheinst dir da sehr sicher zu sein.«

»Ich bin mir sicher.« Sie hielt seinen Blick standhaft fest. »Gerechtigkeit wartet nicht auf günstige Umstände oder politische Entscheidungen. Entweder man glaubt daran oder nicht.«

»Nennst du das Gerechtigkeit?«, fragte er mit kühlerer Stimme. »Oder ist es Rache?«

Brynja wurde ganz steif. »Besteht da wirklich ein Unterschied?«

»Aye, der besteht wirklich.« Hagen zog sein Schwert aus dem Boden und wischte mit großer Sorgfalt den Schmutz von der Klinge. »Bei Gerechtigkeit geht es darum, Dinge richtigzustellen. Bei Rache geht es darum, sich besser zu fühlen.«

Hitze stieg in ihrer Brust auf. »Wenn ich also die Männer jage, die meine Mutter ermordet haben, versuche ich nur, mich besser zu fühlen?«

»Das habe ich nicht gesagt ...«

»Doch, hast du.« Sie trat einen Schritt näher. Heiße Wut strömte durch ihre Adern. »Du hast gerade gesagt, Rache sei egoistisch. Nun, ich will, dass diese Männer sterben, Hagen. Ich will das Blut dieser Schufte an meinen Händen. Ist das egoistisch? Aye, vielleicht ist es das. Aber es ist auch richtig.«

»Für wen ist es richtig?« Er stand ihr nun direkt gegenüber und sein Kiefer war angespannt. »Für dich? Oder für deine Mutter? Denn sie ist tot, Brynja. Ihre Mörder zu töten, wird sie nicht zu dir zurückbringen.«

Die Worte trafen sie wie ein Schlag. »Wie kannst du es wagen?«

»Wie kann ich was wagen? Du meinst, dir die Wahrheit zu sagen?« Seine Stimme wurde genauso laut wie ihre. »Glaubst du, ich würde das nicht verstehen? Glaubst du, ich liege nachts nicht wach und stelle mir vor, was ich mit den Kerlen machen würde, die meiner Familie Schaden zugefügt haben? Die Buchans, die Commings, und so viele andere haben meinen Clan im Laufe der Jahre angegriffen. Aber sich etwas zu wünschen und es zu tun ist nicht dasselbe.«

»Du würdest sie also laufen lassen? Du würdest sie am Leben lassen, während gute Menschen sterben?«

»Das habe ich auch nicht gesagt.«

»Was meinst du dann?«, fragte Brynja. »Denn es klingt, als würdest du sagen, mein Streben nach Gerechtigkeit ...«

»Rache.«

»...sei irgendwie falsch. Du sagst, dass ich einfach vergeben und vergessen und weitermachen soll wie ein braves kleines Mädchen.«

»Das meine ich nicht!«, brüllte Hagen nun und sein Ruf hallte über den leeren Hof. »Ich habe Angst, dass du dich bei der Jagd nach Geistern umbringst. Du weißt noch nicht mal, wer die Schuldigen sind. Wie viele Männer wirst du umbringen müssen, bis du herausgefunden hast, wer deine Mutter und deine Tante umgebracht hat?«

Mit einem Mal wurde es ganz still zwischen ihnen.

Brynja atmete schwer. »Der Mörder meiner Mutter ist ein Geist, aber Sholto ist kein Geist. Er hat Hildi verletzt.«

»Das stimmt, aber er könnte ebenso gut ein Geist sein. Seit Wochen lässt du den Horizont nicht aus den Augen. Bei jedem vorbeifahrenden Boot, bei jedem Fremden, der im Hafen anlegt, denkst du, er sei es. Du lebst dein Leben in Erwartung einer weiteren Konfrontation, die vielleicht nie stattfinden wird.« Er ging einen Schritt auf sie zu, und seine Miene war unverfälscht. »Und wenn er doch kommt? Was dann? Kämpfst du gegen ihn? Tötest du ihn? Und was dann, Brynja? Füllt sich damit das Loch in deiner Brust? Hören die Albträume auf?«

»Ich weiß es nicht«, brachte sie mit zitternder Stimme hervor. »Aber ich muss es versuchen. Das muss ich einfach.« Sie brach ab und ballte die Fäuste. »Du verstehst das nicht.«

»Ich verstehe das nicht?« Sein Lachen klang bitter. »Ich weiß jetzt von einem Mann, der mich und meinen Vater töten will. Wie könnte ich

Dugan nicht verfolgen wollen? Glaubst du, ich denke nicht jeden Tag daran?«

»Warum unternimmst du dann nichts?« Die Frage kam ihr schärfer über die Lippen, als sie beabsichtigt hatte.

Hagen wurde ganz still. Als er seine Stimme wiedergefunden hatte, war sie leise und gefährlich. »Weil ich den Unterschied zwischen Gerechtigkeit und Rache kenne. Weil ich weiß, dass es niemanden zurückbringt, wenn ich ihn töte. Und weil ...« Er hielt inne und presste die Kiefer aufeinander.

»Weil was?«

»Weil ich Angst davor habe, was für ein Mensch ich werde, wenn ich es tue.« Das Geständnis schien aus seinem tiefstem Inneren hervorzubrechen. »Ich habe Angst, dass ich Gefallen daran haben werde. Ich habe Angst, dass sich die Wut gut anfühlen wird. Und was dann? Wohin soll das führen?«

Brynja starrte ihn an. »Du unternimmst also gar nichts.«

»Ich unternehme etwas. Ich schütze die Leute, die ich liebe. Ich sorge dafür, dass so was nicht wieder passiert. Ich kämpfe, wenn es nötig ist.« Er sah ihr in die Augen. »Aber ich jage nicht aus Rache, die als Gerechtigkeit getarnt ist.«

Die Worte trafen sie heftiger als gedacht. »Du denkst, ich tue das.«

»Tust du das nicht?« Er trat einen Schritt näher. »Brynja, ich verstehe, dass du das Bedürfnis hast. Das verstehe ich wirklich. Aber ich sehe, wie dich dieses Verlangen nach Rache auffrisst, und ich habe Angst davor, was passieren wird, wenn du bekommst, was du willst. Noch mehr Angst habe ich davor, was passieren wird, wenn du es nicht bekommst.«

»Du stehst hier und sagst mir, ich solle keine Rache suchen, während du einen Übungsblock zu Trümmern zerschlägst, weil du den Mann nicht erreichen kannst, den du eigentlich umbringen willst. Du sagst, du hast Angst davor, was aus dir werden könnte, aber du willst es genauso sehr wie ich. Du hast nur zu viel Angst, das offen zuzugeben.«

Hagens Wangen färbten sich rot. »Das stimmt nicht.«

»Doch, das ist es. Du willst deine Rache. Die Wut in dir ist kaum zu bändigen. Du verpackst sie nur in edle Worte über Schutz und Gerechtigkeit. Aber im Grunde genommen willst du deinen Widersacher genauso tot sehen wie ich Sholto. Der einzige Unterschied ist, dass du dir das nicht erlaubst.«

Hagen ballte die Hände zu Fäusten. »Vielleicht hast du recht. Aber der Grund ist, dass ich befürchte, es könnte nicht genügen. Wirst du zufrieden sein, wenn er tot ist? Wenn du den Mann findest, der deine Mutter ermordet hat, und ihm einen Speer in die Brust rammst, wird das genug sein?«

»Das kann ich nicht sagen, aber die Alternative gefällt mir ganz bestimmt nicht.« Brynjas Stimme brach. »Soll ich diese Kerle einfach leben lassen? Soll ich Sholto und die anderen frei herumlaufen lassen? Sie haben meine Mutter ermordet, Hagen.

Sie hätten mich wie ein Stück Vieh verkauft. Und du sagst mir, ich solle einfach ... was? Ihnen vergeben?«

»Nein.« Er schloss die Distanz zwischen ihnen, und sein Blick war grimmig. »Ich sage dir nicht, dass du ihnen vergeben sollst. Ich sage dir, dass deine Rache dich nicht heilen wird. Sie wird dir keinen Frieden bringen. Und ich habe große Angst, dass du das erst erkennen wirst, wenn es zu spät ist.«

»Du kannst nicht bestimmen, was mich heilen wird.«

»Und du kannst dein Leben nicht einfach für eine vage Hoffnung wegwerfen!« Seine Stimme wurde wieder lauter. »Denn genau das tust du, Brynja. Du bist so darauf fixiert, Sholto zu töten, dass du dein eigenes Leben nicht lebst. Du lebst in diesem winzigen Raum und wartest darauf, dass er kommt, damit du – was tun kannst? Du kannst bei dem Versuch sterben, ihn zu töten. Denn genau das könnte passieren. Er wird nicht allein hierherkommen. Er wird Männer mitbringen. Und selbst wenn du den Kampf gegen ihn gewinnst, selbst wenn du jeden einzelnen dieser Männer tötest, was wird dich das kosten?«

»Was auch immer es kostet, es ist den Preis wert.«

»Sogar dein Leben?«

»Sogar mein Leben.«

»Nun, das ist es für mich nicht!« Die Worte sprudelten einfach so aus ihm heraus. »Dein Leben ist mehr wert als Rache, Brynja. Es ist mehr wert als Sholtos Tod.« Er hielt inne und fuhr sich frustriert mit der Hand durch das Haar. »Du bist mehr wert als das.«

Die Tränen brannten in Brynjas Augen, aber sie weigerte sich, sie fließen zu lassen. »Das hast du nicht zu entscheiden.«

»Das ist mir bewusst.« Seine Stimme wurde sanfter, was die Situation noch schlimmer machte. »Ich weiß, dass es nicht meine Entscheidung ist. Aber ich bitte dich, darüber nachzudenken, was du wirklich willst. Ist es Gerechtigkeit? Oder geht es nur um den Schmerz gegen den Schmerz? Eine dieser Antworten könnte dir für einen Moment Befriedigung verschaffen. Aber die andere wird dich für immer verfolgen.«

»Du verstehst das nicht«, fing sie erneut an, aber diesmal war ihre Stimme kaum mehr als ein Flüstern.

»Dann hilf mir, dich zu verstehen.« Er streckte die Hand nach ihr aus und hielt sie in der Nähe ihrer Schulter, ohne sie jedoch zu berühren. »Sag mir, was deiner Meinung nach passieren wird, wenn Sholto stirbt. Wenn der Mörder deiner Mutter stirbt. Sag mir, wie diese Sache endet.«

Brynja schloss die Augen. Sie hatte sich die Szene tausendmal vorgestellt – wie ihr Messer zwischen Sholtos Rippen glitt, den Schock in seinen Augen, wie er zu Boden fiel. Oder den Geist, der sie jede Nacht verfolgte. Sie hatte sich vorgestellt, wie sie über seiner Leiche stand und ... was fühlte sie? Erleichterung? Sieg? Gerechtigkeit?

»Ich weiß es nicht«, gab sie schließlich zu. »Ich weiß nicht, was danach passiert. Ich weiß nur, dass ich nicht loslassen kann, solange er lebt. Ich kann nicht schlafen, ich kann mich nicht ausruhen, ich kann nicht ...« Ihre Stimme brach. »Ich kann nicht frei sein, solange er noch auf Erden wandelt.«

»Was ist, wenn du dich irrst?« Hagen legte ihr schließlich seine Hand auf die Schulter, die sich warm und ruhig anfühlte. »Was passiert, wenn sein Tod keine Befreiung für dich ist? Wenn du nur einen Käfig gegen einen anderen eintauschst?«

»Dann habe ich es wenigstens versucht.« Sie schlug die Augen auf und erwiderte seinen Blick. »Dann habe ich wenigstens Gewissheit.«

Er musterte sie einen langen Moment und sein Gesichtsausdruck war dabei undurchschaubar. Dann seufzte er und nahm seine Hand weg. »Und was ist mit uns?«

Die Frage hing schwer und bedeutungsvoll zwischen ihnen.

»Was ist mit uns?«, wiederholte sie.

»Wenn du ihn suchst, *wenn* du ihn wirklich suchst, komme ich mit. Das weißt du, oder?«

»Das kann ich nicht von dir verlangen.«

»Ich bitte dich auch gar nicht darum. Ich sage es dir.« Sein Kiefer war auf diese hartnäckige Weise angespannt, die sie mittlerweile gut kannte. »Wenn du dich in Gefahr begibst, komme ich mit. So ist das nun mal. So sind wir.«

»Auch wenn du denkst, dass ich mich irre?«

»Auch wenn ich denke, dass du unrecht hast.« Der Anflug eines Lächelns huschte über seine Lippen. »Liebe bedeutet nicht, mit allem einverstanden zu sein, was der andere tut. Manchmal bedeutet es, an der Seite seines

Partners zu stehen, auch wenn man denkt, dass er einen Fehler macht. Weil man lieber da ist, um ihn aufzufangen, als ihn allein fallen zu lassen.«

Ihr stockte der Atem. »Liebe?«

Die Röte stieg ihm in die Wangen. »Ja. Liebe.« Er sah ihr direkt in die Augen. »Hast du vielleicht etwas anderes gedacht?«

»Ich ...« Sie wusste nicht, was sie gedacht hatte. »Wir streiten uns.«

»Ja, so ist es. Und wir werden uns wahrscheinlich wieder streiten. Aber das ändert nichts an meinen Gefühlen.« Er trat näher und legte eine Hand auf ihre Wange. »Ich liebe dich, Brynja. Alles an dir. Sogar den Teil von dir, der auf Rache sinnt. Sogar die Aspekte deines Wesens, die mir Angst machen. Ich will dich einfach nicht an sie verlieren.«

Endlich liefen ihr Tränen über die eisigen Wangen. »Ich will mich auch nicht verlieren. Aber ich weiß nicht, wie ich loslassen soll. Ich weiß nicht, wie ich einfach ... aufhören soll, das zu wollen, was ich mir in den Kopf gesetzt habe.«

»Ich verlange nicht, dass du loslässt.« Sein Daumen wischte ihre Tränen weg. »Ich bitte dich nur, darüber nachzudenken, ob es wirklich Rache ist, was du willst. Oder ob du vielleicht in Wirklichkeit nur aufhören willst, zu leiden.«

Die Worte trafen sie tief im Innersten, denn sie waren eine Wahrheit, vor der sie sich bisher gedrückt hatte. Er hatte recht, nicht wahr? Sholto sollte nicht sterben, weil dann ihre Mutter zurückkäme. Sie wollte, dass er starb, weil sie litt und nicht wusste, wie sie den Schmerz anders bändigen konnte.

»Was ist, wenn du dich irrst?«, fragte sie leise. »Wenn du mir sagst, ich solle keine Rache suchen, während du an meiner Stelle genau dasselbe tun würdest?«

Hagen schwieg einen langen Moment. Dann sagte er: »Du hast recht. Ich weiß keine Antwort darauf. Denn wenn dir jemand wehtun würde, würde ich nicht zögern. Ich würde den Schuft bis ans Ende der Welt jagen und nicht aufhören, bis er tot wäre. Also habe ich vielleicht kein Recht, dir zu sagen, dass du nicht dasselbe tun sollst.«

»Warum tust du es dann?«

»Weil ich dich klarer sehen kann als mich selbst. Weil ich sehen kann, welchen Preis du zahlen wirst, auch wenn du das selbst nicht erkennst. Und weil ...« Er holte zittrig Luft. »Weil Liebe manchmal bedeutet, dem anderen die harte Wahrheit zu sagen, auch wenn man weiß, dass er sie nicht hören will.«

Brynja drückte ihre Stirn an seine Brust und ballte ihre Hände zu Fäusten, in denen sie den Stoff seiner Tunika hielt. »Ich bin so müde, Hagen. Ich bin es leid, ständig wütend zu sein. Ich bin es leid, auf den Horizont zu starren. Ich bin es leid, auf seine Rückkehr zu warten. Aber ich weiß nicht, wie ich dem ein Ende machen soll.«

Er schlang seine Arme fest und sicher um sie. »Vielleicht musst du dem ja gar kein Ende machen. Vielleicht musst du ja nur zu dem Schluss kommen, dass Rache nicht alles ist, was dich ausmacht. Dass dieses Gefühl nicht das Einzige ist, was dich definiert.«

»Was gibt es denn sonst noch?« Die Frage klang gedämpft an seiner Brust.

»Es gibt noch alles Mögliche.« Seine Stimme klang entschlossen. »Schau dich an, wie du gerade reiten lernst. Schau dich an, wie du um Mitternacht auf der Brüstung lachst. Schau dich an, wie du wild und mutig und stur bist. Schau dich an, wie du hier stehst und mich deine Tränen sehen lässt. Schau uns an und die Zukunft, die wir gemeinsam aufbauen können.« Er zog sich gerade so weit zurück, dass er sie anschauen konnte. »Es gibt so viel mehr als Rache, Brynja. Wenn du das nur erkennen wolltest.«

Sie wollte ihm glauben. Sie wollte so gern glauben, dass es ein Leben jenseits dieses alles verzehrenden Verlangens nach Sholtos Tod geben könnte. Aber diese Wut war ihr ein derart vertrautes Gefühl, dass sie mittlerweile ein großer Teil von ihr selbst geworden war. Wie konnte man etwas loslassen, das einen am Leben gehalten hatte?

»Ich weiß nicht, ob ich dazu imstande bin«, flüsterte sie.

»Dann tu es nicht. Noch nicht.« Er küsste sie auf die Stirn. »Versprich mir einfach, dass du darüber nachdenken wirst. Versprich mir, dass du dich, wenn die Zeit gekommen ist, fragen wirst, ob du diese Rache wirklich brauchst. Oder ob du vielleicht etwas ganz anderes brauchst.«

Brynja zog sich zurück, um ihn anzusehen. Seine Augen waren bekümmert, sein Gesichtsausdruck offen und verletzlich, worauf ihr das Herz schmerzte. Er liebte sie. Dieser komplizierte, sture Mann liebte sie. Und er bat sie, darüber nachzudenken. Er verlangte von ihr nicht, ihre Suche aufzugeben. Er verlangte nicht zu vergeben, und auch nicht zu vergessen. Nur darüber nachzudenken.

»Ich werde darüber nachdenken«, lenkte sie schließlich ein. »Mehr kann ich dir nicht versprechen.«

»Das reicht mir vollkommen.« Er zog sie wieder an sich, und sie standen da im kalten Wind und hielten sich fest.

Brynja brachte ein kleines Lächeln zustande. »Vielleicht sind wir auf die gleiche Weise gebrochen. Und vielleicht hat es seine Ordnung damit.«

»Wenn wir gemeinsam daran arbeiten, schaffen wir es vielleicht«, flüsterte er.

Zusammen.

Das war ein Wort, über das Brynja nicht viel wusste, aber sie war nur zu gern bereit, dazuzulernen.

KAPITEL ACHTUNDZWANZIG

Connor

AM NÄCHSTEN TAG hatte sich die Gruppe aufbruchbereit vor den Toren versammelt und war im Begriff, ihre Reise nach Tiree anzutreten.

»Pa«, sagte Dyna. »Ich finde immer noch, dass du mehr Wachen mitnehmen solltest.«

»Dyna«, sagte Connor. »Ich habe die besten Schwertkämpfer, die wir haben. Hagen, Broc und Alaric. Ich lasse Maitland, Jowell und Paden bei dir. Und alle drei können bei Bedarf mit Merryn zu den Bogenschützen überwechseln. Brynja kann ihre Dolche werfen oder einen Boten benutzen. Sie hat genug geübt, um Pfeile abzuschießen und unsere Gegner damit zu erschrecken.«

»Ich sollte mit dir gehen, Vater!«, rief sie und Tränen liefen ihr über das Gesicht. »Ich habe dieses Gefühl, aber ich kann es nicht klar erkennen.«

Sela sagte: »Genau deshalb bleibst du hier, Dyna. Ich werde nicht meinen Mann und zwei meiner Kinder auf einmal verlieren. Dein Vater und ich haben das vor Jahren so vereinbart. Nicht mehr als zwei auf einmal.«

Connor ging zu seiner ältesten Tochter hinüber und küsste sie auf die Wange. »Du musst hier bei Mama bleiben. Und deine Kinder brauchen dich. Ich werde nicht riskieren, dass meine Enkelkinder ihre Mutter verlieren. Außerdem ist das nur eine Patrouille. Ich möchte sehen, wie viele Männer es sind und wie gut sie sind. Morgen kommen wir spät zurück. Ich hoffe, dass ich später am Abend übersetzen kann. Wir übernachten bei den MacQuaries und kommen dann zurück. Ich verspreche, dass wir nicht angreifen werden.«

Dyna rannte in den Stall, holte mehrere Äpfel und ging von einem Pferd zum nächsten. Sie blieb bei Midnight Moon stehen und flüsterte ihrem Lieblingspferd zu: »Du trägst meinen Vater. Bring ihn mir nach Hause, so wie Midnight es mit Großvater gemacht hat.«

Sie brachen auf, als die Sonne aufging, und das Wetter war grau, aber angenehm. Der Ritt zu den MacQuaries verlief ereignislos und es wurde nur wenig gesprochen. Hagen ritt mit Brynja vor sich, was ihm gefiel. »Wenigstens weiß ich, dass mir warm sein wird«, sagte sie. »Du bist wie der wärmste Herd am kältesten Tag im Winter, Hagen.«

Merryn hörte sie und lachte. »Das muss in der Familie liegen. Broc ist genauso.«

Alaric ging voran. »Connor, wenn Eli nicht mit einem Kind schwanger wäre, wäre sie hier. Es bringt sie um, dass sie zurückbleiben muss. Aber da Brenna und Logan beide da sind, kann sie sich nicht davonschleichen.«

»Wie ging es Hildi heute Morgen, Mädchen?«, fragte Hagen.

»Besser. Sie schien wacher zu sein, aber ihr Kopf tut ihr immer noch furchtbar weh. Ich hab Brenna danach gefragt, und sie meinte, solange sie diese Beule hat, würde es noch wehtun. Die Beule ist eindeutig geschrumpft. Und Hildi hat Porridge gegessen, als ich gegangen bin. Tora und Sylvi waren damit beschäftigt, mit ihr Doktor zu spielen, was Hildi total süß fand. Sie liebt die Kinder genauso wie ich.«

»Dyna meinte, dass es den Kindern auch besser geht. Sie hatten lange Zeit Albträume, nachdem sie entführt worden waren. Ich hoffe, sie erinnern sich nicht daran, was ihnen passiert ist. Nicht so wie der arme Magni. Er wird dieses Erlebnis nie vergessen.«

Sie waren fast bei den MacQuaries angekommen, als Alaric sein Pferd verlangsamte. Sie kamen über den Kamm und ritten zur Küste vor dem Castle hinunter, als eine kleine Gestalt auf der Straße stand.

»Nein, nein, nein«, sagte Alaric. »Was sollen wir tun? Zurückgehen?«

Connor fragte: »Alaric. Was ist los?«

»Sie ist das Problem.« Er drehte sich zu den anderen um und zeigte auf den Weg vor ihnen. »Lia ist hier. Das ist schlecht. Ihr wisst, dass das schlecht ist.«

Broc sagte: »Nein, Lia. Geh weg!«

Connor meinte: »Ich finde das nicht schlimm. Haben wir jemals jemanden verloren, wenn Lia in der Nähe war?«

»Nein, aber du weißt, dass es Ärger gibt, wenn sie hier ist«, antwortete Broc. »Wir haben das schon oft genug erlebt, Onkel Connor. Vielleicht sollten wir umkehren.«

Connor hielt sein Pferd an. »Ich lasse mich nicht von einem Comming abschrecken. Wenn jemand zurückgehen möchte, bitte sehr. Ich übernehme die Führung.« Er ging direkt auf das kleine Mädchen zu, das vor der Ringmauer auf sie wartete.

»Seid gegrüßt, Granthams. Wie ich sehe, habt ihr viele Grants dabei. Willkommen euch allen.«

Merryn fragte: »Was wird passieren, Lia?«

Lia sagte: »Ich weiß nicht, was du meinst, Merryn. Ich bin nur zu Besuch bei den MacQuaries. Ich würde gerne mit euch allen über das Yule-Fest sprechen. Magni ist immer noch sehr beunruhigt, und ich würde gerne eine Lösung finden, ihn davon zu überzeugen, in Thanes Castle umzusiedeln. Ich dachte, ihr könntet mir dabei helfen.«

»Das machen wir gerne«, versprach Connor.

Broc flüsterte hinter ihm: »Gut. Es geht um Magni, nicht um uns.«

Eine Stimme drang von der Mauer zu ihnen herüber. »Kommt rein, Grants. Wir sind gerade mit dem Nachtmahl fertig und haben noch Eintopf und Brot übrig.«

»Reicht das für Broc? Du weißt doch, wie viel er verdrücken kann«, rief Merryn lachend.

»Reicht das? Kommt durch das Tor herein, ich treffe euch dann im Stall.«

Thane und Artan begrüßten sie wie versprochen bei den Ställen. Lia lächelte und begrüßte alle. »Ich freue mich, euch alle im großen Saal zu sehen. Ich möchte für die Kinder eine Veranstaltung für das Yule-Fest planen.«

Connor meinte: »Wenn du einmal zum Duart Castle kommst, erfährst du mehr über unser Weihnachtsfest. Es ist für die ersten beiden Weihnachtsabende geplant. Wir hoffen, dass du und Magni auch kommt. Alle auf Mull sind eingeladen.« Er machte eine Pause und fügte dann hinzu: »Und alle Bewohner von Iona natürlich auch.«

»Vielen Dank, Laird der Grants. Wir werden unser Bestes tun, um Magni zu überzeugen, mitzukommen. Ich denke, wir werden hier auch eines planen. Magni möchte Iona nicht verlassen, aber ich hoffe, wir können ihn hierher bringen. Seine Mutter ist hier, um sich von Rückenschmerzen zu erholen.«

Connor entfernte sich von der Gruppe und überließ es den Jungen, sich mit Thane und Artan zu unterhalten. »Lia, kann ich mit dir unter vier Augen sprechen?«

»Gewiss.«

»Was kannst du mir über die Bande auf Tiree erzählen? Machen die das Gleiche wie Kelvan früher? Stehlen und verschiffen sie Kinder?«

»Das ist ihr Plan«, antwortete Lia. »Bisher ist das noch nicht passiert. Es gab ein paar Gruppen, die versucht haben, Kelvans Arbeit zu übernehmen, aber bisher sind alle gescheitert. Eine der Banden hat Brynja und Hildi entführt. Das ist eine neue

Bande, aber eine oder zwei der anderen sind gleich geblieben. Bist du auf dem Weg dorthin?«

»Ja, ich suche nach Informationen über den Mann, der behauptet, der Enkel von Niles Comming zu sein. Weißt du, wer das ist?«

»Nein, das weiß ich nicht. Ich kann diese Informationen einholen, aber ich denke, dass du es genauso schnell herausfinden wirst wie ich. Ich bin die Beschützerin der Kinder, also konzentriere ich mich auf meine Aufgabe. Und ich kann dir sagen, dass es derzeit keine Kinder auf Tiree gibt. Keines wird gegen seinen Willen festgehalten. Sie hoffen, diese Machenschaften wieder aufnehmen zu können.«

Connor nickte und verschränkte die Arme. Es fiel ihm immer noch schwer, einer Sechsjährigen zuzuhören, als wäre sie dreißig. Allerdings fiel ihm auf, dass ihr Blick der einer alten, weisen Frau war. Da war er sich vollkommen sicher.

»Kommst du mit uns?« Er kam auch ohne sie zurecht, aber er konnte die Besorgnis in den Stimmen von Alaric und Broc wahrnehmen.

»Nein, diesmal nicht. Es gibt keine Kinder, die mich brauchen, also muss ich hierbleiben.«

»Weißt du, wo sich die neue Bande versammelt?«

»Hagen und Brynja werden euch die Stelle zeigen. Sie waren schon dort. Es ist ihr Zuhause. Es liegt auf der anderen Seite der Insel. Wenn ihr auf dieser Seite von Tiree landet und sie überquert, kommt ihr an demselben Häuschen vorbei, in dem Broc zuvor die Kinder gefunden hat. Jetzt steht es leer.«

»Wäre es nicht besser, auf der anderen Seite

an Land zu gehen? Dann wären wir näher bei ihnen.«

Lia schüttelte den Kopf. »Nein, von dieser Seite aus kannst du sie leichter überraschen. Und das Meer auf der anderen Seite ist viel rauer. Von dort aus musst du schnell navigieren.«

Connor runzelte bei der letzten Bemerkung die Stirn und fragte sich, was sie damit genau meinte, aber Lia rannte mit einer Handbewegung die Treppe zum Bergfried hinauf. Er wusste, dass er keine weiteren Antworten von ihr bekommen würde.

Jetzt war er auf sich allein gestellt.

KAPITEL NEUNUNDZWANZIG

Hagen

———— ❧ ————

HAGEN FÜHRTE BRYNJA den Weg hinunter zu dem Boot, mit dem sie nach Tiree fahren wollten.

Brynja meinte: »Ich war noch nie auf so einem großen Schiff.«

»Thane meinte, die Norweger hätten es im Gebüsch versteckt. Als Artan es fand, entdeckten sie das Loch darin, flickten es mit frischen Holzplanken und seitdem ist es für sie wunderschön. Man braucht sechs Ruderer, um es über das Wasser zu bewegen.«

»Und die sind darunter?«, fragte Brynja und schaute unter das Boot.

»Ja. Thane lässt es von seinen Männern rudern. Bearnard liebt es, und er behauptet, dass die Männer die Seeluft lieben. Warte, bis du siehst, wie schnell es fährt«, meinte Hagen und führte sie zu einem der Sitze, die an der Innenseite des Bootes angebracht waren. Das Boot schaukelte sanft unter ihnen, während Thanes Männer unter Deck ihre Plätze einnahmen. Die salzige Gischt hing in der Luft und vermischte sich mit dem Duft von frisch geschnittenem Holz der Kiefern, die sie in der Nähe für den Winter fällten.

»Wo sollen wir anlegen, Brynja?«, fragte Artan. »Ich komme mit dir.«

»Gott Bay«, antwortete sie. »Das ist am nächsten. Von dort aus ist es nicht weit zu unseren Häuschen.«

Als sie sich auf den Weg nach Tiree machten, versammelte Connor die Gruppe und gab Anweisungen. »Ich hoffe, dass es eine kurze Reise wird, denn unser Ziel ist es, mehr über Dugan und seine Pläne zu erfahren. Wir sind zu sechst. Ich möchte, dass Broc und Merryn zu dem Häuschen zurückkehren, in dem ihr zuvor die Kinder gefunden habt. Ich möchte sichergehen, dass niemand gerettet werden muss. Wenn ihr in der Unterzahl seid, kehrt einfach mit den Informationen zurück, und wir erledigen das dann, wenn wir wieder zusammen sind. Alaric, Hagen und Brynja werden mit mir kommen. Ich brauche deine Hilfe, weil ich keine Ahnung habe, wo dieses Häuschen ist.« Connor legte seine Hand auf den Griff seines Schwertes, während er sprach, und sah jedem einzelnen nacheinander in die Augen, um sicherzugehen, dass sie verstanden hatten. »Ich schätze, dass diese Bande zu diesem Zeitpunkt Kämpfer um sich versammelt hat. Du hast gesagt, es gibt zwei Häuschen nebeneinander?«

»Ja. Zwei Häuschen und ein kleines Nebengebäude als Kühlraum dahinter.«

»Wie weit ist es vom Wasser entfernt? Oder

von einer Bucht, von der aus man ein Boot zu
Wasser lassen kann?«

»Nur ein kurzer Spaziergang. Wir haben auf
einem kleinen Hügel gewohnt, um uns vor dem
Meer zu schützen. Es war nur ein kurzer Weg
zum Strand.«

»Gibt es eine Möglichkeit, zu den Häuschen zu
gelangen, ohne gesehen zu werden?«

»Ja, auf einer Seite gibt es einen Kamm. Der
Strand hat viele Felsformationen, aber die sind
von hier aus gesehen auf der anderen Seite der
Häuschen. Wir kommen einen Kamm herunter
und können uns hinter einem kleinen Wäldchen
verstecken.«

Als sie sich näherten, kündigte sich Tiree mit
dem Donnern der Brandung an versteckten
Riffen an, wobei die weiße Gischt in die Höhe
spritzte, wo die Wellen auf untergetauchte
Felsen trafen. Dann tauchte die Insel aus dem
Meeresnebel auf, so niedrig und flach, dass sie
sich kaum über die Wellen zu erheben schien, als
könnte ein einziger heftiger Sturm sie vollständig
wegspülen.

Was Tiree an Höhe fehlte, machte es jedoch
mit Licht wett. Die Muschelstrände leuchteten
fast weiß und erstreckten sich in langen,
geschwungenen Halbmonden um die Insel.

»Ich werde nie aufhören, von der Schönheit
der Inseln um Mull beeindruckt zu sein«, meinte
Connor.

Kurz darauf landeten sie, und Broc und Merryn
machten sich auf den Weg zu dem Häuschen, das
sie bereits kannten.

»Seid bald zurück. Wir planen, schnell wieder da zu sein«, meinte sein Vater.

Nicht weit entfernt hatte sich eine Gruppe von Fischern versammelt, die sich unterhielten, also ging sein Vater auf sie zu. »Hey, wie geht's? Habt ihr eine Gruppe neuer Inselbewohner gesehen, die ihr nicht gerne auf eurer Insel habt?«

»Wer will das wissen?«, fragte ein Mann, dessen Gesicht von jahrelangen Fischzügen auf dem Meer gezeichnet war und dessen tiefe Falten die Schärfe seiner braunen Augen nicht verbergen konnten.

»Connor Grant, Sohn von Alexander Grant, von dem Grant Clan aus dem Dulnain Valley in den Highlands.«

Ein Mann pfiff, während ein dritter sagte: »Du bist weit weg vom Dulnain Valley, aber du bist genauso groß wie dein Ruf, Grant.«

»Ich besuche meine Familie auf Mull. Mir wurde gesagt, dass jemand auf dieser Insel einen Angriff auf meine Clanverbündeten in Duart Castle geplant hat.«

Als Duart Castle erwähnt wurde, nickte ein Mann einem anderen zu, und sie brachen in Gelächter aus. »Diese Schufte glauben, sie könnten einige unserer Kinder stehlen, aber das werden sie nicht. Wir haben sie beobachtet.«

Der älteste Mann war der erste, mit dem sie gesprochen hatten. Nun nickte er seinem Vater zu. »Du warst schon einmal hier und hast Kelvan von unserer Insel vertrieben. Ich erinnere mich an dich.«

»Das war ich.«

»Willkommen zurück.« Connors Schultern entspannten sich ein wenig, obwohl seine Hand nie weit von seiner Waffe entfernt war. Der Fischer zeigte auf die andere Seite der Insel.»Folgt diesem Weg. Diese Mistkerle heuern Söldner an und bringen sie hierher. Das gefällt uns nicht.«

Ein anderer trat vor und fragte: »Brynja? Bist du das?«

Sie trat vor, nickte und rannte dann zu einem der Männer, um ihn zu umarmen. »Och, Mädchen. Wir sind froh, dass du wohlauf bist. Wo ist Hildi?«

»Wir haben unseren Weg nach Iona gefunden. Dort haben wir gelebt. Aber ich möchte den Abschaum aus unseren alten Häuschen vertreiben.«

»Geh, Mädchen. Das sind böse Männer. Wir werden dir aus der Ferne folgen und achtgeben, ob du Hilfe brauchst.«

»Wir bleiben zurück, aber pfeif, und wir kommen sofort«, meinte Artan.

Connor nickte und die vier machten sich auf den Weg über die Insel.

Als sie näher kamen, bedeutete Brynja ihnen, still zu sein, und führte sie zu einem Kamm, der ihnen Schutz bot.

Sie versteckten sich und lauschten, wobei sie sich an den felsigen Kamm duckten. Der Wind trug Stimmen, raues Gelächter und das Klappern von Waffen zu ihnen hinüber. Hagens Herz hämmerte in seiner Brust, als er die Sprecher zählte. Er schätzte, dass es vier Männer waren, und hielt diese Anzahl Finger seinem Vater entgegen, der mit zusammengebissenen Zähnen nickte.

Dann hörte Hagen eine weitere Stimme, die weitaus tiefer klang und aus größerer Entfernung kam. Er hielt fünf Finger hoch.

Eine Stimme drang zu ihnen herüber und Brynja sagte: »Das ist Dugan.«

Die Stimme war näher als die anderen. »Vierzig? Ich glaube, er hat gelogen. Ich glaube, sie haben nur zwanzig. Ich habe nachgefragt, und ich glaube nicht, dass die Granthams so stark sind.«

»Das hat er gesagt. Und noch zwanzig weitere kommen.«

»Es wird noch eine Weile dauern, bis sie zwanzig hierher bringen können. Glaubst du, sie haben eine Flotte nordischer Boote für die Männer und ihre Pferde? Ich sage, wir machen uns jetzt auf den Weg.«

»Wieso die Eile? Ich dachte, du wolltest zuerst die Kinder holen?«

»Nein, wir haben noch niemanden, der sich um sie kümmern kann.«

»Wir brauchen niemanden, der sich um die jungen Mädchen kümmert.«

»Ich werde mich um die jungen Mädchen kümmern.«

Es gab einen Schlag. Hagen spürte, wie der Körper seines Vaters sich neben ihm versteifte. Die Luft zwischen ihnen knisterte vor kaum unterdrückter Wut.

Hagen erkannte die Wut in den Augen seines Vaters – es war ein mörderischer Blick, den er in seinem Leben nur wenige Male gesehen hatte. Er schüttelte den Kopf und drückte warnend die Hand seines Vaters, denn das war seine Angst.

»Pa, beherrsch dich.« Hagens Flüstern war eindringlich und verzweifelt. Der Kopf seines Vaters war voller Rache für das, was der Großvater dieses Mannes seiner Mutter, der geliebten Madeline Grant, angetan hatte. Connors Atem ging flach und seine Muskeln waren angespannt wie eine Sprungfeder, die jeden Moment zu bersten drohte. »Er ist auch nicht Niles. Konzentrier dich.«

Es stimmte, Hagen erinnerte sich gut genug an seinen Großvater Alexander, um zu wissen, dass dieser den Mann ohne Zögern und ohne Gnade töten lassen würde. Das war Rache, nicht anders als die Rache, nach der Brynja für die Männer dürstete, die ihre Mutter getötet hatten. Diese Erkenntnis ließ ihn erschauern.

Waren sie beide gleich? War Rache jemals gerechtfertigt oder trübte sie immer das Urteilsvermögen?

Dugan schnaubte. »Du wirst dich um die jungen Mädchen kümmern? So wie du es auf Iona getan hast? Sie hat dich erwischt, und du hast sie nie fangen können.«

Ein dritter Mann sagte: »Du hättest die beiden sehen sollen, die hier mit ihren Müttern lebten. Wir hätten sie fast gekostet.«

Dugan sagte: »Man darf die Ware nicht ruinieren. Und sie sind den beiden entkommen, die das Cottage bewacht haben.«

»Und jetzt haben wir niemanden mehr, der auf die Kinder aufpasst. Du hättest die Frauen nicht töten sollen, Dugan.«

Hagen warf einen Blick auf Brynja, deren

Gesicht rot geworden war. Sie hatte alles mit angehört. Das waren die Männer, die ihre Mutter und ihre Tante getötet hatten. Er drückte ihre Hand, und sein Vater schüttelte den Kopf.

Dugan lachte leise: »Ich kann es kaum erwarten, Connor Grants Gesicht zu sehen, wenn ich ihm mein Schwert tief in den Bauch ramme. Aber zuerst werde ich ihm erzählen, wie sehr mein Großvater es genossen hat, seine Mutter zu zerfleischen.«

Und dann tat sein Vater genau das, was Hagen nicht wollte.

Und was er geschworen hatte nicht zu tun.

Connor Grant erhob sich aus ihrem Versteck und streckte seinen massigen Körper zu seiner vollen Größe. Die Bewegung war bewusst, kontrolliert – die Ruhe vor dem Sturm.

»Mal sehen, ob du es jetzt noch wagst, Comming.«

Die Stimme seines Vaters hallte kalt wie Winterstahl durch den Raum zwischen ihnen.

Und dann passierte alles auf einmal.

Brynja hob den Kopf und ihre Bewegungen waren flüssig und geübt. Zwei Dolche flogen in schneller Folge aus ihren Händen, silbern glitzernd im Nachmittagslicht. Der erste traf den dritten Mann in die Kehle – er gab ein röchelndes Gurgeln von sich, als er sich an den Hals griff und zu Boden sank. Das zweite Messer bohrte sich in den Bauch des vierten Mannes. Er blickte ungläubig nach unten, umfasste den Griff mit beiden Händen und riss ihn heraus. Das Blut spritzte aus der Wunde und schoss in einem dunklen Bogen über den Boden. Er stolperte rückwärts und presste seine Hände vergeblich gegen die Blutung.

Und dann fing der Kampf richtig an.

Dugan stürmte wie ein wütender Stier auf Connor zu, und er hatte sein Schwert schon gezückt, dessen Scheide glänzte. Hagen wollte instinktiv seinen Vater beschützen und zog sein eigenes Schwert aus der Scheide, aber sein Vater brüllte ihn mit einer Stimme an, die Berge erschüttern konnte.

»Wage es nicht, dich vor mich zu stellen!«

Der Befehl ließ Hagen mitten in der Bewegung erstarren. Sein Vater wollte diesen Kampf. Er brauchte ihn.

Sholto griff nach einem heruntergefallenen Schwert und rannte auf Brynja zu. Die Mordlust loderte in seinen Augen. Sie schoss zwei Pfeile in schneller Folge ab − der erste zischte an seinem Ohr vorbei, und zwar dicht genug, um eine dünne Blutspur zu hinterlassen. Der zweite bohrte sich in den hölzernen Türrahmen hinter ihm. Sholto rutschte aus, drehte sich dann um und rannte zurück in das Häuschen, wo er im schattigen Inneren verschwand.

Hinter ihnen wurde es lebhaft. Zwei weitere Männer stürmten aus den Bäumen hervor − es waren Söldner, wie es aussah. Sie hatten ihre Waffen bereits gezückt und ihre Gesichter waren vor Kampfeswut verzerrt. Plötzlich waren sie in der Unterzahl und sie waren umzingelt.

Alaric machte sich daran, einen Angreifer abzufangen, und sein Schwert traf mit einem

Funkenregen auf das Schwert seines Gegners. Das Klirren von Metall auf Metall hallte über den Hang. Hagen drehte sich um und sah sich dem anderen Schwertkämpfer gegenüber. Er war ein massiger Kerl mit einem vernarbten Gesicht und leeren Augen.

Hinter ihm ging Dugan mit unerbittlicher Wut auf seinen Vater los. Connor kämpfte wie ein Besessener. Nein, wie ein Mann, der dreißig Jahre auf diesen Moment gewartet hatte. Das Klirren ihrer Schwerter war ohrenbetäubend. Das rhythmische Donnern würde jeder auf der Insel hören können. Die Bewegungen seines Vaters waren kraftvoll und brutal, Jeder Hieb trug das Gewicht jahrzehntelanger Trauer.

Hagens Gegner griff ihn mit einem Überkopfschlag an, der ihn von der Krone bis zum Kiefer gespalten hätte. Er hob sein Schwert, fing den Schlag ab und spürte, wie der Aufprall durch seine Arme vibrierte. Der Söldner war stark und rücksichtslos. Hagen wich zur Seite aus, ließ sich vom Schwung des Mannes mitreißen und schlug ihm quer über den Schwertarm. Die Klinge drang tief in den Muskel ein, und der Mann schrie auf, während seine Waffe klirrend auf den Steinboden fiel. Er umklammerte seinen zerstörten Arm und als er den Hügel hinunterrannte, hinterließ er eine Blutspur.

Aber Sholto war wieder aus dem Häuschen gekommen und hatte immer noch Brynja im Visier.

Sie sah ihn kommen und griff nach ihrem Gürtel, wo sie einen weiteren Dolch hervorholte.

Die Klinge flog zielgenau und sank in seine Schulter. Sholto brüllte vor Schmerz und Wut.

»Schlampe, ich bringe dich um!« Er kam weiter auf sie zu und riss dabei den Dolch heraus und warf ihn beiseite, während das Blut seinen Arm hinunterlief.

Hagen drehte sich um, weil er ihm folgen wollte und seine Beine waren schon in Bewegung, aber zwei weitere Männer tauchten seitlich hinter dem Häuschen auf. Er wusste nicht, welchem Schuft er zuerst nachgehen sollte und sein Verstand arbeitete auf Hochtouren, um die Bedrohung einzuschätzen. Brynja oder sein Vater?

Dann zischten mit einem Mal Pfeile durch die Luft.

Vier Pfeile flogen in perfekter Formation über ihre Köpfe hinweg und trafen ihre Ziele: die beiden neuen Angreifer. Der eine bekam einen Pfeil ins Auge und sackte wie ein Stein zu Boden. Der andere wurde zweimal in die Brust getroffen und taumelte rückwärts, wobei er den Mund zu einem stummen Schrei geöffnet hatte, bevor er zusammenbrach.

Merryn und Broc waren angekommen. Artan war bei ihnen, und sie hatten die Bögen noch immer erhoben und bereit.

Doch dann passierte das Schlimmste, und Hagens Welt geriet aus den Fugen.

Ein weiterer Mann – den sie bislang nicht gesehen hatten, und mit dem niemand gerechnet hatte – griff Connor von der Seite an. Sein Vater wirbelte herum, fing den Schlag mit seinem

Schwert ab und stieß den Mann mit brutaler Effizienz zurück. Der Angreifer stolperte und fiel.

Aber diese Sekunde der Ablenkung war alles, was Dugan brauchte.

Der böse Schuft stürzte sich nach vorne, seine Schwertspitze fand eine Lücke in Connors Verteidigung. Die Klinge glitt unter seine Rippen, durchbohrte Leder, Plaid und Fleisch. Für einen Herzschlag stand alles still. Connors Augen weiteten sich – nicht vor Schmerz, sondern vor dem schrecklichen Verständnis dessen, was gerade passiert war.

Dugan drehte die Klinge und zog sie heraus. Dunkles Blut bedeckte den Stahl.

Sein Vater sackte zu Boden, beide Hände umklammerten die Wunde an seiner Seite, um sein Leben in seinem Körper zu halten.

»Pa!«, schrie Hagen mit rauer, qualvoller Stimme.

Hagen stürzte sich mit mörderischer Absicht auf Dugan, aber zu diesem Zeitpunkt war Alaric bereits hinter ihm her gerannt, während Broc und Merryn den Rest verscheucht hatten. Die verbliebenen Söldner warfen einen Blick auf ihre gefallenen Kameraden und die frische Verstärkung und brachen zusammen. Sie zerstreuten sich und rannten in voller Flucht zum Strand hinunter.

Dugan rannte mit ihnen und seine Stimme hallte triumphierend und spöttisch den Hügel hinauf.

»Großvater, die Rache ist unser! Ich habe Connor Grant getötet!«

Die Worte hallten wie ein Fluch über Tiree.

Sein Vater lag auf dem Boden, beide Hände gegen seine Seite gepresst. Blut sickerte zwischen seinen Fingern hervor. Es war zu viel Blut, das sich dunkel auf seinem Plaid ausbreitete.

»Pa!« Hagen sank neben ihm auf die Knie und seine Hände zitterten, als er ein Stück seines Plaids abriss. Er knüllte den Stoff zusammen und drückte ihn fest gegen die Wunde, aber er konnte spüren, wie das warme Blut sofort durchdrang, und er konnte spüren, wie das Leben seines Vaters unter seinen Handflächen dahinschwand.

Sein Vater streckte plötzlich die Hand aus und packte Hagen am Handgelenk, sein Griff war trotz allem immer noch stark.

»Zu spät.« Connors Stimme klang rau und voller Schmerz. Sein Gesicht war grau geworden, seine Lippen hatten eine bläuliche Färbung angenommen. »Sag Mama, dass es mir leidtut. Und deinen Schwestern und deinem Bruder. Ich dachte, ich hätte ihn. Meine Gefühle haben mich überwältigt ...«

Connor fielen die Augen zu, und Hagen spürte Panik in sich aufsteigen.

»Pa!« Er drückte fester, und er war verzweifelt, ohne Rücksicht auf die Schmerzen, die es verursachte.

Dann wurde sein Geist klar und er fand zu der kalten Klarheit der Befehlsgewalt zurück, die er von genau diesem Mann gelernt hatte.

»Broc und Merryn, holt Hilfe. Bittet die Fischer, einen Heiler zu suchen – den besten, den sie haben. Beeilt euch!« Seine Stimme brach beim letzten Wort.

»Alaric, fahr mit dem Boot zurück und hol Hilfe. Wir brauchen Brenna, wir brauchen ...«

»Nein«, unterbrach ihn Alaric und sank auf die Knie neben Connor. Sein Gesicht war blass und erschüttert. »Wir müssen ihn zuerst auf das Boot bringen. Wir können ihn nicht hier liegen lassen.«

Die Augen seines Vaters flatterten wieder auf und richteten sich mühsam auf Hagen. Er griff mit blutverschmierten Fingern nach der Hand seines Sohnes.

»Ich schaffe es nicht.« Die Worte waren kaum mehr als ein Flüstern, aber sie trafen Hagen wie ein Schlag.

Broc und Merryn rannten bereits los. »Wir suchen einen Heiler!«

Artan stand mit grimmiger Miene da. »Ich hole mehr Männer vom Boot. Wir brauchen mindestens vier Mann, um ihn sicher zu tragen. Wir sehen uns am Boot, Broc.«

Hagen nickte, denn er war unfähig zu sprechen, weil er einen Kloß im Hals hatte. »Beeil dich, er hat nicht mehr viel Zeit.«

Er wandte sich an Alaric. »Sorg dafür, dass die auf dem Boden wirklich tot sind. Wir können es uns nicht leisten, dass sich jemand an uns heranschleicht, während wir verwundbar sind. Schütze uns.«

Alaric zögerte, weil er offensichtlich nicht von Connors Seite weichen wollte, aber sein Pflichtgefühl gewann die Oberhand. Er nickte und ging weg, um jeden Gefallenen sorgfältig zu überprüfen.

Und dann waren sie allein – Hagen, sein sterbender Vater und Brynja.

Hagen sah Brynja an, und sie musste die Verzweiflung in seinen Augen gesehen haben.

»Ich weiß nicht, was ich tun soll.« Dieses Eingeständnis fühlte sich wie Versagen an, wie Verrat.

Die Augen seines Vaters öffneten sich wieder, und für einen Moment war der alte Connor Grant da – der Lehrer, der Krieger, der Vater, der Hagen ausgebildet hatte, seit er zum ersten Mal ein Holzschwert halten konnte.

»Drück fest zu. Brennas Lehre. Stopp die Blutung.« Jedes Wort kostete ihn Mühe, aber seine Stimme war klar.

Hagen legte beide Hände auf die Wunde seines Vaters und drückte mit aller Kraft zu. In seinem Herzen wusste er, dass es keinen Sinn mehr hatte. Die Wunde war zu breit und zu tief. Er konnte die Wundränder unter dem blutgetränkten Stoff fühlen. Das war eine tödliche Verwundung, und das wussten sie beide.

Sein Vater brüllte vor Schmerz, als er nach unten drückte, sein Rücken bog sich, seine Hand krallte sich in den Boden.

»Pa, es tut mir leid, aber du darfst mich nicht verlassen. Ich bin noch nicht verheiratet. Ich möchte, dass meine Kinder einen Großvater haben, wie ich ihn hatte, wie du es für mich warst. Du hast mir alles beigebracht. Du darfst jetzt nicht gehen. Du darfst nicht sterben.« Die Worte sprudelten verzweifelt und flehend aus ihm heraus.

»Ich war dumm, Hagen.« Die Stimme seines Vaters wurde immer schwächer und sie war fast nicht mehr zu hören. »Ich habe mich von meinen Gefühlen leiten lassen. Ich hätte nicht ...«

Seine Augen fielen wieder zu.

»Pa!« Hagen schüttelte ihn sanft, voller Angst, dass er seine Augen dieses Mal nicht wieder öffnen würde, wenn er sie schloss.

Brynja kniete sich neben die beiden und hielt ihre Hände hilflos über Connors Körper.

»Was kann ich tun, um zu helfen? Es muss doch etwas geben. Sag mir, was ich tun soll.«

Ihre Stimme war voller Schmerz – dieser Mann starb wegen ihrer Rache, wegen ihres Bedürfnisses, nach Tiree zurückzukehren.

»Alaric wird bald zurück sein«, murmelte Hagen und zwang sich, nachzudenken und zu planen, obwohl sein Herz brach. »Und wir können ihn ins Boot bringen. Vielleicht rudern sie das Boot in diese Bucht, und wir können ihn schnell hineinlegen. Ihn schneller zu Brenna bringen.«

Aber schon während er das sagte, erkannte er die Wahrheit. Die Gesichtsfarbe seines Vaters war nicht gut – er war aschgrau, wo er eigentlich rosig sein sollte. Sein Atem ging in flachen, schnellen Stößen und jeder Atemzug wurde zu einem mühsamen Keuchen. Trotz des Drucks sickerte weiterhin Blut zwischen Hagens Fingern und sammelte sich dunkel unter dem Körper seines Vaters.

Tränen liefen Hagen heiß und ungehindert über die Wangen.

»Nein, Vater. Du bist unbesiegbar. Niemand kann dir etwas anhaben. Du bist der stärkste Krieger, den ich je gekannt habe – der stärkste Krieger, der je gelebt hat.«

Eine leise Stimme hinter ihm erschreckte ihn, aber er hörte sie laut und deutlich.

»Dein Vater stirbt, Hagen.«

KAPITEL DREISSIG

Dyna

DYNA SCHLENDERTE ZUR Feuerstelle, wo die Kinder mit ihren Stoffpuppen spielten, und ihre Mutter war in der Nähe. Ein stechender Schmerz durchzuckte ihren Bauch, der so stark war, dass ihre Knie nachgaben. Dann überkam sie ein Kopfschmerz, wie sie ihn noch nie erlebt hatte. »Pa!« Sie sank zu Boden.

Tora begann im Kreis zu rennen. »Gwandpa. Gwandpa. Ich brauche Gwandpa. Wo ist Gwanpa?« Ihre Mutter rannte zu Tora und rief Derric oben zu: »Derric, hilf Dyna. Irgendwas stimmt nicht.«

Die Tür flog auf und Logan kam rein. »Was zum Teufel ist hier los? Du solltest mal die Wolkenformationen draußen sehen, die sind echt komisch.« Sein Blick schweifte durch den Flur. »Was zum Teufel? Das kann nichts Gutes bedeuten.«

Gwyneth, die auf einem Stuhl neben dem Kamin saß, sagte: »Setz dich hin und halt den Mund, Logan. Es *ist* was los, und du musst es nicht noch schlimmer machen.«

Sylvi saß auf dem Boden und schrie: »Großvater. Ein böser Mann hat Großvater niedergestochen. Jemand muss ihn retten. Helft Großvater. Helft ihm.« Sie legte sich flach auf den Rücken, weinte und strampelte mit den Beinen. »Großvater!«

Avelina kam aus der Küche. »Dyna, mein Kopf. Drew? Wo bist du? Hol mein Heilmittel.« Sie ließ sich auf einen Stuhl fallen.

Maitland und Maeve kamen herein, Grant war an Maitlands Brust gebunden und er weinte und strampelte wild. »Bwia, Wia, Bwia, Wia.«

Maeve griff nach Grant. »Hier, hilf deiner Mutter. Ich nehme ihn, Maitland.« Sie hielt ihn auf ihrer Hüfte, damit er über den Flur schauen konnte, und ihr Gesicht zeigte Schock, als sie das Chaos vor sich sah. »Was ist los?«

»Wia, Wia, Bwia.« Grant hatte seine kleinen Hände zu festen Fäusten geballt. »Wia!«

Derric rannte zu Dyna. »Diamond, ist alles in Ordnung? Ist das nur ein Gefühl oder ist das echt? Was ist los? Die Kinder schreien nach deinem Vater. Siehst du etwas?«

Dyna rollte sich auf den Rücken und hielt sich den Kopf. »Irgendwas stimmt nicht. Pa ist verletzt. Ich spüre es in meinem Bauch. Oh, Pa. Ich hoffe, es ist nichts Schlimmes. Ich bin sicher, sie werden ihn so schnell wie möglich hierher bringen.«

Brenna kam rein, hob Sylvi, die schluchzend auf dem Boden saß, hoch und ging direkt zu Dyna. »Was ist los? Es ist Connor, oder? Wie schlimm ist es?«

Sylvi fing an zu schluchzen. »Großvater ist verletzt. Großvater. Lia, hilf ihm.«

Dyna sah Sylvi an und fragte: »Ist Lia da, Sylvi? Tora, ist Lia bei Großvater?«

Tora riss sich von ihrer Großmutter los, die aussah, als würde sie gleich ohnmächtig werden, und rannte zu ihrer Mutter. Sie beugte sich vor, fasste ihre Mutter an den Wangen und sagte: »Lia und Bwia sind da. Sie versuchen, ihn zu retten.«

Ihre Mutter blickte mit einem kranken Gesichtsausdruck hin und her.

Dann rannte Tora zu ihrer Großmutter und sagte: »Hochheben. Gwanpa wehgetan. Lia auch.«

Ihre Mutter ließ sich auf einen Stuhl fallen. »Dyna, ist das wahr? Stirbt dein Vater? Mein Gott, nein. Bitte sag nein. Ohne ihn kann ich nicht leben.«

Dyna wusste nicht, was sie denken sollte. Derric hob sie hoch, setzte sich mit ihr auf einen Stuhl neben dem Kamin und kuschelte sie an sich. »Nimm dir Zeit, Diamond. Tu, was du tun musst. Wir kümmern uns um die Kinder.«

Sandor begann, im Kreis zu rennen und kicherte wie verrückt. »Hör auf, Onkel Shakee. Hör auf!«

Dyna hörte das und musste die Wahrheit herausfinden. Sie zwang sich, aufzustehen, und ignorierte die Schmerzen in ihrem Kopf. »Jake! Onkel Jake. Was ist mit deinem Bruder los? Du kannst ihn noch nicht mitnehmen. Hörst du mich, Jake?«

Sandor rannte herbei und blieb vor ihr stehen. »Onkel Shakee sagt, Gwanpa tut weh.«

Dyna drehte sich im Kreis und starrte an die Dachbalken. »Hör sofort auf, Jake, und hör mir

zu. Hörst du mir zu? Du kannst meinen Vater
nicht haben. Noch nicht! Hörst du mich? Er ist
zu jung! Lass ihn in Ruhe. Tu etwas, um ihn zu
retten, Jake. Geh dorthin. Wir brauchen dich hier
nicht. Du musst deinem Bruder helfen! Aline,
Großvater, Großmutter, noch nicht. Ihr könnt
ihn noch nicht haben!«

Sandor folgte seiner Mutter und drückte ihr
Bein. »Onkel Shakee.« Dann setzte er sich hin.
Er fing sofort an zu kichern, hörte dann auf
und sagte: »Awex sagt, er kommt. Awex bringt
Gwanpa hierher.«

Sylvi hörte auf zu weinen und sagte: »Lia ist
jetzt bei ihm. Mach dir keine Sorgen, Mama.«

Tora legte ihre Hände auf die Wangen ihrer
Großmutter und sagte: »Großmama braucht
Brenna. Er kommt jetzt nach Hause.«

Dyna meinte: »Fangt an zu beten.«

KAPITEL EINUNDDREISSIG

Lia

HAGEN DREHTE SICH um, als Lia näher kam. »Tu etwas, Lia. Er stirbt.«

Lia ging hinüber und stellte sich hinter Brynja, die jetzt auf der anderen Seite seines Vaters kniete. Sie legte ihre Hand auf Brynjas Schulter. »Ich kann ihn nicht heilen. Ich kann das einfach nicht.«

Das war zu viel für ihn. Er schrie: »Du hilfst immer allen. Du rettest sie. Du sagst uns, wohin wir gehen sollen. Du sorgst dafür, dass niemand stirbt. Tu etwas. Ich kann meinen Vater nicht verlieren. Hilf mir, Lia.«

Hagen starrte zum Himmel hinauf und seine Hände waren mit dem Blut seines Vaters verschmiert. »Hilf uns, bitte, lieber Gott. Jemand muss ihm helfen. Er darf hier nicht sterben!«

Sein Vater war immer einer der Anführer des Clans gewesen, er und Onkel Jamie. Sie waren die beiden, zu denen alle aufschauten. Jetzt waren es Alasdair, Alick und Els, die die Führung übernommen hatten. Er dachte an seine Tanten

Kyla, Maeve und Elizabeth, die alle ihren kleinen Bruder verehrten.

Hagen wischte sich wütend die Tränen von den Wangen. Die Augen seines Vaters waren geschlossen, seine Gesichtsfarbe bleich. Er sah besiegt aus. Schwach. Von Moment zu Moment wurde er schwächer.

Sein Vater liebte es, den Grant Clan in die Schlacht zu führen, auf einem der Midnights zu reiten, eine Fahne zu tragen und den Schlachtruf der Grants zu brüllen, wenn sie nach einem Sieg nach Hause kamen.

Dies war kein Sieg. Es war eine der schlimmsten Niederlagen aller Zeiten.

»Lia, hilf mir bitte«, flüsterte er.

Lia sagte: »Du kannst ihn retten, Hagen. Du brauchst mich nicht.«

»Wie? Sag es mir. Ich würde diese ganze Insel versetzen, wenn ich müsste, sag mir nur, was ich tun soll. Ich würde alles für meinen Vater tun. Bitte.«

Lia beugte sich vor und sagte: »Leg beide Hände auf seine Wunde.«

»Was? Das habe ich schon versucht. Ich habe versucht, die Blutung zu stoppen, aber die Wunde ist zu groß.«

»Mach es, Hagen«, flüsterte Brynja und sah ihm fest in die Augen. »Mach, was Lia gesagt hat. Vertrau ihr. Ich vertraue ihr.«

Er tat, was sie sagte, und vertraute der Feenfrau von ganzem Herzen. Er wusste nicht, was er sonst tun sollte.

»Ihr müsst einander vertrauen, damit es

funktioniert«, sagte Lia und sah abwechselnd ihn und Brynja an.

»Was?« Brynja schaute über ihre Schulter zu dem Mädchen und war genauso verwirrt wie er. »Ich verstehe nicht.«

»Ihr zwei habt eine besondere Kraft, wenn ihr zusammen seid. Alleine kann keiner von euch ihn heilen. Zusammen könnt ihr es.« Lia drückte Brynjas Schulter. »Leg deine Hände auf Hagens und schau ihm in die Augen.«

Sie tat, was Lia gesagt hatte, und die Tränen liefen ihr über die Wangen. »Hagen, ich verstehe das nicht.«

»Ich auch nicht, mach einfach, was sie sagt, Bry.«

Lia fuhr fort: »Ihr müsst ruhig bleiben und an eure gemeinsame Kraft glauben. Wenn ihr das tut, werden eure Hände ihn heilen.«

Brynja legte ihre Hände auf die von Hagen und sah ihm in die Augen.

Etwas Intensives passierte.

Eine Welle von Kraft floss durch ihre Hände in seine und in den Bauch seines Vaters. Diese Kraft war so stark, dass ihre Hände zitterten.

»Haltet eure Hände fest an Ort und Stelle. Lasst nicht los«, rief Lia.

Alaric kam hinter sie und flüsterte: »Heiliger Himmel.«

Lia bellte: »Stör sie nicht, Alaric.«

Er hielt Brynjas Blick weiterhin fest und sah etwas in ihren Augen, das er zuvor noch nie gesehen hatte. Eine Ruhe und eine Zuversicht, die er selbst in diesem Moment nicht hatte, sie aber schon. Sie lächelte ihn an und sandte ihm eine Botschaft, die stärker war als alle Worte, und dunkle Wolken füllten den Himmel, kurz bevor ein Blitz hinter seinem Vater einschlug, den Boden unter ihnen erschütterte und Donner um sie herum grollte.

Lia schrie über den Lärm des Sturms hinweg: »Das ist ein Zeichen dafür, wie mächtig der Geist deines Vaters ist. Mach weiter. Es funktioniert. Ihr schafft es.«

Hagen hielt seine Hände auf seinem Vater, Brynjas Hände umklammerten weiter Hagens Hände, und sie betete, dass es funktionieren würde. Seine Hände kribbelten und zitterten, und er stieß einen lauten Schrei aus, weil etwas passierte, das er nicht verstand, aber dann sah er auf seinen Vater hinunter, und dessen Augen waren geöffnet.

»Ihr könnt jetzt beide loslassen«, meinte Lia. »Gut gemacht.« Sie umarmte Brynja von hinten. »Denkt daran, ihr beide habt zusammen eine Kraft wie keine andere. Vergesst das nie.«

Sein Vater fragte: »Was zum Teufel habt ihr beiden mit mir gemacht? Ich habe den Blitz gesehen und eure Hände. Das Donnern des Gewitters. Etwas ist aus euren Händen durch mich hindurchgeflossen, etwas so Kraftvolles und Intensives wie der Blitz, der hinter mir eingeschlagen ist.« Er blickte auf seine Wunde hinunter, die noch immer voller Blut war, aber die Haut war zusammengefügt, obwohl sie noch nicht vollständig verheilt war.

»Was zum Teufel war das?«, fragte Alaric. »Der Blitz schien dich getroffen zu haben. Und er kam aus dem Nichts. Kein Regen, nichts. Nur ein Blitz und der Donner. Und ihr beide. Was ihr getan habt. Was sie gesagt hat ...«

»Pst«, raunte Hagen. »Damit können wir uns jetzt nicht beschäftigen. Vergiss es, bis wir meinen Vater nach Hause gebracht haben. Ich will nicht, dass die anderen davon erfahren. Sag einfach, Lia hat geholfen.«

Alaric nickte. »Einverstanden. Wir bringen ihn nach Hause. Los geht's. Die Männer sind alle tot, außer Dugan und der andere.«

Brynja fluchte. »Sholto. Ich kümmere mich später um ihn.«

Lia zeigte auf das Boot. »Ihr könnt nicht warten. Bringt Connor nach Hause. Chief der Grants, deine Arbeit ist noch nicht getan. Du hast noch viel Zeit.«

Artan kam mit zwei anderen Männern hinzu. »Wir können ihn tragen. Er ist ein großer Mann.« Dann sah er Connor an und sagte: »Was zum Teufel? Was ist passiert? Das war der lauteste Donner, den ich je gehört habe.«

»Ich weiß nicht, was das war, aber es hat Pa geheilt. Lia. Es war Lia.« Hagen wagte nicht, seine und Brynjas Hände zu erwähnen, und dass sie gemeinsam seinen Vater geheilt hatten. Das klang dümmer als alles, was er je gehört hatte. Er würde später darüber reden. Jetzt wollte er seinen Vater nur noch von dort wegbringen. »Wir müssen ihn zu Brenna bringen. Lia sagte, wir sollen uns beeilen.«

Merryn und Broc folgten ihnen. »Wir helfen euch, ihn zu tragen.«

Sein Vater setzte sich auf. »Nicht nötig. Ich kann laufen. Langsam, aber ich kann laufen, wenn ihr mir aufhelft.«

Hagen und Alaric halfen seinem Vater auf die Beine, und sein Vater sagte: »Sei nicht böse, Alaric, aber ich möchte Brynja auf der einen Seite und Hagen auf der anderen haben.«

»Verstanden, Onkel.« Alaric trat beiseite und Brynja nahm seinen Platz ein.

Schweigend kehrten sie zum Boot zurück.

Hagen schaute über seine Schulter zurück. »Wo ist sie hin?«

Broc fragte: »Wer?«

»Lia. Sie war hier bei uns.«

Broc meinte: »Ich habe sie nicht gesehen.«

»Sie ist weg«, flüsterte Brynja. »Sie ist den Strand entlanggegangen.«

»Pa? Fühlst du dich innerlich geheilt?«

»Ja. Ich fühle mich sehr schwach, aber die Schmerzen sind fast verschwunden. Ich kann kein Pferd alleine führen, aber ich kann reiten. So etwas habe ich noch nie erlebt.«

»Du hast so stark geblutet wie noch nie zuvor«, meinte Artan. »Das würde jeden schwächen. Wie konntest du so schnell genesen?«

Alaric meinte: »Ich kann es selbst kaum glauben, aber ich habe es mit eigenen Augen gesehen. Das war definitiv ein tödlicher Schlag. Du solltest tot sein, Onkel Connor.«

Sein Vater sah ihn an und sagte: »Es war der Blitz. Lia und der Blitz.«

Es war, als hätte sein Vater alles mitgehört, was sie gesagt hatte, aber er forderte sie auf, darüber zu schweigen. Er nickte Hagen zu und drückte ihm die Schulter.

Hagen war verwirrter denn je, aber sein geliebter Vater ging neben ihm her. Mit Lias Hilfe hatten Brynja und er seinen Vater geheilt.

Aber niemand würde ihnen glauben.

Und welche Kräfte hatten er und Brynja wirklich? Er warf ihr einen Blick zu und zwinkerte ihr zu.

Brynja lächelte.

Hagen war verliebt. Daran hatte er jetzt keinen Zweifel mehr. Sie waren füreinander bestimmt.

KAPITEL ZWEIUNDDREISSIG

Connor

CONNOR RITT MIT Alaric, der ihn festhielt. Tatsächlich schlief er einen Teil der Strecke. Es war Nacht, und damit nicht die beste Zeit zum Reisen, aber sie kannten den Weg gut genug.

Die Schlacht hatte ihn demütig gestimmt. Er hatte genau das getan, wovor sein Vater ihn immer wieder gewarnt hatte. Er hatte sich von seinen Emotionen überwältigen lassen. Sein Vater hatte ihn einmal gewarnt, dass ein solcher Fehler tödlich enden könnte.

Um ein Haar wäre er gestorben.

Und wie sollte er genau erklären, was passiert war?

Er hatte seine Stellung ändern müssen, weil ein anderer ihn von der Seite angegriffen hatte. Dann hatte Dugan die Chance genutzt und auf seinen Bauch gezielt. Der Schmerz war der schlimmste, den er je in seinem Leben gefühlt hatte, und das Blut.

Es war so viel Blut gewesen. Er hatte gespürt, wie die warme Flüssigkeit seine Hand bedeckte, mit der er versucht hatte, die Blutung zu stoppen, was ihm jedoch nicht gelungen war, weil er keine Kraft in der Hand hatte.

Er erinnerte sich an Hagens Verzweiflung und daran, wie Brynja an seiner Seite geblieben war. Und dann hatte er Lia gesehen.

Und zwei andere Wesen.

Er hatte seinen Vater und seine Mutter gesehen. Er verdrängte diese Erinnerung, bis er jemanden wie Sela oder Tante Brenna zum Reden hatte. Alles war so real gewesen.

Aber dann hatte er die Augen geöffnet und Hagen und Brynjas Hände auf seinem Bauch gesehen. Lia hatte hinter Brynja gestanden und geredet. Und dann war da eine seltsame Kraft durch ihn geströmt, während gleichzeitig ein Blitz direkt auf ihn zukam.

Er dachte, er wäre getroffen worden, aber er hatte überlebt.

Wie? Wie hatte er sich so schnell erholt?

Es gab Dinge auf dieser Insel, die nicht mit Logik zu erklären waren, aber er war zu müde, um jetzt darüber nachzudenken.

Sie wurden mit Jubel von den Mauern empfangen und Dyna kreischte vor Freude, während Sela schluchzte.

»Gwanpa ist da. Schau, Gwanmama«, rief Tora.

Obwohl es schon spät war, waren die Kinder noch wach. Sie konnten nicht schlafen, weil sie unbewusst wussten, dass sie ihren Großvater sehen mussten.

Hagen, der sein erstgeborener Sohn war, auf den er so stolz war, schob alle beiseite und rief: »Er braucht Tante Brenna. Alaric wird alles erklären. Brynja und ich bringen ihn rein.«

Und die Menge machte Platz und überließ ihnen den Raum, den sie brauchten. Connor schaffte es, mit nur einem nachgebenden Knie abzusteigen, und Hagen fing ihn mühelos auf. Der Junge war stärker, als er gedacht hätte. Aber verdammt, wenn der Junge nicht ein kleines bisschen größer war als er selbst.

Sein Vater wäre stolz gewesen.

Schluchzend beugte Sela sich vor, und Hagen ließ sich von seiner Mutter auf die Wange küssen. Dann sagte er: »Komm mit rein, Mama. Wir können nicht stehen bleiben.«

Connor flüsterte Hagen zu, als sie sich der Burg näherten: »Ich schaffe die Stufen nicht.« Aber sein Sohn hatte ihn schon hochgehoben und ihn ohne ein Wort der Anstrengung die Treppe hinaufgetragen.

Sofort erinnerte er sich an den Tag, an dem er dasselbe mit seinem Vater getan hatte, als dieser aus der Schlacht mit den Buchans zurückkam. Als seine Mutter seinem Vater ein Bett in den Ställen des Cameron Clans hergerichtet hatte, als hätte sie gewusst, dass er geschwächt nach Hause kommen würde.

»Ich weiß noch, Papa.« Er konnte sich seine Mutter und seinen Vater vorstellen, als wäre es erst gestern gewesen.

»Was?«, fragte Hagen.

»Nichts.« Verdammt, jetzt redete er mit Geistern. Sein Verstand spielte ihm einen Streich.

Maitland öffnete die Tür und ging neben ihm

her. »Wenn er zu schwer ist, Hagen, kann ich dir helfen, und Alaric ist direkt hinter dir. Versuch nicht, ihn alleine abzusetzen. Wir helfen dir.«

»Willkommen zu Hause, Grant. Schön, dich hier zu sehen«, rief Logan.

Maitland öffnete die Tür zur Heilkammer, und Tante Brenna zeigte auf das Bett. »Ich habe auf dich gewartet, Connor. Ich wollte eigentlich nach Hause zurückkehren, aber irgendetwas hat mir zugeflüstert, ich solle noch ein bisschen länger bleiben. Ich bin froh, dass ich das getan habe.«

Hagen ging hinüber, um seinen Vater auf das Bett zu legen. »Maitland, nimm seine andere Seite. Ich kann ihn nicht bewegen.«

»Er ist zu groß, ich nehme diese Seite«, sagte Maitland, und die beiden Männer legten ihn auf das Bett.

Maeve drängte sich dazwischen und küsste ihn auf die Wange. »Ich liebe dich, Connor.«

Connor ergriff ihre Hand. »Bleib, Maeve. Ich muss mit dir, Sela und Brenna sprechen.«

Tante Brenna sagte: »Nicht, bevor ich nicht weiß, wie schlimm die Verletzung ist. Alle raus, außer Maeve, Sela und Hagen. Wenn du dabei warst, Hagen.«

»Ich war dabei.«

Alle anderen verließen die Kammer, aber im letzten Moment rief Connor: »Bleib, Brynja.«

Tante Brenna zog fragend eine Augenbraue in die Höhe, Sela starrte ihn mit großen Augen an. Er hob die Hand, um ihnen zu signalisieren, dass sie warten sollten.

Maeve und Sela blieben zurück, Tante Brenna

setzte sich auf einen Hocker neben ihn und war bereits voll und ganz damit beschäftigt, was sie und Tante Jennie schon so oft getan hatten. Sie schaute, tastete, fühlte und schaute erneut.

Als die Tür geschlossen war, meinte Connor: »Ich werde euch erzählen, was passiert ist.«

Tante Brenna legte ihre Hand auf seine Brust und sagte: »Nein, du wirst schweigen, bis ich dir sage, dass du sprechen darfst. Hagen und Brynja werden alles erklären.«

Die Tür öffnete sich und Logan schaute in die Kammer. »Pass auf, sie kann eine mürrische Hexe sein, wenn sie will.«

Tante Brenna meinte: »Wenn du nicht willst, dass ich dafür sorge, dass du neben ihm auf einer Pritsche liegst, machst du jetzt die Tür zu, Logan.«

Die Tür knallte zu. Connor sah Tante Brennas Grinsen.

Seine geliebte Tante wandte sich an Hagen und forderte ihn auf: »Erzähl mir genau, was passiert ist. Lass nichts aus.«

Connor sagte: »Ich kann …«

»Connor, sei still. Ich sage es dir nicht noch mal«, drohte seine Tante.

Sela meinte: »Connor, tu, was sie sagt. Du bist zu schwach.«

Also gab er nach. Er richtete seinen Blick auf Hagen, der auf einem Hocker in seinem Blickfeld saß, und hörte zu.

»Wir waren hinter einem Hügel, und Pa hörte Dugan – ja, Dugan Comming – sagen, dass er ihn umbringen würde, wenn er ihm jemals begegnen würde. Ich versuchte, Pa aufzuhalten, aber er trat hervor und der Kampf begann einfach so. Seine etwa zehn Männer waren überall. Wir waren nur Brynja, ich und Alaric. Broc und Merryn waren weggegangen, um nach den Kindern zu suchen. Und ein weiterer Kerl tauchte auf Pas anderer Seite auf. Er schlug ihn nieder, aber Dugan traf seinen Bauch, als er den anderen Mann niederstreckte. Pa sackte zu Boden und überall war Blut ...«

»Hagen, ich sehe das Blut. Seine, Brynjas und deine Tunika und dein Plaid sind total durchweicht, aber da ist keine Wunde.« Tante Brenna sah ihn an und sagte: »Wo, Connor? Wo wurdest du getroffen?«

Connor zeigte mit der Hand auf die Stelle und sah zu, wie seine Tante seine Tunika hochhob, um nach einer offenen Wunde zu suchen. Aber es gab keine. »Ich sehe nur eine Narbe, die wie ein Blitz aussieht.« Sela schaute über Tante Brennas Schulter. Hagen wurde blass und drückte Brynjas Hand.

»Wo, Connor? Zeig auf die Wunde.«

Er tat es und sagte dann: »Sie ist verheilt. Lia war dabei.«

Sela schnappte nach Luft und Maeve ließ sich auf einen Hocker fallen.

»Lia hat dich geheilt? Aber da ist so viel Blut.« Tante Brenna schaute Hagen und Brynja an. »Ist das ganze Blut auf dir und Brynja Connors Blut? Seid ihr beide nicht verletzt? Hat sonst noch jemand eine Wunde? Alaric? Broc?«

»Es ist alles von Pa.« Hagen nickte, Brynja nickte.

Tante Brenna sah ihn wieder an. »Das ist unmöglich.«

Connor nahm Brennas Hand und sagte: »Hört mir zu. Und ihr alle müsst Stillschweigen bewahren. Lia sagte Hagen, er solle seine Hände auf mich legen, dann sagte sie zu Brynja, sie solle ihre Hände auf Hagens legen. Und diese Hitze durchströmte mich, kurz bevor der Blitz über meinem Kopf einschlug. Der Schmerz verschwand.«

Die drei schauten verdutzt. »Hagen, du und Brynja könnt gehen. Holt euch was zu essen«, meinte er dann.

Die beiden gingen Hand in Hand. »Ich komme wieder, Pa.«

»Ich danke euch beiden«, sagte er. »Und wir haben allen nur gesagt, dass Lia mich geheilt hat. Das ist alles.«

Als die beiden weg waren, sah er Maeve und seine Frau an und sagte: »Ich habe Mama und Papa gesehen.«

»Was?«, fragte Maeve und beugte sich vor.

Tante Brenna meinte:»Es ist nicht ungewöhnlich, dass Menschen, die fast tot sind, ihre Lieben sehen. Das kommt oft vor. Wahrscheinlich ist es wie in einem Traum.«

Connor ergriff Tante Brennas Hand und sagte: »Nein, Papa hat gesagt, ich solle Dugan vergessen. Dass ich noch nicht gehen würde, und ich solle helfen, die Mannschaft zusammenzustellen, die mit Lia arbeiten soll.«

»Lia? Papa kennt Lia?«, fragte Maeve.

»Er sagte, Hagen und Brynja seien miteinander

verbunden, dass sie zusammen mit Grant und John besondere Kräfte haben würden. Und auch andere, aber dann bin ich aufgewacht. Sie waren so real. Pa schimpfte mit mir, weil ich mich von meinen Emotionen leiten ließ. Er sagte, ich solle Dugan vergessen. Er sagte, es gäbe Schlimmeres.«

Connors Wangen waren feucht von Tränen, von denen er nicht gewusst hatte, dass sie geflossen waren.

Tante Brenna tatschelte seine Hand und meinte: »Connor, das klingt, als hättest du eine gehörige Tortur hinter dir, aber du bist blass und schwach und brauchst Ruhe. Ich werde dich so behandeln, als hättest du eine riesige Wunde, aus der du all das Blut verloren hast. Vielleicht hat Lia dir ein paar seltsame Stiche verpasst. Ich weiß es nicht. Du bist verletzt und wirst tun, was ich dir sage. Ich möchte, dass du zuerst etwas trinkst. Maeve, würdest du ihm bitte etwas Brühe bringen? Trink die Brühe und schlaf dann. Dein Körper hat, auch wenn kein Blut mehr fließt, eine Tortur durchgemacht. Wenn du genesen möchtest, um das zu tun, was mein Bruder von dir verlangt, dann musst du hierbleiben und tun, was ich sage.«

Connor lächelte und flüsterte: »Das hat er auch gesagt. Und Mama. Sie hat gesagt, ich soll auf Tante Brenna hören, also verspreche ich, alles zu tun, was du sagst. Ich werde jetzt meine Augen schließen. Wenn Maeve die Brühe bringt, weck mich auf. Ich werde sie trinken. Bitte sagt niemandem, was ich euch anvertraut habe. Ich werde es Kyla und Jamie erzählen, wenn ich sie sehe.«

Er schloss die Augen und schnarchte leise, bevor Tante Brenna ihn mit einer Decke zudecken konnte. Maeve ging, um die Suppe zu holen, und Sela sah sie an. »Ich weiß nicht, was ich glauben soll, aber ich bin dankbar. Hagen, Brynja und er sind alle voller Blut.«

»Ich würde sagen, dass Lia das getan hat. Ich weiß nichts über die anderen, aber wir alle wissen, dass Lia besondere Kräfte hat. Ich bin dankbar, genau wie du, Sela. Ohne Lia hätte er es nie zurückgeschafft. Er wäre in einem Boot gestorben.«

Tante Brenna stand auf, um Wasser in einer Schüssel zu holen, damit sie das Blut von ihrem Neffen abwaschen konnte, und Sela saß einfach auf dem Hocker und legte ihre Wange an die Brust ihres Mannes.

KAPITEL DREIUNDDREISSIG

Brynja

—◆◆◆—

BRYNJA SCHRECKTE IM Bett hoch. Sie war schockiert von dem, was sie gerade gesehen hatte.

Duart Castle wurde angegriffen. Überall waren Männer, und ganz vorne standen Sholto und Dugan, wobei Letzterer nach Connor Grant rief.

Sie sprang aus dem Bett und wischte sich den Schweiß von der Stirn. Hildi lag neben ihr im Bett und schlief tief und fest, als wäre nichts passiert. Inzwischen war sie beinahe wieder ganz die Alte, worüber Brynja sich sehr freute.

Es war aber gar nichts passiert. *Das war nur ein Traum gewesen.*

Brynja ging ein wenig auf und ab, um Hildi nicht zu wecken, aber sie musste etwas unternehmen. Sie konnte sich unmöglich wieder ins Bett legen und einschlafen, solange ihr dieser schreckliche Albtraum noch so frisch im Gedächtnis war.

Brynja schnappte sich eine Decke, zog ihre Wollstrümpfe an und öffnete die Tür so leise sie konnte. Jetzt brauchte sie Hagen so sehr, aber sie konnte nicht an seine Tür klopfen und ihn aufwecken. Das war insbesondere deshalb nicht möglich, weil seine beiden Cousins bei ihm in der Kammer nächtigten.

Sie wollte gerade die Treppe hinunter in die Halle gehen, als ihr die Tür am Ende des Ganges auffiel und sie wie von selbst dorthin gezogen wurde. Das war die Lösung. Sie musste nach oben gehen.

Also stieg sie zur Brüstung hinauf und hielt die Tür fest, damit sie nicht vom Wind zugeschlagen wurde. Sie schloss sie leise und drehte sich um. Sie war überrascht, als sie Hagen dort auf einem Schemel sitzen sah.

Er lächelte und streckte seine Arme nach ihr aus, und sie sank ihm in die Arme und ließ sich von ihm sanft auf das Gesicht und den Hals küssen, während sie sich an seine Wärme schmiegte.

»Mädchen, warum bist du hier?«

»Albträume«, gab sie zur Antwort und lehnte ihren Kopf an seine Schulter, während er sie auf seinen Schoß setzte.

»Worüber?«

»Willst du das wirklich wissen? Vielleicht sollte ich dich erst mal fragen, was du von Lias Worten hältst, bevor wir über meinen Albtraum reden.«

»Einverstanden. Du meinst ihre Worte, dass wir zusammen eine besondere Kraft sind? Und dass wir alleine nichts sind?«

Sie sah ihn von unten herauf an. »Ich meine diese Sache mit der besonderen Kraft, die wir zusammen haben. Hast du schon einmal von so was gehört?«

»Nein, noch nie. Und wie du weißt, habe

ich Cousinen, die Seherinnen sind und alle
möglichen seltsamen Dinge tun. Aber ihre Kräfte
sind immer unabhängig voneinander. Keine ist
mit einer anderen verbunden. Glaubst du ihr?«

Sie seufzte. »Ich glaube alles, was das kleine
Mädchen mir erzählt. Lia ist wahrhaftig einzigartig.
Sie weiß viele Dinge, und sie sagt Dinge voraus.
Manchmal verschwindet sie und niemand weiß,
wie sie über das Wasser gekommen ist. Man sagt,
sie sei ein Schutzengel, und das glaube ich auch.«

»Sie ist ein Schutzengel und Beschützerin der
Kinder. Das sind zwei beeindruckende Titel.«

»Sie hat schon viele Kinder gerettet.«

»Und meinen Vater, mit deiner Hilfe.«

Sie schwiegen eine Weile und blickten über das
Land, das Meer und die Wolken. Der Wind hatte
endlich nachgelassen, und die Nacht war ruhig.
Vom Himmel her schien ein wunderschöner
Halbmond.

»Das Wasser? Was macht dieses Geräusch?«

»Fische, die springen. Klingt, als würden sie ein
Fest feiern.« Er lachte leise. »Was hältst du davon,
wenn wir für immer zusammenbleiben?«

Sie hob den Kopf, um ihm in die Augen zu sehen,
und strich ihm einige seiner widerspenstigen
Haare aus dem Gesicht. »Dein Haar ist so lang.«

»Ja, das ist es. Ich fasse es selten an und wasche
es nur.«

Sie legte eine Hand auf seine Wange und
küsste die andere, wobei sie ihre Lippen mit
einem Kichern über seinen kurzen Bartstoppeln
rieb. »Ich mag die Vorstellung, dass wir für
immer zusammenbleiben. Du tröstest mich und

begeisterst mich gleichzeitig. Du ermutigst mich, aber du schätzt mich auch. Die meisten Leute sehen nur ein dummes Mädchen mit seltsamen Zöpfen. Das liebe ich am meisten an dir.«

Er hob eine Augenbraue und grinste. »Was?«

»Du siehst mich so, wie ich bin, und nicht als ein Wesen, das ich nicht bin.«

»Ich liebe dich so, wie du bist, Brynja Nyberg. Die nordische Hälfte und die schottische Hälfte. Welche Hälfte hat gesagt, dass sie mich liebt?«

Sie kicherte wie ein kleines Mädchen. »Beide Hälften lieben dich. Wir passen perfekt zusammen, oder?«

»Ich denke schon. Und du hast meinen Vater mit deinen Händen ganz gewiss für dich gewonnen.«

Sie schlug ihm spielerisch auf den Arm. »Musste ich ihn für mich gewinnen?«

»Nein, er hat dich vorher schon gemocht. Nun zu diesem Albtraum.«

»Ich würde ihn ignorieren, aber nachdem Lia uns gesagt hat, dass wir etwas Besonderes sind, macht er mich doch stutzig.«

»Erzähl mir davon und anschließend können wir gemeinsam entscheiden. Ich denke, das ist das Beste.«

Sie holte tief Luft und lehnte ihren Kopf an seine Schulter. »Ich war in der Nähe einer Schlacht, und es war eine riesige Schlacht. Überall starben Menschen und einige dieser Menschen habe ich erkannt.«

»Wen?«

»Sholto und Dugan. Sie kamen, um Connor zu holen. Dein Vater kam heraus und kämpfte erneut mit Dugan. Da fing ich zu weinen an, aber dann schrie Sholto Dugan an. Er sagte ihm, er würde nach Iona gehen, um die Kinder zu holen.«

Hagen sagte nichts, sondern schloss die Augen und küsste sie langsam. Seine Lippen wärmten ihre und er saugte an ihrer Unterlippe, bevor er innehielt. »Ich hatte Angst, dass du das sagen würdest.«

»Woher weißt du das?«

»Ich hatte denselben Albtraum.«

KAPITEL VIERUNDDREISSIG

Sholto

AM NÄCHSTEN MORGEN saßen die beiden Männer im Häuschen und hielten sich wegen der großen Menge Ale, die sie getrunken hatten, den Kopf.

»Er ist nicht tot, das sag ich dir«, meinte Sholto. »Nur weil du ihm in den Bauch gestochen hast, heißt das nicht, dass er tot ist. Als wir zurückkamen, war seine Leiche weg.«

»Er ist tot, du Idiot. Das war eine tödliche Wunde.« Dugan stand auf, schlug mit der Faust gegen die Wand und fluchte. »Sie haben ihn weggebracht, um ihn auf ihrem Land zu begraben.«

»Warum habe ich ihn dann gesehen, als ich zurückgekommen bin?«

»Was?« Dugan kam herüber, packte ihn an der Schulter und drehte ihn zu sich herum. »Er ist selbst gegangen?«

»Ja. Sie waren auf halbem Weg zur Gott Bay. Zwei waren bei ihm, und dieses kleine nervige Mädchen war auch da. Aber sie ist zum Strand gegangen. Warum läuft ein so junges Mädchen alleine herum?«

»Vergiss sie. Wer hat ihm geholfen?«

»Der Kerl mit den langen Haaren und dieses andere Luder. Diejenige, die mich auf Iona mit dem Dolch angegriffen hat. Warum war sie bei ihm? Das würde ich gerne wissen, obwohl es erklärt, warum ich dieses Luder auf Iona in letzter Zeit nicht gesehen habe. Ich werde sie umbringen. Hätte ich mehr Leute gehabt, hätte ich sie verfolgen können.«

Dugan trat seinen Schemel um und richtete ihn dann wieder auf. Er setzte sich und hielt sich den Kopf. »Ich kann heute nichts mehr unternehmen, aber wir müssen zu den Granthams. Ich muss ihn umbringen. Er muss zumindest geschwächt sein.«

»Das war er auch. Er konnte nicht ohne Hilfe gehen. Aber du weißt, dass es ein Problem gibt.«

»Ja, das weiß ich. Es gibt mehrere Probleme. Wir haben nicht genug Männer. Die meisten unserer Männer sind getötet oder verjagt worden. Und der nächste Trupp von Söldnern kommt erst in zwei Tagen. Außerdem hat irgendjemand mein Versteck gefunden.«

»Welches Versteck?«

»Dasjenige, das ich hinten vergraben gefunden habe. Mit diesem Geld habe ich die Söldner angeheuert. Hast du es genommen?« Er schlug Sholto kräftig ins Gesicht.

»Nein. Wenn ich das getan hätte, wäre ich längst weg. Was ist los mit dir?« Er rieb sich die Wange und entfernte sich von Dugan.

»Wir müssen abwarten. Zum Glück habe ich genug von dem Geld bei mir behalten. Aber in zwei Tagen gehen wir zum Duart Castle. Ich fordere ihn vor den Toren zum Kampf heraus. Mann gegen Mann.«

»Gut, denn ich werde dir nicht helfen. Ich hole mir dieses Luder und dann hole ich mir die Kinder.«

»Die Kinder können warten.«

»Nein, das erste Schiff kommt in drei Tagen an. Ich hole sie, aber erst, wenn ich diesem Weibsbild den Garaus gemacht habe. Dann fahre ich nach Iona. Kümmere du dich allein um deine dumme Rache für deinen Großvater. Das interessiert mich nicht.«

»Mir ist das nicht egal. Und wir gehen zusammen. Und du kommst mit mir. Verstanden?«

»Verstanden.«

Sholto würde zum Duart Castle gehen, aber er war hinter dem Mädchen her. Zur Hölle mit den Grants.

KAPITEL FÜNFUNDDREISSIG

Brynja

———❦———

AM NÄCHSTEN TAG fand Brynja Hildi in der großen Halle, wo sie mit einer Stickerei auf dem Schoß am Kamin saß. Ihre Cousine sah jetzt besser aus als in den letzten Tagen – die gräuliche Blässe war aus ihrem Gesicht verschwunden, und die schreckliche Stille war einer ruhigen Lebendigkeit gewichen. Sie erholte sich. Langsam, aber sicher.

»Darf ich mich zu dir setzen?«, fragte Brynja.

Hildi schaute auf und ihr Blick wurde weicher. »Klar, ich hab gehofft, dass du kommst. Wir hatten kaum Zeit zum Reden, weil ich so viel geschlafen hab. Aber jetzt fühl ich mich endlich wieder wie ich selbst.«

»Ich freue mich so, Hildi. Ich habe dich so vermisst.«

Brynja setzte sich auf den Stuhl neben ihr und beobachtete, wie ihre Hände selbstbewusst und sicher mit der Nadel an einer Hose arbeiteten. Ihre alte Freundin war wieder zurück.

»Wie fühlst du dich?«, fragte Brynja, obwohl sie die Antwort in Hildis Gesicht erkennen konnte.

»Besser. Stärker.« Hildi legte ihre Handarbeit beiseite. »Die Kopfschmerzen sind fast verschwunden. Ich kann laufen, ohne dass mir schwindelig wird. Lia sagt, ich erhole mich gut.«

»Das freut mich.« Und Brynja freute sich wirklich – denn die Schuldgefühle wegen Hildis Verletzung lasteten noch immer schwer auf ihr. Hätte Brynja Sholto nicht verwundet, wären sie nicht nach Ulva gereist. Und hätte sie ihren Dolch geworfen, um ihn aufzuhalten, hätte Sholto Hildi niemals gegen den Baum geschleudert.

»Hör auf damit«, sagte Hildi sanft.

»Womit?«

»Dir die Schuld zu geben. Ich kann es in deinen Augen lesen.« Hildi streckte die Hand aus und nahm Brynjas Hand. »Es war nicht dein Verschulden, was mir passiert ist. Es war Sholtos Schuld. Es war auch nicht deine Schuld, was deiner Mutter passiert ist. Es war Dugans Schuld. Aye? Glaubst du, dass er es war?«

Brynjas Kehle schnürte sich zusammen. »Ja. Dugan hat unsere Mütter getötet, und das ist eine Sache. Aber wenn ich Sholto in dieser Nacht nicht verletzt hätte, wäre dir das vielleicht nie zugestoßen.«

»Wenn du nicht was getan hättest? Wenn du dich nicht verteidigt hättest? Dich geweigert hättest, ein Opfer zu sein? Wenn diese beiden Männer Sheona gefunden hätten, hätten sie auch nach einem anderen Mädchen gesucht. Ich bin mir sicher, dass sie uns alle drei aus unserer Schlafkammer geholt hätten.« Hildis Griff war fest. »Brynja, du kannst nicht dein ganzes

Leben lang die Verantwortung für das Schlechte übernehmen, das andere Menschen tun. Das ist keine Form von Schuld. Das bedeutet, ihnen selbst dann Macht über dich zu verleihen, wenn sie nicht da sind.«

Die Worte trafen sie tief. Brynja hatte noch nie so darüber nachgedacht – dass ihre Schuld eine andere Form von Sholtos Kontrolle war.

»Ich hab dich beobachtet«, fuhr Hildi mit leiser, aber fester Stimme fort. »Die letzten Tage hier im Duart Castle. Ich hab gesehen, wie du reiten gelernt hast. Wie du mit allen anderen Bogenschießen und Reiten geübt hast. Wie du mit Hagen Grant gelacht hast.«

Brynja spürte, wie ihr die Hitze in den Nacken stieg. »Es ist nicht so, wie du denkst. Ich habe keine Beziehung zu Hagen.«

»Doch, die hast du.« Hildi lächelte wissend. »Und ich freue mich darüber. Du verdienst Glück, Brynja. Du verdienst es, zu heilen.«

»Ich weiß nicht, ob ich das kann.« Das Geständnis war kaum mehr als ein Flüstern. »Heilen, meine ich. Ich weiß nicht, ob ich weiß, wie das geht.«

»Ich auch nicht.« Hildi wandte sich dem Fenster zu und ihr Blick wurde abwesend. »Als ich nach Ulva aufwachte, konnte ich mich zunächst nicht an die Geschehnisse erinnern. Dann kam alles zurück. Ich erinnerte mich an Sholtos Hände auf mir, seinen Dolch, der mir beinahe in die Kehle stach, an den Flug durch die Luft, den Baum, den Schmerz. Und ich war so wütend, Brynja. So wütend auf ihn, weil er mir wehgetan hatte. Auf dich, weil du ihn in unser Leben gebracht hattest. Auf Gott, weil er das hatte geschehen lassen.«

Brynjas Brust wurde eng. »Hildi, es tut mir so leid ...«

»Lass mich ausreden.« Hildis Stimme war sanft, aber bestimmt. »Ich war wütend. Und diese Wut hat mich zunächst am Leben gehalten. Sie hat mir Halt gegeben, als der Schmerz unerträglich war. Aber dann ... dann wurde ich langsam wieder gesund. Und ich musste entscheiden, was ich mit all dieser Wut anfangen sollte.«

Sie wandte sich wieder Brynja zu. »Ich hätte mich davon vernichten lassen können. Ich hätte jeden wachen Moment damit verbringen können, an Sholto zu denken, ihn zu hassen und meine Rache zu planen. Aber als ich in diesem Bett lag und mich kaum bewegen konnte, dachte ich nur daran, dass ich fast gestorben wäre. Und wie hätte mein Leben dann ausgesehen? Es hätte nur Angst, Wut und Schmerz darin gegeben.«

Brynja kamen die Tränen. »Was hast du gemacht?«

»Ich habe beschlossen, loszulassen.« Hildis Stimme war ruhig. »Das heißt nicht, dass ich ihm vergebe. Ich werde ihm nie verzeihen, was er getan hat. Aber ich habe beschlossen, ihn nicht noch mehr von meinem Leben nehmen zu lassen, als er es ohnehin schon getan hat. Ich habe beschlossen, meine ganze Kraft auf meine Genesung zu konzentrieren. Auf die Menschen, die mich lieben. Darauf, etwas Neues aufzubauen, anstatt nur darüber nachzudenken, was kaputt gegangen ist.«

»Ich will, dass Sholto stirbt«, brachte Brynja
mit fester Stimme hervor. »Ich will sehen, wie
das Lebenslicht in seinen Augen erlischt. Ich will,
dass er weiß, dass ich es war, die ihn getötet hat.«

»Einverstanden. Und anschließend?« Hildis
Blick war fest. »Was ist, nachdem er tot ist und
du deine Rache genommen hast, was dann? Wie
sieht dein Leben dann aus?«

Brynja öffnete den Mund und schloss ihn
dann aber wieder. Sie hatte wochenlang über
Sholtos Tod nachgedacht. Aber sie hatte sich nie
vorgestellt, was anschließend sein würde. Es war,
als würde ihr Leben in dem Moment enden, in
dem er starb, und als gäbe es jenseits dieses einen
Punktes der Rache nichts mehr.

»Ich weiß es nicht«, gab sie zu.

»Dann musst du dir das vielleicht genau
überlegen.« Hildis Stimme war sanft. »Denn
Rache mag dich für einen Moment befriedigen.
Aber Momente sind vergänglich, Brynja. Und
dann bleibt dir der Rest deines Lebens. Die Frage
ist: Wer möchtest du in diesem Leben sein?«

Brynja zog ihre Hand zurück und trat an die
Tür, um nach dem Wetter zu sehen. Draußen
verdunkelte sich der Himmel und Sturmwolken
zogen auf. »Ich weiß nicht, wie ich eine andere
sein soll als die Frau, die die Männer tot sehen
will, die unsere Mütter getötet haben. Das bin ich
seit über drei Monden. Das hat mich am Leben
gehalten.«

»Ich weiß.« Hildi stand langsam auf und verzog
das Gesicht dabei ein wenig, als ihr Körper
protestierte. »Aber du bist mehr als das, Brynja.

Das habe ich in den letzten Wochen gesehen. Du bist die Frau, die gelernt hat, ein Pferd zu reiten, obwohl du Angst hattest. Du bist die Frau, die Hagen Grant zum Lächeln bringt. Du bist die Frau, die mir Brühe gebracht hat, als ich mich erholte, und die bei mir saß, als ich nicht schlafen konnte.«

Brynja stellte sich zu ihrer Freundin an den Kamin und war so froh, dass sie wieder auf den Beinen war.

»Cousine, du bist nicht nur Rache. Du bist auch Mut und Freundlichkeit und Stärke. Du bist auch fähig zu lieben, selbst wenn du Angst davor hast.«

»Ich habe keine Angst vor der Liebe, Hildi.«

»Doch, die hast du.« Hildis Tonfall war sanft, aber unnachgiebig. »Du hast schreckliche Angst. Denn Liebe bedeutet Verletzlichkeit. Es bedeutet, jemanden so nah an sich heranzulassen, dass er einem wehtun kann. Und du bist schon so oft verletzt worden.«

Die Tränen liefen Brynja über die kalten Wangen. »Das kann ich nicht. Ich kann ihn nicht reinlassen. Was ist, wenn was passiert? Was passiert, wenn ich auch ihn verliere?«

»Das könnte passieren.« Hildis Ehrlichkeit war brutal, aber notwendig. »Das Leben gibt dir keine Garantien. Ich könnte morgen einen weiteren Unfall haben. Du könntest Hagen verlieren. Wir könnten alle im Schlaf sterben. Das ist der Preis dafür, dass wir leben. Wir alle sterben irgendwann.«

Sie drehte sich ganz zu Brynja um. »Aber die Frage ist nicht, ob wir die Menschen verlieren,

die wir lieben. Die Frage ist, ob wir mutig genug
sind, sie trotzdem zu lieben. Und uns die Frage zu
stellen, ob die Freude, sie zu haben, den Schmerz
wert ist, sie möglicherweise zu verlieren.«

»Ich weiß nicht, ob ich so mutig bin«, flüsterte
Brynja.

»Das bist du.« Hildi wischte Brynjas Tränen mit
ihrem Daumen fort. »Du bist die mutigste Person,
die ich kenne. Du hast Dinge überstanden, die
mich zerbrochen hätten. Du hast weitergemacht,
als alle anderen aufgegeben hätten. Wenn du das
kannst, kannst du auch das hier.«

»Aber was ist, wenn Rache alles ist, was mir
noch bleibt? Was ist, wenn ich Sholto töte und
danach nichts mehr in mir ist? Was ist, wenn ich
einfach nur … leer bin?«

»Dann füllst du dich wieder auf.« Hildis Stimme
klang entschlossen. »Mit Liebe und Lachen und
ganz normalen Momenten. Mit morgendlichen
Ausritten und Honigäpfeln und Streitereien über
Nichtigkeiten. Mit Hagens Lächeln und Jowells
Schroffheit und Grants Kichern. Du füllst dich
mit Leben, Brynja. Denn du lebst. Genau das tun
lebendige Menschen.«

Brynja drückte ihre Stirn an Hildis Schulter,
und ihre Cousine legte den Arm um sie. »Ich bin
es so leid, ständig wütend zu sein.«

»Das weiß ich. Ich weiß, dass du dessen müde
bist.« Hildi hielt sie fest. »Aber Wut muss nicht
alles sein, was dein Wesen ausmacht. Sie kann
ein Teil von dir sein, aber nicht deine ganze
Geschichte.«

Dicht beieinander standen sie da, während

draußen der Sturm einsetzte und der Regen auf die Pflastersteine im Innenhof prasselte. Schließlich löste sich Brynja von ihr und wischte sich das Gesicht ab.

»Was ist, wenn er nach mir sucht?«, fragte sie. »Sholto. Was passiert, wenn er mich hier findet?«

»Dann wirst du ihm gegenübertreten.« Hildis Blick war fest. »Aber du wirst ihm nicht allein gegenübertreten. Hagen wird bei dir sein. Und auch Jowell und Paden. Maitland wird dir mit all seinen Kriegern beistehen. Du wirst eine Armee hinter dir haben, anstatt nur deine Wut.«

Sie nahm Brynjas Gesicht in beide Hände. »Aber versprich mir eine Sache. Versprich mir, dass du deine Chance auf Glück nicht wegwirfst, wenn die Zeit dafür gekommen ist, um dein Verlangen nach Rache zu stillen. Versprich mir, dass du darüber nachdenkst, was hinterher sein wird. Versprich mir, darüber nachzudenken, wer du sein willst.«

»Ich ...« Brynja rang um Worte. »Ich kann das nicht versprechen. Ich kann nicht versprechen, dass ich ihn nicht verfolgen werde, wenn ich die Chance dazu bekomme.«

»Ich verlange nicht, dass du mir das versprichst. Ich bitte dich nur, mir zu versprechen, dass du darüber nachdenkst, für welchen Weg du dich entscheidest. Du sollst dich nur fragen, ob Rache wirklich das ist, was du brauchst, oder ob du dich in Wirklichkeit von diesem Kerl befreien musst. Damit er dein Leben nicht länger beherrscht.«

Brynja sah ihrer Cousine in die Augen. Sie waren denen ihrer Mutter so ähnlich und schimmerten voller Liebe und Sorge. »Ich verspreche, dass ich darüber nachdenken werde.«

»Genau darum bitte ich dich.« Hildi zog sie erneut in eine Umarmung. »Weil ich dich liebe, Brynja. Und ich möchte, dass du die Chance bekommst, die mir um ein Haar für immer versagt geblieben wäre – die Chance, dich für das Leben zu entscheiden. Dich für Freude zu entscheiden. Dich für Liebe zu entscheiden, auch wenn es beängstigend ist.«

»Ich habe dich so gern«, flüsterte Brynja. »Und ich bin so froh, dass es dir besser geht.«

»Ich dich auch.« Hildi löste sich von ihr und lächelte trotz ihrer Tränen. »Obwohl ich zugeben muss, dass mir beim Anblick deines Übungspensums mit Dolchen und Bögen der Kopf schmerzt. Du bist erschreckend gut in der Anwendung von Gewalt.«

Trotz allem lachte Brynja. »Meine jahrelang aufgestaute Wut muss schließlich irgendwohin.«

»Nun, vielleicht könntest du einen Teil dieser Energie stattdessen dafür nutzen, glücklich zu sein.« Hildis Blick wurde verschmitzt. »Hagen Grant ist sehr gutaussehend. Und die Art, wie er dich ansieht, bringt mich zum Kichern.«

»Hildi!«

»Was? Ich bin verletzt, aber ich bin nicht blind.« Sie lächelte. »Außerdem muss jemand auf das Offensichtliche hinweisen, da du offenbar so entschlossen bist, es zu ignorieren.«

»Ich ignoriere Hagen nicht.« Brynja wollte noch etwas hinzufügen, doch sie hielt im letzten Moment inne. Denn sie ignorierte diese Zeichen doch. Sie ignorierte, wie ihr Herz raste, wenn Hagen lächelte. Sie ignorierte, wie sicher sie sich fühlte, wenn er in ihrer Nähe war. Sie ignorierte die Tatsache, dass sie zum ersten Mal seit Monaten eine Zukunft vor Augen sah, in der es nicht nur um Rache ging.

»Siehst du?« Hildi hatte ein wissendes Lächeln aufgesetzt. »Jetzt denkst du darüber nach. Gut. Denk weiter darüber nach. Und wenn du bereit bist – wenn du mutig genug bist – dann gönn dir dieses Erlebnis.«

»Was ist, wenn ich nie bereit bin? Was ist, wenn ich nie mutig genug bin?«

»Dann tu so als ob«, antwortete Hildi mit entschlossenen Blick. »Tu so, als wärst du mutig, bis dein Handeln sich echt anfühlt. Das hab ich auch gemacht. Ich bin jeden Tag aufgewacht und hab mich entschieden, aufzustehen, auch wenn mein Kopf brummt. Ich hab mich entschieden ein paar Schritte zu gehen, obwohl mir schwindelig war. Ich hab mich entschieden, zu leben, auch wenn Sterben einfacher schien. Und irgendwann wurde die Entscheidung leichter. Mein Handeln wurde zur Wahrheit.«

Sie drückte Brynjas Hände noch einmal. »Du bist stärker, als du denkst. Mutiger, als du dir bewusst bist. Und du hast das Glück verdient, selbst wenn du es noch nicht glauben kannst.«

»Danke«, flüsterte Brynja leise. »Für dieses Gespräch. Für dein Verständnis.«

»Gern geschehen.« Hildi lächelte. »Das macht man so in einer Familie.« Sie sah sich nach den wenigen Leuten um, die sich in der Halle unterhielten. »Es ist eine große Familie, aber ein Clan, der von ganzem Herzen liebt und loyal ist. Wir haben einen guten Ort gefunden, Brynja.«

»Dieser Ort ist wirklich etwas Besonderes.«

»Und jetzt habe ich eine Frage an dich.«

»Du kannst mich alles fragen.«

Hildi senkte ihre Stimme zu einem Flüstern. »Hat Jowell eine Freundin?«

Brynja hätte vor Freude fast gekreischt, aber sie konnte sich aber gerade noch zurückhalten und hielt sich nur die Hand vor den Mund. »Nein, und ich schätze ihn sehr. Ihr würdet perfekt zusammenpassen. Er ist der Ernsthafte und perfekt für dich, Hildi. Paden ist zu albern. Ich mag ihn auch, aber er hat eine andere Persönlichkeit. Jowell ist ein Fels in der Brandung.«

»Ich bin noch nicht bereit. Ich bin noch auf dem Weg, mich zu erholen. Aber vielleicht wird irgendwann einmal etwas daraus.«

Sie setzten sich wieder auf ihre Stühle beim Kamin und hörten dem Sturm draußen zu. Aber in der Halle war es warm. Es gab Hoffnung. Und zum ersten Mal seit langer Zeit erlaubte Brynja sich, sich auszumalen, was nach ihrer Rache sein könnte.

Dann wäre ein Leben möglich. Nicht nur ein Überleben, sondern ein echtes Leben. Mit Hagen und Gelächter und ganz normalen Momenten. Mit morgendlichen Ausritten und ruhigen Gesprächen und der allmählichen Heilung alter Wunden.

Es war beängstigend. Aber vielleicht war es die Angst wert.

Draußen tobte der Sturm weiter. Und irgendwo jenseits dieser dunklen Gewässer war Sholto noch am Leben, schmiedete noch Pläne und wartete noch immer.

Aber für diesen Moment entschied sich Brynja, sich auf die Wärme und die Hoffnung zu konzentrieren. Auf Hildis Genesung und Hagens Lächeln und die Möglichkeit von etwas mehr.

Der Sturm käme noch früh genug. Aber sie musste sich ihrer Herausforderung nicht alleine stellen.

KAPITEL SECHSUNDDREISSIG

Brynja

BRYNJA WACHTE IN der Dunkelheit mit pochendem Herzen auf. Ihr Schrei blieb ihr in der Kehle stecken.

Nicht schon wieder.

Regungslos lag sie in dem fremden Bett und zählte ihre Atemzüge, wie Schwester Ada es ihr beigebracht hatte. Vier Sekunden einatmen. Vier Sekunden anhalten. Vier Sekunden ausatmen. Der Traum wollte sie nicht loslassen. Blut war auf Steinen zu sehen, und sie fühlte die kälter werdende Hand ihrer Mutter, und sie hörte raue Stimmen, die von goldenen Zöpfen und dem Geld sprachen, das sie dafür bekommen würden.

Mondlicht drang durch das Fell vor dem Fenster in die Kammer, die sie auf Duart Castle bewohnte. Nun war sie schon mehr als eine Woche hier und konnte immer noch nicht ganz glauben, wie luxuriös ihre eigene Kammer und ihr eigenes Bett und die Steinmauern waren, die die Welt fernhielten.

Aber selbst diese dicken Mauern konnten keine Erinnerungen fernhalten.

Sie schob die Decke beiseite und griff nach ihren Stiefeln. Sie würde jetzt ohnehin nicht mehr einschlafen können – das gelang ihr nie, wenn sie einen Traum gehabt hatte. Es wäre besser, sie ging spazieren, und bewegte sich, um ihren Körper daran zu erinnern, dass sie hier war, am Leben, in Sicherheit.

In Sicherheit. Was für ein seltsames Wort das war. Sie hatte geglaubt, auch im Kloster in Sicherheit zu sein, bis die Männer in der Nacht gekommen waren, um Sheona zu holen.

Und ein Boot mit zwei Männern patrouillierte ständig um die Insel. Sie waren auf der Suche nach etwas Bestimmtem.

Oder jemand Bestimmtem.

Brynja zog ihren Umhang an und schnallte sich ihren Dolch um die Hüfte. Das Gewicht war ihr vertraut und es wirkte beruhigend. Leise machte sie die Tür auf, und sie war dankbar, dass die Scharniere nicht quietschten. Dann schlüpfte sie in den Korridor. Sie wollte sichergehen, dass sie Hildi nicht weckte, die endlich wieder in einer richtigen Schlafkammer nächtigte.

Um diese Uhrzeit war es vollkommen still im Castle, denn die meisten Bewohner schliefen schon lange. Sie ging die Treppe hinunter, und an der großen Halle mit ihrem Kaminfeuer vorbei, bis sie bei der Tür war, die hinaus in den Innenhof führte. Frische Luft würde ihr vielleicht helfen, einen klaren Kopf zu bekommen.

Sie war gerade auf halbem Weg über den Hof, als sie ihn entdeckte.

Hagen saß auf einer Bank in der Nähe des

Stalls und hielt Freyas Zügel in der Hand. Die Stute stand neben ihm. Sie war bereits gesattelt und ihr Fell glänzte silbern im Mondlicht.

Brynja blieb stehen. Er hatte sie noch nicht gesehen und seine Aufmerksamkeit galt dem Pferd. Er flüsterte etwas, aber es war zu leise, als dass sie es verstehen könnte. Was machte er um diese Uhrzeit hier draußen?

Dann blickte er auf, als hätte er ihre Anwesenheit gespürt. Sein Gesicht zeigte keine Überraschung. Stattdessen sagte er nur: »Kannst du auch nicht schlafen?«

»Nein.« Sie trat verwirrt näher. »Warum ist Freya gesattelt?«

»Ich dachte, du könntest sie brauchen.« Er stand auf und hielt ihr die Zügel hin. »Du warst in den letzten Nächten unruhig. Ich habe dich in der Halle herumlaufen hören.«

Hitze stieg ihr in den Nacken. »Ich habe versucht, leise zu sein. Ich wollte dich nicht wecken.«

»Du hast mich nicht geweckt. Außerdem sind es nicht deine Schritte, die ich höre. Es ist etwas tief in mir, das ich spüre. Ich merke sofort, wenn dich etwas plagt. Ich schlafe auch nicht gut.« Sein Lächeln war ein wenig schief und selbstironisch. »Ich glaube, Lia hat recht. Wir haben eine Art Verbindung.«

Sie übernahm die Zügel, immer noch verwirrt. »Aber warum Freya?«

»Weil Mauern sich manchmal wie Käfige anfühlen können«, sagte er leise. »Und ich dachte, du möchtest vielleicht ausbrechen.«

Etwas in ihrer Brust brach auf. Er verstand sie. Er hatte es verstanden.

»Ich habe auch Midnight Star gesattelt«, fuhr Hagen fort und deutete auf sein eigenes Pferd, das im Schatten wartete. »Pa hat gesagt, ich soll ihn reiten. Das heißt, wenn du Gesellschaft willst. Oder ich kann hierbleiben, wenn du lieber alleine unterwegs sein möchtest.«

Das Angebot hing zwischen ihnen. Kein Druck. Keine Erwartungen. Nur ... Verständnis.

»Komm mit mir«, hörte Brynja sich sagen.

Sein Lächeln war die Verletzlichkeit dieses Eingeständnisses wert.

Sie stiegen auf und ritten durch das Tor hinaus, wobei die Wachen sie ohne Fragen durchwinkten. Hagen musste sie gewarnt haben, wurde Brynja klar. Er hatte dies bereits geplant. Nicht nur für diese Nacht, sondern auch für andere Nächte, und er hatte ihr Pferd bereitgehalten, falls sie fliehen musste.

Er wählte einen Weg, der vom Dorf wegführte und hin zu den Klippen mit Blick auf das Meer ging. Der Mond hatte alles in silberne Farbtöne getaucht. Die Aussicht war herrlich: die sanften Hügel, das dunkle Ufer und dann die Umrisse der anderen Inseln.

Sie ritten schweigend, aber es war nicht unangenehm. Der Rhythmus der Hufschläge, die kühle Nachtluft, der weite offene Himmel über ihnen – all das löste langsam die Anspannung in Brynjas Brust.

Als sie den Rand der Klippe erreichten, stieg Hagen vom Pferd und trat bis ganz an den Rand, um über das Wasser zu blicken. Brynja gesellte sich zu ihm und ließ Freya zurück, die in der Nähe Gras fraß.

»Besser?«, fragte er.

»Ja.« Sie atmete tief die salzige Luft ein. »Woher wusstest du das?«

»Dass du ausbrechen musstest?« Er schwieg einen Moment. »Wegen Derric, Dynas Mann. Als er aus dem Krieg zurückkam, war er verändert. Er hatte einige Jahre lang für König Robert gekämpft. Danach konnte er es nicht mehr lange in geschlossenen Räumen aushalten. Er ritt nachts aus, nur um das Gefühl zu haben, atmen zu können. Es dauerte lange, bis er seinen Frieden wiederfand.«

»Wirklich? Hat er seinen Frieden gefunden?«

»Ja. Aber nicht, indem er die Geschehnisse vergessen hat, oder weil ihm jemand gesagt hat, er solle es einfach hinter sich lassen. Er hat diesen Frieden mit Dynas Hilfe gefunden, und ihre drei Kinder halten seinen Geist beschäftigt, sagt er.«

Brynja bekam einen Kloß im Hals. »Die Schwestern haben mir immer gesagt, ich müsse vergeben. Ich müsse durch Gebete und Absolution Frieden finden.«

»Und hat das geholfen?«

»Nein.« Dieses Eingeständnis kam ihr wie ein Sakrileg vor, aber auch wie eine Erleichterung. »Ich hatte nur das Gefühl, dass ich nicht heilen konnte und fühlte mich als Versagerin. Als ob etwas mit mir nicht stimmte, weil ich einfach nicht darüber hinwegkommen konnte.«

Hagen drehte sich ganz zu ihr um. »Mit dir

ist alles in Ordnung, Brynja. Du hast etwas sehr Böses erlebt. Deine Mutter wurde vor deinen Augen ermordet. Du wurdest weggezerrt und fast verkauft. So etwas kann man nicht einfach hinter sich lassen. Das ist eine Bürde, die man mit sich trägt.«

»Aber wie lange?« Die Frage war heraus, bevor sie sie zurückhalten konnte. »Wie lange muss ich das noch mit mir herumtragen? Wann kann ich einfach ... frei sein?«

»Ich weiß es nicht.« Seine Ehrlichkeit war verblüffend. Die meisten Menschen hätten ihr Plattitüden und falschen Trost angeboten. »Vielleicht wird das nie ganz der Fall sein. Vielleicht funktioniert das nicht so. Aber ich denke ...« Er trat näher. »Ich denke, Freiheit hat nichts mit Vergessen oder Vergeben oder so etwas zu tun. Es geht darum, zu entscheiden, wie du mit deiner Bürde umgehst.«

»So wie mitten in der Nacht loszureiten, wenn die Räume zu eng werden?«

»Ja. So in etwa.« Sein Lächeln war sanft. »Oder wie zu lernen, einem neuen Menschen zu vertrauen, auch wenn es beängstigend ist. Wie in Duart Castle zu bleiben, obwohl du zurück nach Iona fliehen könntest. Wie sich eine Zukunft vorzustellen, die anders ist als die eigene Vergangenheit.«

Der Wind wehte vom Wasser herauf und brachte Brynjas Zöpfe durcheinander. »Glaubst du, dass ich das tue? Mir eine andere Zukunft vorstellen?«

»Ich hoffe es.« Seine Stimme wurde leiser.

»Denn ich stelle mir auch eine vor. Eine, in der du vorkommst.«

Ihr Herz setzte einen Schlag aus. »Hagen ...«

»Ich verlange nicht von dir, etwas zu sein, was du nicht bist«, sagte er schnell. »Ich verlange nicht, dass du irgendwann geheilt bist oder wieder ganz du selbst sein wirst oder irgendetwas von diesen Dingen, die die Leute so sagen. Ich frage dich nur ... ob du dir vielleicht vorstellen könntest, zu bleiben. Hier. Bei mir. So wie du bist.«

So wie du bist. Nicht als eine idealisierte Version von sich selbst. Nicht, nachdem sie ihr Trauma überwunden oder ihre Mutter gerächt oder wieder gelernt hatte, die Nacht durchzuschlafen. Sondern so, wie sie war, mit Albträumen, Wut und allem.

»Du hältst Freya für mich gesattelt«, sagte sie mit belegter Stimme. »Jede Nacht?«

»Jede Nacht, seit du ihr den Namen gegeben hast. Nachdem ich dich das erste Mal auf und ab gehen hörte, bat ich den Stallmeister, sie bereit zu halten. Nur für den Fall, dass du sie brauchst.« Er sah fast verlegen aus. »Ich weiß, wie es ist, sich gefangen zu fühlen. Ich dachte ... ich dachte, eine Fluchtmöglichkeit könnte dir helfen, dich weniger eingesperrt zu fühlen. Auch wenn du sie nie nutzt.«

»Aber du kommst mit mir.«

»Nur, wenn du es willst.« Sein Gesichtsausdruck war offen und ehrlich. »Wenn du lieber alleine reiten möchtest, bleibe ich hier, obwohl ich zugeben muss, dass ich aus Sicherheitsgründen wahrscheinlich Wachen hinter dir her schicken würde. Es geht hier nicht um mich, Brynja. Es geht darum, dass du bekommst, was du brauchst.«

In ihrem Inneren verschob sich etwas, als würde sich eine verschlossene Tür endlich öffnen. Ihr ganzes Leben lang hatten die Menschen etwas von ihr gewollt – die Männer, die ihre Mutter getötet hatten, wollten ihren Körper verkaufen, die Nonnen wollten, dass sie fromm wurde und vergab, und sogar Hildi wollte manchmal, dass sie die starke Cousine war, die immer wusste, was zu tun war.

Aber Hagen wollte nur, dass sie sie selbst war. Mit all ihren Fehlern und Ecken und Kanten.

»Ich will, dass du bei mir bist«, sagte sie. »Heute Nacht. Und morgen Nacht, wenn die Träume wiederkommen. Und in der Nacht danach.«

»Dann werde ich da sein.« Einfach. Sicher.

Brynja trat näher, bis sie nah genug war, um zu sehen, wie das Mondlicht in seinen Augen gefangen wurde und sie silbern schimmern ließ. »Du versuchst nicht, mich zu reparieren.«

»Du bist nicht kaputt.«

»Doch, bin ich. Ein bisschen.« Sie streckte die Hand aus und streichelte mit dem Finger über sein Kinn. »Aber das stört dich nicht.«

»Es macht mir nichts aus.« Seine Hand umfasste ihre, und sie fühlte sich warm und fest an. »Wir sind alle irgendwo kaputt, Brynja. Jeder Mensch, der etwas Schweres durchgemacht hat. Die Frage ist nicht, ob du kaputt bist. Die Frage ist, ob du mutig genug bist, trotzdem weiterzuleben.«

»Und du denkst, das bin ich?«

»Ich weiß, dass du das bist.« Er drehte seinen

Kopf und drückte einen Kuss auf ihre Handfläche.
»Du bist in ein Boot gestiegen, nachdem du
gesehen hast, wie deine Freundin angegriffen
und dem Tod überlassen wurde. Du bist zu einer
fremden Festung voller Krieger gekommen.
Du hast gelernt, ein Kriegspferd zu reiten. Du
wachst jeden Morgen auf und entscheidest dich,
weiterzuleben, auch wenn die Albträume dich
dazu bringen, dich verstecken zu wollen. Das ist
nicht kaputt, Brynja. Das ist das Mutigste, was ich
je erlebt habe.«

Tränen stiegen ihr in die Augen. Sie blinzelte sie
heftig weg, doch eine einzelne Träne entwischte
und lief ihr über die Wange.

Hagen fing sie sanft mit seinem Daumen auf.
»Und wenn du für den Rest deines Lebens jede
Nacht um Mitternacht ausreiten musst, werde ich
dein Pferd satteln. Wenn du einen Dolch unter
deinem Kopfkissen aufbewahren musst, werde
ich ihn für dich schärfen. Wenn du Männer auf
Altnordisch verfluchen und dir schreckliche
Schicksale für sie ausmalen musst, werde ich die
Worte lernen, um dir dabei zu helfen.«

Ein Lachen entrang sich ihrer Kehle. Es war
tränenreich, aber echt. »Das würdest du tun?«

»Ja.« Sein Lächeln war schief. »Ich werde
vielleicht nicht sonderlich gut in der Aussprache,
aber ich würde es versuchen.«

Dann küsste sie ihn. Sie stellte sich auf die
Zehenspitzen und krallte ihre Hände in seine
Tunika. Er stieß einen überraschten Laut aus,
doch dann legte er seine Arme um sie und zog
sie an sich.

Der Kuss war salzig und windig und voller Versprechungen. Er war Akzeptanz und Verständnis und er barg auch etwas, das sich gefährlich nach Hoffnung anfühlte.

Als sie sich schließlich voneinander lösten und beide schwer atmeten, legte Hagen seine Stirn an ihre.

»Bleib«, flüsterte er. »Nicht, weil du geheilt bist oder weil du deine Vergangenheit aufgearbeitet hast oder so. Bleib, weil du es willst. Weil wir vielleicht gemeinsam zerbrochen sind und trotzdem etwas Gutes aufbauen können.«

Brynja schloss die Augen und atmete seinen Geruch ein. Er duftete nach Leder und Pferd und etwas, das einzigartig Hagen war. Hinter ihnen brandete das Meer gegen die Felsen, ewig und unveränderlich. Über ihnen erhellten Sterne den Winterhimmel.

Sie hatte gedacht, Sicherheit bedeute Mauern und Waffen und alle auf Distanz zu halten. Aber vielleicht bedeutete es auch das hier: ein Mensch, der deine Narben sah und nicht wegschaute. Jemand, der dein Pferd gesattelt hielt, falls du fliehen müsstest, und der mit dir rennen würde, wenn du ihn darum bitten würdest.

»Aye«, raunte sie und öffnete die Augen, um seinen Blick zu erwidern. »Ich bleibe.«

Sein Lächeln war wie ein Sonnenaufgang, langsam und strahlend. »Ich habe gehofft, dass du das sagen würdest.«

Sie standen einen langen Moment ineinander verschlungen da, während der Wind um sie herum peitschte. Dann drückte Hagen einen Kuss auf ihre Schläfe und trat zurück.

»Willst du zurückreiten? Oder noch eine Weile hierbleiben?«

Brynja überlegte. Der Albtraum hatte seine Umklammerung gelockert und war einer seltsamen, zerbrechlichen Wärme in ihrer Brust gewichen. Aber die Nacht war wunderschön, und sie war noch nicht bereit, zu den Steinmauern zurückzukehren.

»Lass uns bleiben«, entschied sie. »Nur noch ein bisschen länger.«

Also saßen sie am Rand der Klippe und lehnten die Schultern aneinander, und beobachteten den Weg des Mondes über das Wasser. Freya und Midnight Star grasten friedlich und geduldig in der Nähe.

»Erzähl mir etwas«, meinte Brynja nach einer Weile. »Etwas Wahres.«

Hagen war einen Moment lang still. »Zuerst hatte ich Angst, mit dir zu reden. Als du nach Duart gekommen bist. Du sahst so wild aus, so … unnahbar. Ich dachte, du würdest mich durchschauen. Ich dachte, du würdest sehen, dass ich nur ein Krieger der dritten Generation bin, der versucht, der Legende seines Großvaters gerecht zu werden, mit einer Schwester, die bereits Laird eines Clans ist.«

»Du bist mehr als das«, sagte Brynja bestimmt.

»Bin ich das?« Er lächelte traurig. »Manchmal weiß ich es nicht. Alle sehen Alexander Grant, wenn sie mich ansehen. Alle erwarten, dass ich mit einer Waffe genauso mächtig bin wie mein

Vater und mein Großvater ...« Er brach ab und schüttelte den Kopf. »Entschuldige. Du hast nicht danach gefragt.«

»Doch, das habe ich.« Sie stieß ihn leicht mit der Schulter an. »Etwas Wahres, habe ich gesagt.«

»Na gut.« Er holte tief Luft. »Ich habe Angst, dass ich nie so gut sein werde wie mein Vater. Oder mein Großvater. Dass ich irgendwie versagen werde und alle merken, dass ich nicht der Krieger bin, für den sie mich gehalten haben.«

Brynja drehte sich zu ihm um. »Hagen Grant. Du sattelst jeden Abend ein Pferd für eine Frau, die Albträume hat. Du bringst ihr das Reiten bei, ohne dass sie sich schwach fühlt. Du versuchst nicht, sie zu ändern oder zu etwas zu machen, das sie nicht ist. Du siehst sie einfach so, wie sie ist. Und du akzeptierst sie einfach.« Sie griff nach seiner Hand und verschränkte ihre Finger mit seinen. »Das macht einen guten Mann aus. Nicht, wie gut du mit dem Schwert umgehen kannst.«

Er drückte ihre Hand fester. »Du siehst aber auch mich.«

»Ja, das tue ich. Auch wenn du früher manchmal etwas überheblich warst. Und mich manchmal anknurrst.«

Beide lachten, und er verdrehte die Augen. »Nimm jedes Knurren als Kompliment, Mädchen. So ist es gemeint.«

Sie saßen in angenehmer Stille da, während der Mond seine Bahn am dunklen Himmel zog. Schließlich drang die Kälte durch ihre Umhänge. Widerwillig erhoben sie sich und stiegen auf ihre Pferde, um nach Duart zurückzureiten.

Als sie sich dem Burgtor näherten, spürte Brynja etwas, das sie seit vier Monaten nicht mehr erlebt hatte: es war das Gefühl von Heimkehr. Nicht wegen der Steinmauern oder des warmen Bettes, das auf sie wartete, sondern wegen des Mannes, der neben ihr ritt. Der Mann, der verstanden hatte, dass Sicherheit nicht darin bestand, etwas zu reparieren, was kaputt war, sondern es zu akzeptieren und trotzdem voranzuschreiten.

Sie wusste, dass Dugan am nächsten Tag vor ihrem Tor auftauchen könnte. Das hatte sie in ihren Träumen gespürt. Sie hatte ihn gesehen, wie er durch die winterliche Landschaft ritt. Was auch immer er mitbringen würde, könnte alles verändern. Es würde Dinge in Gang setzen, die nicht mehr aufzuhalten wären.

Aber heute Nacht hatte sie dieses Erlebnis. Diesen Moment des Friedens, der so hart erkämpft und kostbar war. Diesen Mann, der ihr Pferd gesattelt hielt und nicht versuchte, sie zu heilen, der sie einfach so liebte, wie sie war.

Das musste reichen. Denn morgen schon könnte alles anders sein.

Am nächsten Tag könnte es zu einem Angriff kommen.

KAPITEL SIEBENUNDDREISSIG

Brynja

———— ✦ ————

ZWEI TAGE SPÄTER klopfte Brynja leise an die Zimmertür. Sie hielt eine Schüssel mit Wildragout in einer Hand. Sela hatte sie gebeten, sie mitzubringen, weil Connor endlich wieder aß und er bei Kräften bleiben musste.

»Komm rein«, rief Connor mit einer Stimme, die kräftiger als erwartet war.

Sie öffnete die Tür. Connor saß mit Kissen gestützt im Bett, immer noch blass, aber ohne den grauen, todesähnlichen Ausdruck von vor ein paar Tagen. Die Wunde an seiner Seite war verheilt, dank Lia, wie man erzählte. Sie konnte immer noch kaum glauben, dass es ihre Hände waren, die zusammen mit Hagens dieses Wunder vollbracht und diese schreckliche Wunde geheilt hatten.

»Sela sagt, du musst was essen«, meinte Brynja und stellte die Schüssel auf den Tisch neben seinem Bett. Der alte Krieger sah ganz anders aus als Hagen, mit seinem dunklen, von grauen Strähnen durchzogenen Haar, aber der Ausdruck in den blauen Augen war der gleiche, berechnend und immer wachsam. Sein Haar fiel ihm bis auf die Schultern, wie bei den meisten Männern im Clan, und nicht wie das von Hagen, das weit über seine Schultern reichte.

Es passte zu Hagen. Sie dachte an Hagens Vater als einen alten Krieger, aber für sie sah er nur ein bisschen älter aus, als ihre Mutter gewesen war. Alt war kein Wort, das sie jemals verwenden würde, um Sela zu beschreiben.

»Meine Frau ist eine Tyrannin.« Aber Connors Lächeln war liebevoll. »Ich danke dir, Mädchen. Willst du dich einen Moment zu mir setzen? Oder musst du noch woanders hin?«

Brynja zögerte. Sie hatte erwartet, die Schüssel zurückzulassen und gleich wieder zu gehen. Sie fühlte sich mit der ungezwungenen Vertrautheit der Familie Grant nicht wohl und war sich nicht sicher, wo ihr Platz unter ihnen war. Aber Connors Augen waren freundlich, und sein Gesichtsausdruck hatte etwas, das eine Ablehnung unhöflich erscheinen ließ.

»Ich kann bleiben«, antwortete sie und setzte sich auf den Stuhl neben seinem Bett.

Connor griff vorsichtig nach dem Eintopf. »Du warst dort, auf Tiree. Als ich verwundet wurde.«

»Ja.« Sie sah zu, wie er den Eintopf probierte. »Du hast gut gekämpft.«

»Ich wurde niedergestochen. Das ist kein gutes Kämpfen.« Er verzog den Mund zu einem Lächeln. »Aber ich lebe noch, also hätte es wohl schlimmer kommen können.«

»Viel schlimmer«, sagte Brynja leise. Sie hatte die Wunde gesehen, und sie hatte miterlebt, wie nah er dem Tod gewesen war. Sie hatte sein Blut an ihren Händen gespürt. Einen Fingerbreit weiter links, und die Klinge hätte lebenswichtige Organe getroffen.

Connor musterte sie über den Rand seiner Schüssel hinweg. »Sholto ist entkommen. Wie fühlst du dich?«

»Ich weiß es nicht«, gab sie zu. »Anders als ich erwartet hatte. Ich bin wütend, aber sie waren zu viele für uns. Ich glaube nicht, dass ich es besser hätte machen können, also bin ich verärgert, aber ich vertraue darauf, dass ich noch einmal eine Chance bekommen werde. Eines Tages werde ich ihm mein Messer in den Hals rammen.«

Connor nickte langsam, ohne überrascht zu sein. »Darauf würde ich wetten. Rache ist etwas, das einen nicht loslässt.«

»Du klingst, als sprichst du aus Erfahrung.«

»Das tue ich.« Er stellte die Schüssel beiseite, sein Blick wurde distanziert. »Ich habe Männer aus Rache getötet, Mädchen. Mehr, als ich zählen kann. Einige haben es verdient. Andere ... nun ja. Der Kampf macht uns alle zu Monstern, wenn wir es zulassen.«

Brynja beugte sich vor. »Hat es geholfen? Sie zu töten?«

»Manchmal. Für eine kurze Weile.« Er sah ihr in die Augen. »Und dann war der Moment vorbei, und ich hatte immer noch das, was ich verloren hatte. Ich hatte noch immer das gleiche Loch in meiner Brust, wo früher einmal ein geliebter Mensch gewesen war.«

»Aber du hast weitergemacht. Hast weiter gekämpft.«

»Aye. Denn manchmal geht es bei Rache nicht darum, Lücken zu füllen. Es geht darum, sicherzustellen, dass die Mistkerle, die dir wehgetan haben, niemand anderem mehr wehtun können. Es geht darum, eine Grenze zu ziehen und zu sagen: Bis hierhin und nicht weiter.« Er rutschte auf seinen Kissen hin und her und verzog sein Gesicht. »Aber es gibt einen Unterschied zwischen notwendiger Rache und Gift.«

»Was ist der Unterschied?«

»Das eine kann man hinter sich lassen, wenn es vorbei ist. Das andere verschlingt einen, bis nichts mehr übrig ist.« Er hielt inne. »Was ist Sholto für dich?«

Brynja öffnete den Mund, um zu antworten, doch dann schloss sie ihn wieder. Sie hatte geglaubt, die Antwort zu kennen. Tagelang war sie überzeugt gewesen, dass es notwendig sei, Sholto zu töten, und es nur gerecht sei, dass sie dann befreit wäre. Und jetzt wusste sie, dass Dugan der Mann war, der ihre Mutter getötet hatte. Diese Tatsache würde sie für immer verfolgen, wenn er seinen boshaften Weg fortsetzte.

»Ich weiß es nicht«, sagte sie schließlich. »Wahrscheinlich werde ich das erst wissen, wenn ich das Lebenslicht aus seinen Augen verschwinden sehe. Hagen findet, dass Rache immer falsch ist.«

Connor schnaubte. »Mein Sohn ist jung und idealistisch. Er wird es noch lernen.«

»Was lernen?«

»Dass die Welt nicht schwarz-weiß ist. Dass man manchmal dunkle Taten begehen muss, um die Menschen zu schützen, die man liebt. Dass Rache nicht immer falsch ist, sondern einfach nur kompliziert.« Er sah sie fest an. »Du hast das Recht, Dugan zu töten, Mädchen. Er hat deine Mutter ermordet. Er hätte dich und deine Cousine verkauft. Kein Richter und kein Lord wird dir Gerechtigkeit widerfahren lassen, also hast du selbst für Gerechtigkeit gesorgt. Das ist keine Schande, und niemand in diesem Land würde sagen, dass du unrecht hattest.«

Ein Knoten in Brynjas Brust löste sich. Sie hatte nicht bemerkt, wie sehr sie sich danach gesehnt hatte, von einem vertrauten Menschen zu hören, dass ihre Entscheidung verständlich, sogar gerechtfertigt war. Nicht falsch. Nicht beschämend. Nur ... kompliziert.

»Aber?«, fragte sie, weil sie das unausgesprochene Wort in seinem Tonfall hören konnte.

»Aber dann musst du dich entscheiden, wer du nach deiner Rache sein willst.« Connors Blick war ernst. »Du hast vier Monate damit verbracht, das Mädchen zu sein, das Dugan töten würde. Dann hast du Sholto getroffen und musstest mit seiner Grausamkeit klarkommen. Wenn die beiden endlich tot sind, was wirst du dann mit deinem Leben anfangen?«

Die Frage traf sie heftiger, als sie sollte. Denn sie wusste es nicht. Seit jenem Tag auf Tiree war ihre gesamte Identität von ihrem Bedürfnis nach Rache geprägt gewesen. Diese Rache hatte jede Entscheidung, jeden Gedanken und jeden Albtraum beeinflusst. Wer war sie ohne dieses alles beherrschende Ziel?

»Ich bin mir noch nicht sicher«, flüsterte sie und dachte daran, wie sie Hildi und Hagen geantwortet hatte.

»Dann musst du das herausfinden.« Er streckte die Hand aus und legte sie auf ihre. Sein Griff war schwach, aber warm. »Du bist nicht nur Rache, Brynja. Du bist auch die Frau, die gelernt hat, ein Kriegspferd zu reiten. Die mit Speer und Dolch umgehen kann und jetzt das Bogenschießen lernt. Die meinen Sohn auf eine Weise zum Lächeln bringt, wie ich es seit Jahren nicht mehr gesehen habe. Die mir Eintopf gebracht hat, obwohl sie überall anders sein könnte. Das bist du auch.«

Tränen stiegen ihr in die Augen. »Was ist, wenn das nicht genug ist?«

»Das ist mehr als genug.« Seine Stimme war fest. »Aber du musst daran glauben. Du musst dich dafür entscheiden, mehr zu sein als das, was dir angetan worden ist.«

»Ich weiß nicht, wie.« Ihre Stimme war so leise, dass sie sich fragte, ob er sie überhaupt hören konnte.

»Ein Tag nach dem anderen. Eine Entscheidung nach der anderen.« Er drückte ihre Hand. »Du wachst morgens auf und entscheidest dich, deine Gegenwart nicht von der Vergangenheit bestimmen zu lassen. Du entscheidest dich dafür, etwas aufzubauen, anstatt nur zu zerstören. Du entscheidest dich für Liebe statt Hass, auch wenn hassen sich leichter anfühlt.«

»Hast du das auch so gemacht?«

»Irgendwann. Nach einer langen, dunklen Zeit, in der ich es nicht getan habe.« Sein Lächeln war traurig. »Ich habe viele Fehler gemacht, Mädchen. Ich habe Menschen verletzt, die ich liebte, weil ich zu sehr von meinem eigenen Schmerz eingenommen war, um ihren zu sehen. Ich habe länger gebraucht, als ich hätte brauchen sollen, um zu lernen, dass Rache nicht dasselbe ist wie Heilung. Dass man sich rächen kann und trotzdem gebrochen bleibt.«

»Aber jetzt bist du nicht mehr gebrochen.«

»Nein. Weil ich mich dafür entschieden habe, ein Leben aufzubauen, anstatt nur meine Feinde zu vernichten. Ich habe mich für Sela entschieden. Ich habe mich für meine Kinder und Enkelkinder entschieden. Ich habe mich entschieden, mehr zu sein als meine Wut.« Er sah ihr in die Augen. »Und genau das rate ich dir auch. Vergiss nicht, was passiert ist. Vergib Sholto und Dugan nicht, denn sie werden sowieso nicht mehr lange leben. Aber entscheide dich für das, was als Nächstes kommt. Entscheide dich für das Leben, das du dir wünschst, anstatt nur auf das Leben zu reagieren, das dir gegeben wurde.«

Brynja dachte lange über seine Worte nach. Draußen vor dem Fenster hörte sie die Geräusche des Castles. Rufende Stimmen, wiehernde Pferde, das Klirren von Metall auf Metall vom Übungsplatz. Das Leben ging weiter, ohne Rücksicht auf ihren inneren Kampf.

»Hagen möchte, dass ich bleibe«, sagte sie leise.

»Hier. Bei ihm. Um ein gemeinsames Leben aufzubauen.«

»Und was willst du?«

»Ich will ...« Sie hielt inne und suchte nach der Wahrheit. »Ich will aufhören, Angst zu haben. Ich will nachts ohne Albträume schlafen können. Ich will aufwachen und nicht sofort nach einer Waffe greifen müssen. Ich will mich sicher fühlen. Und ich möchte wieder glücklich sein.«

»Und glaubst du, dass du das bekommst, wenn du bei Hagen bleibst?«

»Vielleicht. Ich weiß es nicht.« Sie sah auf ihre verschränkten Hände hinunter. »Er hält mein Pferd nachts gesattelt. Für den Fall, dass ich fliehen muss. Er versucht nicht, mich zu ändern oder mich zu etwas zu machen, das ich nicht bin. Er akzeptiert mich einfach so, wie ich bin.«

Connors Blick wurde weicher. »Das ist Liebe, Mädchen. Echte Liebe. Nicht die Art, von der die Barden singen, sondern die Art, die Tag für Tag präsent ist und ihre Arbeit tut. Es ist diese Art von Liebe, die Pferde sattelt und dich hält, wenn du schreiend aufwachst, und von dir nicht verlangt, etwas anderes zu sein als das, was du bist.«

»Ich weiß nicht, ob ich das sein kann, was er braucht.«

»Was braucht er denn?«

»Jemanden, der ganz ist. Jemanden, der nicht von seiner Vergangenheit gebrochen ist.«

»Brynja.« Connors Stimme wurde streng. »Hör mir zu. Wir sind alle gebrochen. Jeder einzelne von uns. Ich bin gebrochen von den Kriegen, die ich geführt habe, und den Menschen, die ich verloren habe. Sela ist gebrochen von dem, was ihr angetan wurde, bevor wir uns kennengelernt haben. Meine Frau hat immer noch gelegentlich Albträume. Hagen ist gebrochen von der Last der Erwartungen, denen er nie ganz gerecht werden kann. Gebrochen zu sein ist nicht das Problem. Das Problem besteht darin, dass man glaubt, perfekt sein zu müssen, um Liebe zu verdienen.«

»Aber ...«

»Kein Aber. Wenn Hagen eine Frau ohne Makel gewollt hätte, hätte er sich eine andere ausgesucht. Er hat dich ausgesucht. Mit deinen Albträumen und deiner Wut. Mit deiner Vergangenheit.« Er drückte ihre Hand noch einmal. »Beleidige ihn nicht, indem du für ihn entscheidest, was er verkraften kann.«

Ein tränenreiches Lachen entrang sich ihr. »Du bist ziemlich direkt.«

»Ich bin älter und wäre fast gestorben. Ich hab keine Zeit für schöne Worte.« Aber sein Lächeln war freundlich. »Außerdem brauchst du jemanden, der ehrlich zu dir ist. Du lebst schon zu lange mit deinem Schmerz und denkst dir Geschichten darüber aus, was du verdienst und was nicht. Es ist Zeit, mit dem Nachdenken aufzuhören und mit dem Leben anzufangen.«

»Einfach so?«

»Einfach so. Eine Entscheidung nach der anderen. Heute entscheidest du dich dafür, zu bleiben, anstatt wegzulaufen. Morgen entscheidest du dich dafür, glücklich zu sein, auch wenn es sich gefährlich anfühlt. Übermorgen entscheidest du dich, Hagen zu glauben, wenn er dir sagt, dass er dich liebt.« Connors Blick wurde ernst. »Und wenn du so weitermachst, wirst du irgendwann zurückblicken und erkennen, dass du dir ein Leben aufgebaut hast. Nicht das Leben, das du dir vorgestellt hast. Es wird kein Leben ohne Schmerz sein. Aber ein Leben, das es trotzdem wert ist, gelebt zu werden.«

Brynja dachte über seine Worte nach und spürte, wie sich ihre Wahrheit in ihr festsetzte. Sholto würde tot sein. Der Mörder ihrer Mutter würde ebenfalls tot sein. Dafür würde sie sorgen. Die Rache, die sie seit Monaten beherrscht hatte, würde ausgeübt sein. Das hatte sie sich geschworen und das würde sie auch durchziehen.

Aber was wäre dann?

Sie wäre nicht mehr das Mädchen, das ihre Mutter sterben sah.

Nicht die Frau, die von Rache getrieben war.

Sondern vielleicht die Frau, die trotz allem gelernt hatte, zu reiten, zu lachen und zu lieben. Die Frau, die einen Dolch unter ihrem Kopfkissen aufbewahrte, aber nicht zuließ, dass nur das sie ausmachte. Die Frau, die zerbrochen war und sich entschlossen hatte, aus den Trümmern etwas Neues aufzubauen.

»Danke, Mylord«, sagte sie leise.

»Wofür? Dass ich dir eine Standpauke gehalten habe, nachdem du mir Eintopf gebracht hast?« Connors Augen funkelten. »Gern geschehen. Komm morgen mit mehr Essen wieder, dann halte ich dir wieder eine.«

Trotz allem lächelte Brynja. »Ich werde darüber nachdenken.«

»Gut.« Er ließ ihre Hand los und griff wieder nach seinem Eintopf. »Jetzt geh und such meinen Sohn und sag ihm, dass du bleibst. Befreie den armen Kerl aus seiner Misere. Er läuft seit Tagen wie ein getretener Hund herum.«

»Wirklich?«

»Ja, wirklich. Glaub mir, ich weiß, wie die Männer aus dem Hause Grant aussehen, wenn sie verliebt und verunsichert sind.« Connors Blick wurde wissend. »Ich habe genauso ausgesehen, als ich Sela traf. Als hätte mir jemand mit einem Hammer auf den Kopf geschlagen und ich könnte mich nicht mehr an meinen eigenen Namen erinnern.«

Brynja stand auf und strich ihre Tunika glatt. »Ich werde darüber nachdenken.«

»Überleg nicht zu lange. Das Leben ist kurz. Diese Lektion habe ich gerade wieder gelernt, und zwar ziemlich schmerzhaft.« Er deutete auf seine verwundete Seite. »Warte nicht, bis dir ein Schwert in den Bauch gestoßen wird, um zu erkennen, was wirklich wichtig ist.«

»Das sind weise Worte von einem Mann, der fast gestorben wäre.«

»Die beste Weisheit kommt meist nach Nahtoderfahrungen. Sie bringt einen dazu, sich auf das Wesentliche konzentrieren.« Er lehnte sich gegen seine Kissen zurück. »Jetzt geh. Lass einen alten Mann ruhen.«

Brynja ging zur Tür, hielt dann aber inne. »Connor?«

»Ja?«

»Hast du es jemals bereut? Die Rache, die du

genommen hast? Die Männer, die du getötet hast?«

Er schwieg einen langen Moment. »Einige von ihnen, ja. Die, die nicht getötet werden mussten. Die, die ich aus Wut statt aus Notwendigkeit getötet habe.« Er sah ihr in die Augen. »Aber die, die Menschen verletzt haben, die ich liebte? Die, die weiter Schaden angerichtet hätten, wenn ich ihnen nicht das Handwerk gelegt hätte? Die bereue ich nicht. Ich würde sie wieder töten, wenn ich müsste.«

»Also ist Rache nicht immer falsch.«

»Nein. Aber sie ist auch nicht immer richtig. Es ist wie alles andere im Leben: kompliziert. Chaotisch. Manchmal notwendig. Manchmal giftig. Die Kunst besteht darin, zu wissen, womit man es zu tun hat.« Er lächelte schwach. »Und du, Mädchen? Du hast es mit der notwendigen Art zu tun. Also hör auf, dich selbst zu hinterfragen, und fang an zu leben.«

Brynja nickte, und ein neues Gefühl breitete sich in ihrer Brust aus. Es war nicht wirklich Frieden. Aber vielleicht der Anfang davon.

»Wir sehen uns morgen«, sagte sie.

»Mit noch mehr Eintopf?«

»Oder Porridge«, stimmte sie zu.

Sie schlüpfte hinaus in den Flur und schloss leise die Tür hinter sich. Um sie herum summte das Castle vom Leben des Nachmittags, und zum ersten Mal seit Tiree hatte sie das Gefühl, tatsächlich ein Teil davon zu sein. Nicht nur ein Gast. Nicht nur eine Besucherin, die auf ihre Abreise wartete.

Sondern jemand, der zu Duart Castle gehörte.

Sie machte sich auf die Suche nach Hagen.

KAPITEL ACHTUNDDREISSIG

Hagen

ES WAR DREI Tage her, seit sie aus Tiree zurückgekehrt waren. Hagen war wieder mitten in der Nacht aufgewacht und er war schweißgebadet. Er hatte den gleichen Albtraum wie in den beiden Nächten zuvor gehabt.

Duart Castle wurde angegriffen und sein Vater ging zu Boden, aber dieses Mal stand er nicht wieder auf.

Hagen kam vom Übungsplatz zurück, und der halbe Tag war schon vorbei. Er hatte eine harte Übungseinheit mit Alaric und Broc hinter sich, und er fragte sich, was er gegen seinen wiederkehrenden Traum tun sollte. Es war derselbe Traum, den Brynja hatte, obwohl ihrer viel lebhafter war, da es um die Kinder auf Iona ging. Sein Traum konzentrierte sich auf seinen Vater.

Alaric kam hinter ihn und sagte: »Du richtest dich noch zugrunde. Mach dir keine Sorgen. Ich habe das komische Gefühl, dass bald mehr Grants hier sein werden. Maitland hat Jamie und Kyla Bescheid gegeben, dass Connor verletzt wurde.

Ich wette, sie werden bald hier sein. Alasdair auch, schätze ich.«

»Nein, vielleicht Kyla.«

»Er hat von Comming gesprochen.« Alaric hob eine Augenbraue, und ein Grinsen breitete sich auf seinem Gesicht aus.

»Oh, Mist. Das ändert alles. Dann werden sie alle hier sein. Tante Kyla, Onkel Jamie, Alasdair. Nur Alick und Els werden zurückbleiben.«

Er hielt inne, als sie am Schießstand der Bogenschützen innerhalb des Tors vorbeikamen. Brynja, Eli und Merryn waren dort und übten mit Dyna. Verdammt, er mochte das Mädchen immer mehr, wenn das überhaupt möglich war.

»Willst du sie heiraten?«, fragte Alaric.

»Ja. Sobald sich alles beruhigt hat. Aber sie hat die gleichen Albträume wie ich. Das macht mir mehr Sorgen.«

Alaric hielt einen Moment inne und beobachtete die Mädchen beim Schießen. »Ich werde diesen Tag nie vergessen, als ich dich und Brynja mit Lia gesehen habe, die dir gesagt hat, was du tun sollst. Die dir von dieser besonderen Kraft erzählt hat, die ihr beide habt, aber nur, wenn ihr zusammen seid. Und der Blitz. Verdammt, wenn ich du wäre, hätte ich sie auf der Stelle geheiratet, als du zurückgekommen bist. Gegen den Himmel kann man nichts sagen.«

»Du hast niemandem erzählt, was du gesehen hast, oder?«

»Nein. Wenn ich was sagen würde, könnten die anderen mich für verrückt halten. Ich sag einfach, es war Lia. Es ist deine Angelegenheit, alles andere zu erzählen. Wie geht es deinem Vater heute Morgen?«

»Er ist mit Midnight Star draußen und striegelt ihn. Tante Brenna lässt ihn noch nicht reiten, aber er muss sich beschäftigen. Er mag die Ruhe in den Ställen.«

Alaric schaute zum Tor. »Haben sie ein paar Pferde zum Ausreiten mitgenommen?«

»Nein, es sind zwei Patrouillen losgeritten, aber das ist schon eine Weile her. Warum?«

»Hör mal. Ich höre Pferde, und sie kommen näher.« Alaric neigte den Kopf, und beide Männer lauschten nun.

»Wer ist am Tor?«

»Jowell und Paden.«

Die Pferde hielten an und Hagen hörte die Stimme. »Ich bin hier wegen Connor Grant.«

Alaric sah ihn an. »Das kann doch nicht Dugan sein, oder?«

Hagen meinte: »So klingt es aber. Er wäre doch nicht so dumm, hierher zu kommen, oder?«

»Die lassen ihn nicht rein.«

Hagen rannte in Richtung Tor los und schaute über seine Schulter. »Jowell und Paden haben Dugan nie auf Tiree gesehen. Vielleicht lassen sie ihn rein.«

Sein Vater hatte Dugan gehört. Das merkte er daran, dass der alte Krieger gerade sein Pferd sattelte.

Hagen wurde eiskalt zumute. Er musste diesen Zusammenstoß verhindern, bevor die Sache eskalierte. Er stieg auf sein Pferd und rief den

Stallburschen zu: »Sattelt noch mehr Pferde und macht euch bereit.«

Bevor er losreiten konnte, rief er Alaric zu: »Bring alle aus der Halle raus und pass auf, dass die Kinder drin bleiben.«

Alaric rannte zum Bergfried und schrie um Hilfe, Eli schloss sich ihm an. Logan, Maitland, Drew und der Rest ihrer Wachen waren bereits im Sattel.

Dyna rannte die Treppe zur Ringmauer hinauf, den vollen Köcher in der Hand und den Bogen über der Schulter. Merryn und Brynja waren ihr auf den Fersen. Seine Schwester würde auf der Mauer sicherlich eine große Hilfe sein.

Hagen ritt als Erster durch das Tor und wappnete sich, um dem Narren entgegenzutreten. »Ich bin hier, Comming. Du willst einen Grant? Dann stell dich mir.«

Dugans Augen leuchteten vor boshafter Freude. »Der Welpe glaubt, er sei jetzt ein Krieger? Ich werde dich genauso zerlegen wie deinen Vater.«

»Mein Vater lebt noch, also denk noch mal über die Kraft hinter deinem Schwert nach. Du wirst merken, dass ich nicht so leicht zu besiegen bin.«

Dugan hob sein Schwert und ging auf ihn los.

Der Kampf begann.

Hagen wehrte Dugans ersten Schlag ab, und das Klirren von Stahl hallte über den Hügel. Der Mann war stark, aber Hagen hatte mit den Besten trainiert – seinem Vater, seinen Onkeln, und anderen Männern, die in unzähligen Schlachten gekämpft hatten. Er parierte und wehrte ab, seine Bewegungen waren flüssig und sicher.

Hinter sich hörte er das Donnern von Hufen, als die Wachen der Granthams durch das Tor strömten. Die Gruppe kämpfte ein Stück weiter unten auf dem Weg, und die Granthams hatten etwa dreißig Männer bereitstehen, während Dugan etwa zwanzig Mann hatte, die sich ihm auf dem Weg angeschlossen hatten. Maitland hatte zwanzig Mann auf Patrouille geschickt, und sie waren in verschiedene Gebiete aufgebrochen. Wie hatten sie Dugan und seine Männer übersehen können?

Hagen nutzte seinen Vorteil gegenüber Dugan und drängte ihn zurück. Für einen Moment dachte er, diesen Kampf schnell beenden zu können – bis sich drei von Dugans Männern aus dem Hauptkampf lösten und auf ihn zustürmten.

Ein Pfeil zischte an Hagens Ohr vorbei und traf den führenden Angreifer in die Schulter, sodass er seitwärts in seinem Sattel kippte. Ein zweiter Pfeil traf einen anderen Mann in den Oberschenkel. Das musste Brynja sein. Ihre Zielgenauigkeit war so tödlich wie immer. Der dritte Mann zögerte und blickte zu der Ringmauer hinauf, wo bereits weitere Pfeile gespannt wurden, und diese kurze Ablenkung reichte Hagen vollkommen.

Er wendete sein Pferd und ging auf den nächsten Angreifer los. Seine Schwertführung war präzise und effizient. Ein Mann fiel. Dann ein weiterer. Aber der dritte – der mit Brynjas Pfeil im Oberschenkel – sammelte sich wieder und konnte seine Deckung umgehen. Sein Schwert war auf Hagens ungeschützte Seite gerichtet.

Ein schwarzes Schlachtross stürmte in den Kampf.

»Weg von meinem Sohn!«, schrie Connor und wehrte mit seinem Schwert den Schlag ab, der Hagen galt.

»Pa! Was machst du da? Du solltest nicht hier sein!«

Sein Vater sagte nichts und positionierte Midnight Star zwischen Hagen und der unmittelbaren Bedrohung. Aber Hagen erkannte es sofort: die Art, wie sein Vater eine Seite bevorzugte, die leichte Unsicherheit in seinen Bewegungen, sein zusammengebissener Kiefer, der zeigte, dass er gegen Schmerzen ankämpfte.

Dugan wandte seine Aufmerksamkeit mit grausamer Freude Connor zu. »Ich wusste, dass du nicht fernbleiben kannst, Grant. Bist du gekommen, um zu beenden, was ich angefangen habe?«

Connors Antwort war ruhig, obwohl Hagen bemerkte, dass sein Vater sein Schwert fester als sonst umklammerte, um dies auszugleichen. »Lass ihn in Ruhe, Comming. Deinen Streit hast du mit mir.«

»Nein, Vater!« Hagen versuchte einzugreifen, aber zwei weitere von Dugans Männern griffen ihn an und zwangen ihn, sich zu verteidigen.

Inmitten des Kampfchaos behielt Hagen seinen Vater im Augenwinkel im Blick. Connors Paraden waren stark, seine Technik so gut wie eh und je, aber seine Ausdauer ließ nach. Jeder Schlag kam einen Bruchteil langsamer als er sollte. Sein Vater atmete schwer und das war ein Zeichen dafür, dass er noch nicht vollständig genesen war.

Hagen mähte einen Angreifer nach dem anderen nieder und kämpfte sich näher an seinen Vater heran. »Lass ihn in Ruhe, Comming. Ich bin sein Sohn, du Schuft. Versuch doch mal, mir mein Schwert zu entreißen.«

Dugan schwang auf Hagen zu, lieferte sich mehrere schnelle Schläge mit ihm, doch dann machte der Schwächling eine feige Bewegung und drehte sich plötzlich um, um Connor zu treffen, während dieser ungeschützt war.

Sein Vater konterte mit einer Finte, und tat so, als sei er schwerer verletzt als er tatsächlich war. Fast fiel er von seinem Pferd, um Dugan anzulocken.

Zumindest hoffte Hagen, dass er nur so tat. »Dugan, ich komme dich holen.«

Aber Dugan ging auf Connor los, und war ganz darauf fokussiert, den älteren Krieger fertigzumachen, was Hagen die perfekte Gelegenheit bot. Er stach Dugan in die Seite, und es war eine todbringender Treffer. Der Mann drehte sich um und starrte Hagen mit schockiertem Gesichtsausdruck an, woraufhin Hagens Vater ihn mit der flachen Seite seines Schwertes von seinem Pferd stieß.

Connor schwankte im Sattel, sein Gesicht war blass unter dem Schmutz und Schweiß.

»Pa, geh wieder rein. Ich kümmere mich darum.« Weitere Männer griffen Hagen an, gerade als zehn Pferde aus Grantham durch das Tor kamen. Eine ihrer fünfköpfigen Patrouillen kam von links und schnitt Dugans Männern den Weg ab.

Der Kampf war noch nicht vorbei, aber sein Vater zog sein Pferd zurück und drückte kurz eine Hand auf seine verwundete Seite.

Connor Grant hatte seine Ehre zurückgewonnen, nicht indem er nach Ruhm strebte, sondern indem er seinen Sohn beschützte.

Und Hagen Grant hatte sich seinen Ruf verdient, indem er als gleichberechtigter Partner an der Seite seines Vaters gekämpft hatte.

KAPITEL NEUNUNDDREISSIG

Brynja

BRYNJA HÖRTE DEN Tumult und hielt Merryn und Dyna auf. »Da ist etwas nicht in Ordnung.«

Die drei unterbrachen ihr Training, um zu lauschen.

Brynja hatte ein mulmiges Gefühl im Bauch. Nun passierte es wieder, aber dieses Mal war es genau wie in ihrem Albtraum. Die Grants und Granthams wurden angegriffen.

»Schnapp dir so viele Pfeile, wie du kannst«, schrie Dyna.

Sie tat dasselbe und rannte die Treppe hinter ihr hinauf. Dann legte sie ihren Pfeil ein und schoss auf die Angreifer, sobald sie oben angekommen war und ihre Position eingenommen hatte.

Merryn war mit Eli direkt hinter ihr. Die arme Eli, deren dicker Bauch deutlich zu sehen war, schoss so viele Pfeile ab, dass Brynja verblüfft war. Die Treffsicherheit von Dyna und Eli war beeindruckend. Sie wusste genau, von wem sie lernen musste, um ihre Fähigkeiten zu verbessern, aber jetzt war nicht der richtige Zeitpunkt dafür.

Auch sie schoss und traf gelegentlich ein Bein oder eine Schulter, was das Selbstvertrauen der Angreifer erschütterte.

Ihr Herz setzte einen Schlag aus, als sie sah, wie Hagen sich in den Kampf stürzte und sein Bestes gab, um seinen Vater zu beschützen. Als zwei Männer auf Hagen losgingen, schoss sie auf sie, in der Hoffnung, einen von ihnen zu treffen. Und als sein Vater einen Zug machte, der sie alle überraschte, und Hagen Dugan mit einem tödlichen Schlag außer Gefecht setzte und sein Vater ihn zu Boden schlug, brandete Jubel in der Gruppe auf, und Logan Ramsay rief: »Ihr könnt die Schwerter der Grants nicht besiegen, Männer. Lauft, solange ihr noch beide Arme habt.«

Und viele rannten tatsächlich weg, nachdem Dugan zu Boden gegangen war.

Auch Sholto. Er ritt los und nahm die entgegengesetzte Richtung, als sie erwartet hatte. Sie kamen von der Seite der MacVeys, aber er ritt in Richtung des MacClane Castles. Und in diesem Moment wusste Brynja, was sie zu tun hatte, denn der Albtraum wurde genau so wahr, wie sie ihn gesehen hatte.

Sholto war auf dem Weg zu Iona und den Kindern.

»Dyna, sag Hagen, dass ich hinter Sholto her muss. Er ist auf dem Weg zu den Kindern und nach Iona. Ich reite zu Tristan. Ich muss ihm folgen.«

Dyna sagte: »Geh. Wir kommen nach.«

Brynja fand Freya schon gesattelt und wartend vor und war froh, dass sie die letzten Tage damit verbracht hatte, ihre Reitkünste mit Hagens Hilfe zu verbessern. Sie war jetzt genug geritten, um sich sicher genug zu fühlen, alleine loszureiten.

Sie schlängelte sich an den noch kämpfenden Männern vorbei und machte sich auf den Weg zum MacLean Gebiet. Hagen rief ihr zu: »Geh! Ich komme hinterher.«

Sie betete inständig, dass er wirklich kommen würde. Es wurde schnell dunkel, und sie wollte nicht allein gegen vier Schurken kämpfen. Sie würde Hilfe brauchen, um diesen Mistkerl zu besiegen. Sie bemerkte, dass drei seiner Männer ihm folgten, also musste sie es mit mindestens vier von ihnen aufnehmen. Sie konnte und würde nicht zulassen, dass dieser Schuft eines dieser unschuldigen Kinder entführte.

Sie betete, dass Artan und Simone auf Iona waren, um ihr zu helfen.

Es dauerte ewig, bis sie den Weg zu Tristan MacClanes Castle zurückgelegt hatte, und als sie dort ankam, bemerkte sie ein Boot, das bereits auf Iona zusteuerte, mit sechs Männern an Bord, wenn sie sich nicht täuschte. Ein weiteres Boot hatte gerade von der Küste abgelegt. Hatte Sholto zwei Boote mit Männern? Sie betete, dass dies nicht der Fall war, aber sie steuerten direkt auf Sholtos Boot zu.

Tristan stand an der Küste und beobachtete die beiden Boote, dann drehte er sich um, als er sie kommen hörte. Er kam auf sie zu. »Kommen noch mehr? Ich komme mit dir, denn jemand muss diese Bande aufhalten. Ich bin rausgekommen, als ich sie über die Kinder reden hörte, aber sie sind so schnell losgefahren, dass ich nichts tun konnte. Ich kenne diese Kerle nicht. Kennst du sie?«

»Ich kenne einen«, antwortete sie und schnappte nach Luft. »Sholto, den ich mit meinem Dolch verletzt habe, als er Sheona verfolgen wollte. Er ist ein widerlicher Mistkerl. Er ist hinter den Kindern auf Iona her. Hast du ein Boot, das ich nehmen kann? Gibt es Männer, die mit mir fahren können? Ich kann nicht selbst rudern.«

»Wir nehmen dieses hier«, sagte er und zeigte auf ein Boot. »Machen wir es startklar. Ich kann noch zwei Männer mitnehmen, die uns begleiten.«

»Nicht nötig!«, ertönte ein Ruf von der Kuppe des Hügels.

Brynja drehte sich um und ihr Herz hüpfte vor Freude, als sie Hagen über den Kamm kommen und zum Ufer hinunterreiten sah, Logan, Maitland, Dyna und Alaric waren dicht hinter ihm. Wie sehr sie diesen Mann verehrte und wie gesegnet sie war, ihn gefunden zu haben.

Sie quiekte und klatschte, aber dann half sie Tristan, das Boot ins Wasser zu schieben und sie lud ihren Köcher in das Boot, während Tristan seinen Männern befahl, sich um die Pferde zu kümmern.

Hagen küsste sie kurz und reichte ihnen dann sein Pferd.

Tristan meinte: »Menzie, ich hab dich nicht erwartet, aber ich freu mich, dich zu sehen.«

Maitland knurrte laut. »Ich mag keine schwachen Typen, die sich an unschuldigen

Kindern auslassen. Macht das Boot klar. Ihr herzlosen Mistkerle.«

Die sechs stiegen zu Tristan ins Boot und fuhren Richtung Iona.

Hagen zeigte weit vor ihnen auf ein Objekt auf dem Wasser. »Ist das Sholtos Boot?«

Brynja nickte und zeigte auf das zweite Boot. »Ja, ich glaube, er hat fünf oder vielleicht sechs Leute dabei. Und da kommt noch ein weiteres Boot. Das müssen auch seine Leute sein.«

Tristan meinte: »Ich hab das Schiff vorhin unten am Ufer gesehen. Da waren zwei Männer am Angeln, also hab ich mir nichts dabei gedacht. Das war das Boot, das ihm gefolgt ist.«

Brynja fragte: »Wo zum Teufel will er hin?«

Hagen schaute über seine Schulter zurück, während er ruderte, und sagte: »Sie legen woanders an. Warum?«

Logan meinte: »Weil die feigen Schurken Angst vor Simone und Artan haben. Ich glaube, ich sehe sie dort am Ufer stehen, oder? Ich sehe jemanden, aber ich kann nicht erkennen, wer es ist. Es wird dunkel.«

Alaric schaute über seine Schulter und meinte: »Das ist Simone. Und Artan ist nicht weit von ihr entfernt. Sie sehen die Boote kommen und beschützen die Kinder, wie sie es sollten. Wie viele Kinder leben jetzt dort, Brynja?«

»Neun mit Tenney und Magni.«

Logan meinte: »Ich hab ihr gesagt, dass eine neue Bande Ärger macht, also ist sie auf der Hut. Sie werden sich vom Strand aus nähern, weil sie denken, dass sie sich so anschleichen können, denn Simone ist bekannt für ihre Fähigkeit als Bogenschützin. Sie schießt gerade Pfeile ab. Ich glaube, ich höre dieses süße Geräusch über dem Wasser. Ich hoffe, Magni schläft.«

»Aber wo wollen sie denn anlegen? So weit unten gibt es keinen guten Platz. Da ist es zu felsig.« Tristan schaute beim Rudern zurück. »Das gefällt mir gar nicht.«

»Ich weiß, wo sie hinwollen«, sagte Brynja. »Auf der anderen Seite gibt es eine Stelle, wo der Strand flach ist und es weniger Felsen gibt. Von dort führt ein direkter Weg zu den Häuschen. Gevas Mann fischt oft an dieser Küste.«

»Nicht langsamer werden«, sagte Logan. »Wir könnten sie vielleicht schlagen, wenn sie von der anderen Seite kommen. Das Boot ist gerade um die Landzunge verschwunden.«

Maitland schaute über seine Schulter. »Und die andere Bande von Heckenkröten wartet ab, was wir machen. Ich würde wetten, dass sie an der Küste landen werden.«

Brynja hätte fast geweint und betete, dass Magni nicht wach war.

Hagen sah sie an und zwinkerte ihr zu. »Wir kriegen sie. Darauf kannst du dich verlassen, Bry.«

Sie näherten sich dem Ufer, und dann traf genau das ein, was Brynja am meisten befürchtet hatte.

Magni schrie so laut, dass es über das Wasser hallte und ihr einen Schauer über den Rücken jagte.

KAPITEL VIERZIG

Magni

—✦—

»ABER WARUM BIST du jetzt hier, Simone? Es ist dunkel draußen. Normalerweise gehst du vor Einbruch der Dunkelheit nach Hause.« Er sah zu seinem Lieblingsmädchen auf. Nun ja, außer Brynja und Hildi. Und Sylvi. Und Tora auch. Und ihrer Mutter. Und ...

»Wir genießen einfach die Nacht. Das Wasser ist ruhig und es weht kein Wind. Es ist wunderschön, Magni. Geh mit deinem Bruder spielen.«

»Er ist ins Bett gegangen. Glaubst du, meine Mama kommt bald zurück?«

»Ich bin mir nicht sicher«, sagte Artan. »Ihr Rücken ist viel besser dran, wenn sie in diesem Bett schläft, als wenn sie hier auf dem Boden schläft. Nächsten Sommer bauen wir ihr ein besseres Bett, aber im Moment ist das schwierig.«

Simone nickte ihrem Mann mit einem komischen Ausdruck zu und drehte den Kopf in Richtung Meer. Dann sagte Artan: »Magni, ich habe meine Lieblingsangel hinter Beatris' Hütte liegen lassen. Würdest du sie mir bitte holen?«

»Klar. Ich weiß genau, welche es ist.« Und er

machte sich auf den Weg, um Artans Angel zu holen.

Magni hoffte, dass sein Großvater am nächsten Tag wieder zu Besuch kommen würde. Er hatte ein schlechtes Gewissen, weil er ihn neulich abgewiesen hatte. Er war gekommen, um ihn zum Weihnachtsfest nach Duart Castle einzuladen, aber Magni hatte abgelehnt.

Großvater war fast wütend auf ihn geworden. Magni hatte es in seinen Augen sehen können. Er hatte noch nie seine Stimme erhoben, aber sein Großvater hatte eine Art an sich, die ihn manchmal dazu brachte, weglaufen und sich verstecken zu wollen. »Verdammt, Magni!«, hatte er gesagt. Aber dann hatte er sich beruhigt und ihn leise gefragt: »Warum denn nicht? Wusstest du, dass die Grants jedem Kind bei ihrem Weihnachtsfest ein Geschenk machen? Das ist Maddie Grants Brauch.«

»Ein Geschenk? Nur für mich?« Er hatte sich ein großes Boot vorgestellt, mit dem er am Ufer spielen konnte. Oder ein größeres Schwert als das, das er derzeit hatte, oder eines, das schärfer war als sein Holzschwert. Oder vielleicht würde er ein oder zwei Holzpferde zum Spielen bekommen. Oder ein neues Stoffpferd, das er mit ins Bett nehmen konnte. Dasjenige, das seine Mama vor langer Zeit für ihn gemacht hatte, war schon fast zerschlissen. Es dauerte ewig, bis er einschlafen konnte.

»Magni, was meinst du? Soll ich dich zu Weihnachten abholen kommen?«

Iona verlassen? Auf keinen Fall. »Nein, ich bleibe zu Weihnachten hier.«

Dann hatten sich die Fäuste seines Großvaters geballt, als dieser flüsterte: »Warum nicht, mein Junge? Ich verspreche dir, dass ich auf dich aufpassen werde.«

Er musste lange nachdenken. Dann war ihm die Antwort eingefallen. »Weil Lia nicht hier ist. Sie hilft jemand anderem, deshalb kann ich nicht weggehen. Sie würde nicht wissen, wo ich bin. Ich kann meine Schwester zu Weihnachten nicht allein lassen.«

»Aber wie könnte sie allein sein, wenn sie nicht hier ist?«, hatte sein kluger Großvater gefragt.

Er hatte darüber die Stirn gerunzelt, sich abgewandt und war überrascht gewesen, seinen Vater hinter sich stehen zu sehen. »Mein Sohn, ich möchte mit deiner Mutter nach Duart Castle reisen. Wir beide möchten, dass du uns dort besuchst.«

Und dann hatte Thane ihn zu Weihnachten eingeladen.

Und Connor Grant.

Und Simone.

Er blieb hinter dem Cottage stehen, um zu den Sternen hochzuschauen. Jemand anderes hatte ihn auch gefragt. Wer war das noch gewesen?

Lennox! Der Laird der MacVeys hatte ihn auch eingeladen.

Und der Laird der Rankins hatte gesagt, sie würden ebenfalls hingehen.

Und dann war Dyna gekommen und hatte ihn auch eingeladen. Sie hatte Sylvi mitgebracht, die ihn angefleht hatte, mitzukommen. Er erinnerte sich, wie sie seine Hand genommen und gesagt hatte: »Bitte, Magni. Wir vermissen dich. Sandor und Tora vermissen dich. Und Rowan wird auch da sein. Und Alana und Shealee auch.«

Er musste darüber lächeln. Er hatte wirklich viele Freunde.

Aber er konnte nicht weggehen. Gott würde ihn nur beschützen, wenn er in der Nähe der Abtei war. Das hatte ihm einmal jemand gesagt. Dass die Mönche ihn für immer beschützen würden.

»Ich muss in der Nähe der Mönche bleiben, Großvater.«

Und sein Großvater hatte gefragt: »Wann hast du hier das letzte Mal einen Mönch gesehen, der dich beschützt hat?«

Sein Großvater war ein kluger Mann.

Aber er hatte allen die gleiche Antwort gegeben. Er würde Iona nicht verlassen.

Niemals.

Er war schon einmal allein und verängstigt gewesen und wollte nicht, dass sich das jemals wiederholte. Er würde nie vergessen, wie er von diesen bösen Männern entführt worden war, die ihn belogen hatten, als sie ihm erzählt hatten, sie hätten seine Eltern getötet. Dann waren sie mit einem Boot losgefahren und hatten ihn auf Ulva zurückgelassen. Er war geflohen und hatte es bis nach Mull geschafft, aber dort war er allein auf der Insel Mull, bis er seine liebe Schwester Lia fand, die sich unter den Farnwedeln versteckt hatte. Sie war wirklich die Fee des Waldes und die

Fee der grünen Wiese, aber sie hatte versprochen, ihn zu beschützen und für immer bei ihm zu bleiben.

Er hob Artans Angelrute auf und drehte sich dann um, weil er etwas gehört hatte. Hinter ihm, an der Stelle, an der Henry immer angelte, lag ein Boot. Nicht dort, wo Simone und Artan waren.

Dort gab es sonst nie Boote.

Er schlich den Weg hinunter, um zu sehen, ob er sich geirrt hatte, und er kroch näher und näher, bis er das Boot sah. Wer war das? Er ging noch ein paar Schritte weiter. Er bemerkte, dass das Boot voller Männer war, und lauschte.

»Schnappt euch so viele Kinder wie möglich.«

Seine Augen weiteten sich.

Er ließ die Angelrute fallen.

Er stieß einen Schrei aus, der auf der ganzen Insel zu hören war.

»Lia! Hilf mir!« Und er rannte zum Häuschen zurück und hinaus zu Artan und Simone.

Er schrie immer noch.

Er schluchzte.

Er flehte seine liebe Schwester an, ihm zu helfen.

»Ich komme mit dir, Thane! Oder Großvater!«

Er wünschte, er könnte schneller rennen.

»Hilf mir doch bitte jemand.«

Schreiend rannte er um die Häuschen herum. Er erwartete, überall böse Männer zu sehen.

Stattdessen sah er weitere Boote. Ein kleines Boot und drei große.

Waren überall böse Männer? Er musste Simone finden.

Aber dann sah er sie – seinen Großvater und Brynja, die direkt auf ihn zukamen.

»Großvater! Brynja! Rettet mich!« Er konnte den Schrei und die nachfolgenden Tränen die aus seinem Körper hervorbrachen, nicht unterdrücken.

Brynja packte ihn an den Schultern und sagte: »Wir sind da, Magni. Wo sind sie? Sag es uns.«

Er zeigte hinter sich und murmelte: »Henrys Angelplatz.« Sie rannte los und war schneller, als er sie je hatte rennen sehen.

Sein Großvater schüttelte ihn und meinte: »Herrgott, hör auf zu schreien, Magni. Wir sind hier. Wir beschützen dich. Also, wer und wo? Wie viele hast du gesehen?«

Er machte den Mund zu und schnappte nach Luft. »An der Küste hinter uns. Direkt den Weg runter. Sechs oder acht von ihnen. Ich konnte sie nicht zählen. Ich war zu erschüttert.« Dann warf er sich seinem Großvater in die Arme.

Logan blaffte ein paar Befehle an alle, die von den Booten kamen, und zog ihn dann zur Seite, wobei er ihn fest an sich drückte. »Ich habe dir gesagt, dass wir dich beschützen würden.«

Und das taten sie auch.

Er stand an der Seite und hielt die Hand seines Großvaters, während er wie ein kleines Kind weinte, als er alle an sich vorbeigehen sah. Einige winkten, andere gingen einfach an ihm vorbei.

Einige sagten: »Wir werden dich beschützen, Magni!«

Er konnte seine Tränen einfach nicht zurückhalten.

Artan, Simone, Dyna, Hagen, Tristan, Alaric, Eli, Jowell, Paden, Maitland, Broc, Merryn und einige, die er nicht kannte.

Sie kamen und kamen und kamen.

Alle kamen wegen ihm.

Als Letzter kam Thane direkt auf ihn zu.

Magni sah zu ihm auf und fragte: »Kann ich immer noch bei dir einziehen, Thane?«

»Ja, Junge. Du bist immer willkommen. Du kannst gleich mit mir nach Hause kommen, wenn du möchtest.«

Er legte seine Arme um Thanes Taille und sagte: »Ich komme mit dir mit.«

Logan meinte: »Und du kommst zu unserem Weihnachtsfest. Keine Widerrede.«

Er sah zu dem Mann auf, den er so sehr verehrte, und sagte: »Einverstanden.«

Und es war ihm egal, ob sie ihm ein Geschenk machten oder nicht. Er musste in einem großen Castle sein.

In Sicherheit.

Eines Tages würde auch er ein großer Ramsay-Krieger sein.

KAPITEL EINUNDVIERZIG

Brynja

———✦———

BRYNJA RANNTE AN den Häuschen vorbei, machte dann aber einen Umweg und stahl sich zu einem ihrer Verstecke. Sie schaute über ihre Schulter und sah, dass Sholto und seine Leute noch weit weg waren und sie nur langsam vorankamen. Da war sie. Die Rüstung ihrer Mutter. Sie hatte sie hier versteckt, für den Fall, dass sie sie einmal brauchen sollte. Sie zog die schwere Rüstung an und band die Schnüre hinter ihrem Rücken fest, damit sie nicht verrutschte. Dann nahm sie ihre Waffen.

Einen Speer und drei Dolche.

Sie ging auf Sholto zu und stellte sich in einiger Entfernung vor ihn hin, um sicherzugehen, dass er sie sehen konnte. Sie rief: »Erinnerst du dich an mich?«

Sholtos Augen weiteten sich. »Ich bringe dich um, du Luder.« Er winkte den anderen Männern zu. »Holt die Kinder, ich treffe euch hier wieder.«

Brynja rannte los. Sie lief in Richtung des dicht bewaldeten Gebiets, das sie so gut kannte, aber er nicht, und insbesondere nicht im Dunkeln. Sie lief ein Stück in den Wald hinein, versteckte sich dann in den Büschen und hörte zu, wie der Mann seine leeren Drohungen ausstieß. »Ich werde dir auch direkt zwischen die Beine stechen. Und dann schneide ich dir die Brüste ab. Mal sehen, wie sich das anfühlt.«

Er näherte sich dem dicht bewachsenen Gebiet und verlangsamte seine Schritte. »Komm raus. Wir können über die Sache reden.« Sie hörte, wie er seine Waffe zog und mit seinem Arm die Äste beiseiteschob, während er durch die Bäume schlich.

Inständig wünschte sie sich, hinauszulaufen und ihm nachzustellen, aber sie hatte von Hagen gelernt. Also übte sie sich in Geduld. Sie hielt ihre Waffe umklammert, während sie tief Luft holte, um sich zu konzentrieren.

Sie wartete auf den richtigen Moment, trat hervor und sagte: »Hier bin ich.« Dann hob sie ihren Speer mit aller Kraft und rammte ihn direkt unter seine Rippen. Die Waffe drang tief ein.

Reflexartig zog er sein Schwert und versuchte, ihr in die Brust zu stechen, aber er traf auf Metall.

Die Rüstung ihrer Mutter schützte sie.

Der Mann schloss die Augen, als er zu Boden sank, seinen letzten Atemzug tat und nie wieder ein Kind verletzen würde.

Sie flüsterte in der Sprache ihrer Mutter: »Mögen alle Teufel, die dein Boot füllen könnten, aus der Hölle auferstehen, um dich hinabzuziehen, du böser Abschaum.«

Und sie ließ ihren Tränen freien Lauf, ehe sie sich ermahnte, dass sie Magni und den Kindern helfen musste. Als sie aus dem Wald trat, sah sie Hagen auf sich zulaufen. »Bist du unverletzt?«

»Ja, sieh selbst.« Sie zeigte auf Sholtos Leiche, die ein Stück hinter ihr lag.

Er schaute auf die Leiche und meinte: »Brynja, das hast du wunderbar gemacht. Der Speer. Was für eine tödliche Waffe. Wie hast du ...« Er hielt inne, als er ihre Tränen sah, ging zu ihr zurück und umarmte sie. »Du bist eine verdammt gute Kämpferin, und es wäre mir eine Ehre, dich in jeder Schlacht an meiner Seite zu haben.«

»Wir sind ein fantastisches Paar, Hagen. Du hast den Mann getötet, der meine Mutter und meine Tante ermordet hat. Ich wollte nichts sagen, als dein Vater so krank war, aber als ich Dugan auf Tiree sah, habe ich ihn erkannt. Er war es. Er war ein Mörder und ein Vergewaltiger. Vielen, vielen Dank an dich und deinen Vater.«

Er beugte sich zu ihr hinunter, küsste ihre Tränen und flüsterte: »Endlich können wir beide unsere Rache hinter uns lassen.«

»Ja.« Sie ließ die Tränen fließen und fragte: »Magni?«

»Magni heult in Thanes Armen und fragt, ob er noch bei ihm wohnen kann. Es geht ihm gut.« Er befreite sich aus ihrer Umarmung und sagte gedehnt: »Ich muss zugeben, dich ohne Rüstung zu umarmen, ist viel angenehmer.«

Sie kicherte, und er nahm sie bei der Hand, als zwei weitere große Boote in ihrer Nähe anlegten.

»Wer ist das?«, fragte sie. »Diese Boote sind riesig.«

»Das war die Idee meines Onkels, als er hörte,

dass mein Vater verletzt war. Er hat das größte Galeerenschiff gemietet, das er finden konnte, insbesondere, weil er gehört hatte, dass es sich um einen Comming handelte. Die Männer sind für eine große Schlacht bereit. Eines seiner Boote ist auf der anderen Seite gelandet und hat mitgeholfen, die anderen sechs Männer auszuschalten, die dort an Land gegangen waren. Ein weiteres von Dugans Booten ist dann angekommen, und auch um diese Schurken wurde sich schnell gekümmert. Komm, stell dich meinem Onkel vor.«

Er nahm ihre Hand und sie rannten zum Schiff. »Onkel Jamie. Willkommen! Ich glaube, wir haben es vorerst geschafft, aber wir können noch einmal gründlich nachsehen.«

»Verdammt, ich war für den Kampf bereit. Mein Bruder Hagen? Wie geht es ihm? Sobald wir in der Nähe von Craignure waren, wartete Drew dort und schickte uns hierher, um einige der Kinder zu retten. Er kletterte in Alasdairs Boot und hat uns den Weg gezeigt. Ihr habt zu viele Inseln.«

»Pa geht es gut, wenn er auch geschwächt ist. Er ist Dugan Comming begegnet und hat ihm heute Abend ein Ende bereitet. Du hast die Schlacht gerade verpasst.«

Zehn weitere Männer kamen hinter ihm her, und Onkel Jamie winkte sie herbei. »Schaut mal nach, ob sie auf der anderen Seite der Häuschen Hilfe brauchen.«

»Onkel Jamie, das ist meine Verlobte, Brynja Nyberg.«

Jamie verbeugte sich leicht und meinte: »Die Freude ist ganz auf meiner Seite, meine Dame. Wir lieben nichts mehr als starke nordische Kriegerinnen. Ich würde mir gerne später deine Rüstung ansehen, wenn es dir nichts ausmacht. Wie ich sehe, hat sie dich schon gut geschützt.«

Brynja schaute auf die Delle in ihrer Rüstung. Hagen bückte sich, um sie genauer zu betrachten, und seine Augen weiteten sich. »Was zum Teufel ist passiert?«

Sie zuckte mit den Schultern. »Sholto. Er hat es versucht und ist gescheitert.«

KAPITEL ZWEIUNDVIERZIG

Connor

DA DIE GANZE Familie angekommen war und es nur noch wenige Tage bis Weihnachten waren, hatten sie beschlossen, das Weihnachtsfest mit der Hochzeit von Hagen und Brynja zu beginnen. Von da an stand ihnen eine große dreitägige Feier bevor.

Jamie, Gracie und Kyla waren mit verschiedenen anderen Grants angekommen, die sich alle um Connor sorgten. Zwei Boote mit Wachen waren nach Hause gefahren und es blieb ein Boot für die Familienmitglieder übrig.

Gracie schwor, dass sie warten würde, bis Eli ihr Baby bekommen hatte.

Connor genoss es, Zeit mit seinem Bruder und seiner Schwester zu verbringen. Am Vorabend hatten sie auf der Brüstung gesessen, und er hatte ihnen von seiner Nahtoderfahrung erzählt, als er ihre Eltern gesehen hatte. Kyla hatte während der ganzen Geschichte geweint.

Er hatte das Geheimnis um Hagens und Brynjas wahre Gabe für sich behalten, weil er Angst hatte, dass niemand ihnen glauben würde. Ganz im

Sinne von Hagen hatte er sich geweigert, mit der
Heirat zu warten, also hatten sie die Hochzeit
geplant, wobei Kyla und Sela jede Minute der
Vorbereitungen genossen hatten. Sie hatten eine
großartige, erfolgreiche Jagd mit Sloan, Thane
und Lennox, bei der Merryn ihren ersten Fasan
erlegte, während Dyna zwei und Eli einen erlegten.
Es gab reichlich Lamm- und Wildpasteten und
sogar ein Stück Wildschweinfleisch, das Jamie
mitgebracht hatte, und die Köchinnen der
MacVeys und Rankins hatten mit zusätzlichem
Brot ausgeholfen.

Es würde ein wunderbares Fest werden.

Die Hochzeit hatte in der vollbesetzten großen
Halle begonnen und es waren so viele Menschen
anwesend, dass einige stehen mussten. Connor
saß neben dem Paar, während der Priester redete.
Hagen und Brynja standen mit verschränkten
Händen nebeneinander und sie waren bereit, ihr
Eheversprechen abzugeben.

Sein Blick wanderte liebevoll zu seinem Sohn,
der verliebt und hingerissen war, aber auch stolz
das Schwert seines Vaters trug. Connor hatte es
ihm zuvor in Anwesenheit seiner Geschwister
überreicht und war nicht über seine eigenen
Tränen überrascht, sondern über die von Sela und
Hagen. Kyla und Maeve hatten Tränen vergossen,
aber das hatte er erwartet.

Oh, Connor würde trotzdem kämpfen, aber
er brauchte das mächtigste Schwert nicht
mehr. Die beste Waffe gehörte dem stärksten
Schwertkämpfer, und Hagen hatte sich bewährt.
Alle Cousins von Hagen hatten das bemerkt,

sobald sie zu ihnen gestoßen waren, und klopften ihm auf den Rücken und neckten ihn.

Sela saß neben ihm und sie war so schön wie an dem Tag, als er sie in Inverness kennengelernt hatte. Ihre Augen waren von ihren Tränen ein wenig feucht, aber sie lächelte. Kyla saß auf der anderen Seite von ihm, Jamie auf der anderen Seite von Sela, und Tante Brenna saß vor ihnen und meinte, dass das alles vielleicht ein bisschen viel für Connor sei. Sie weigerte sich, von seiner Seite zu weichen, und erteilte ihm ein paar Ermahnungen, bevor sie ihm sagte, dass er wieder kämpfen dürfe.

Die Stimme des Priesters hallte durch den Saal, während eine Gruppe von Musikanten ihre Saiteninstrumente spielten. Connor hatte allerdings nur Augen für eine einzige Stelle.

In der Kammer der Heilerin war ein seltsames Licht zu sehen. Die Kammer war menschenleer und die Tür stand offen. Brenna saß nicht weit von der Tür ihrer Kammer entfernt.

Connor konnte seinen Blick nicht von dem kleinen Licht im Inneren abwenden, und schließlich zog es ihn hinein. Niemand außer ihm schien es zu bemerken, vielleicht konnten Sela und Kyla es sehen, wenn sie sich umdrehten, aber keine von beiden konnte ihren Blick von dem Paar abwenden.

Er drückte Selas Hand, beugte sich vor und sagte: »Ich brauche etwas zu trinken, um mich zu beruhigen. Ich bin gleich zurück.« Er hoffte, das würde reichen. Er hatte ihr gesagt, dass der Kampf ihn wieder geschwächt hatte, und das war bestimmt auch der Fall, aber Comming war erledigt. Er ging in die Heilkammer und zog Brenna mit sich, in der Hoffnung, dass das seine Abwesenheit vertuschen würde, falls es jemandem auffallen sollte. Kyla folgte ihm und flüsterte ihrem Bruder zu: »Was ist los?«

Aber er wollte auch, dass seine Geschwister sahen, was ihn zusammen mit Tante Brenna anzog. Wenn er recht hatte, würde es für Kyla und Jamie genauso viel bedeuten, sie zu sehen, wie für Tante Brenna, ihren Bruder wiederzusehen.

Es war dunkel, außer dem Licht in der Mitte gab es keine Beleuchtung. Connor bedeutete Jamie, ihm zu folgen. Er hielt die Tür offen, bis Jamie und Maeve hinter ihm hereinkamen. »Was ist los?«, fragte Jamie.

»Nichts, nur so ein Gefühl. Komm näher. Ich will dir was zeigen.«

Sobald Connor die Tür geschlossen hatte, standen sie vor ihnen, ihre Eltern, und strahlten eine unvorstellbare Herrlichkeit aus.

Alexander und Madeline Grant.

Kyla flüsterte: »Mama? Papa?«

Maeve schnappte nach Luft, Tränen liefen ihr über die Wangen.

Tante Brenna sagte: »Oh, Alex. Ich vermisse dich so sehr.« Dann sah sie Maddie an und sagte: »Und dich, meine liebe Schwester.« Sie waren keine leiblichen Schwestern, aber Tante Brenna hatte immer gesagt, Maddie sei ihr so nah wie eine Schwester.

Connor schnappte sich einen Stuhl, setzte sich und nickte beiden zu. »Danke, dass ihr noch einmal gekommen seid. Ich wusste, dass ihr es seid, als ich das Licht sah, Pa. Und ich wollte Jamie, Maeve und Kyla mitbringen.«

»Connor«, sagte seine Mutter. »Wir sind hier, um Hagen heiraten zu sehen, und du verpasst es.«

»Es war nur der musikalische Teil, Mama. Keine Sorge. Und ich verspreche, dass ich bei ihrem Gelübde dabei sein werde. Danke, dass ihr mich auf Tiree gerettet habt.«

Sein Vater trat näher, so nah, dass er ihn fast berühren konnte, aber er strahlte eine solche Transparenz aus, dass er es besser wusste, als die Hand nach ihm auszustrecken. Das Haar seines Vaters war so dunkel wie die Nacht. Der alternde, grauhaarige Alex Grant war verschwunden und durch den wilden Highlander Laird ersetzt worden, an den sie sich alle so gut erinnerten. »Hagen und Brynja haben dich das erste Mal gerettet, Connor. Du hattest Glück. Du und Hagen habt das zweite Mal großartige Arbeit geleistet, indem ihr euren Verstand statt eurer Gefühle eingesetzt habt. Gut gemacht. Du hast dich mit Dugan gemessen, Connor. Fürchte dich nicht. Du wirst genesen«, sagte sein Vater. »Es ist noch nicht deine Zeit und du hast noch viel zu tun. Lia wird es dir später erzählen.«

Diese Bemerkung überraschte Connor. »Du kennst Lia?«

Seine Mutter lächelte ihn an, als würde sie ihm dabei zusehen, wie er sich den Mund mit ihren festlichen süßen Brötchen vollstopft. »Natürlich kennen wir Lia. Du wirst schon sehen.«

Sein Vater meinte: »Lass dich von dem Mädchen

nicht täuschen. In dieser kleinen Fee steckt eine weise alte Seele.«

Ihre Mutter faltete die Hände vor der Brust. »Wir sind so stolz auf euch alle, wie ihr eure Kinder großgezogen habt. Und Brenna, wir danken dir, dass du dich immer so gut um unseren Clan gekümmert hast.«

Ihr Vater fügte hinzu: »Und meinen Dank dafür, dass du den Clan zu der Macht geführt hast, die er jetzt hat. Und am wichtigsten ist für mich, dass du ihn zu einem Clan gemacht hast, auf den alle Schotten stolz sein können. Ich habe noch eine Frage, Connor. Hast du die Wahrheit über deinen Sohn schon akzeptiert?«

Connor grinste und die Tränen trübten seinen Blick. Er wusste, was sein Vater meinte, der auf seine besonderen Fähigkeiten anspielte, aber er kannte seinen Vater gut genug, um zu wissen, dass diese Fähigkeiten geheim bleiben mussten. Also antwortete er auf eine Weise, die seine Geschwister unterhalten würde. »Ja, Hagen hat mich besiegt, Vater. Er hat jetzt das stärkere Schwert.«

Sein Vater brach in herzliches Lachen aus, dessen süßer Klang ihnen allen so viele Erinnerungen zurückbrachte, dass Kyla einen leisen Schrei ausstieß.

Hinter Alex und Maddie tauchte ein Kopf auf.

Jake lächelte. »Er ist besser als du, Connor. Genauso wie Alasdair mich vor langer Zeit besiegt hat. Ich grüße euch alle. Frohe Weihnachten, besonders meinem Zwilling.«

»Du wirst mehr vermisst, als du dir vorstellen

kannst, Jake«, meinte Jamie zu ihm. »Verdammt noch mal ... so sehr.« Connor sah Jamie nicht oft weinen, aber er vergoss ein paar Tränen mit ihm.

Maddie Grant hob ihre Hand zum Abschied. »Wir gehen jetzt. Unsere Zeit ist immer knapp. Geh zurück zu den anderen. Wir lieben dich. Viel Glück euch allen.«

Ihr Licht verblasste, und Tante Brenna beugte sich vor und umarmte ihn, ohne dass einer von ihnen ein Wort sagte, bevor sie zur Zeremonie zurückkehrten. Kyla wischte sich die Tränen weg und beugte sich vor, um beiden Brüdern einen Kuss auf die Wange zu geben, dann umarmte sie Tante Brenna. Maeve wischte sich die Tränen fort, die scheinbar nie versiegen wollten, während die anderen sie umarmten.

Sie brauchten keine Worte, ihre Herzen waren voll.

KAPITEL DREIUNDVIERZIG

Logan

———❦———

DAS FEST FING direkt nach der Hochzeit an, und die Tische waren mit gutem Essen beladen. Es gab Pasteten mit Fasan, Wildschwein und Lamm, Wildragout, Obstkuchen, Brot und Bratäpfel. Die Halle war mit Tannengrün, Tannenzapfen und Bändern geschmückt, und alle Bewohner von Mull waren da.

Logan saß in der Nähe des Kamins, und Gwyneth saß neben ihm. »Fühlst du dich schlecht, dass wir nicht beim Ramsay Clan sind, Gwynie?«

»Nein, wir haben hier genug Freunde. Aber ja, ich vermisse unsere Kinder und unseren Clan. Wir sehen Simone oft genug, und Eli ist hier, außerdem ist dein besonderer Gast, den ich sehr mag, draußen. Es ist immer schön, ihn wiederzusehen. Das war ein besonderes Jahr. Schau dir all die Hochzeiten an.«

»Zu viele, um sie zu zählen«, sagte er.

»Ich bin mir nicht sicher, wer meiner Meinung nach am glücklichsten ist. Was denkst du?«

Logan schnaubte. »Lennox und Meg, weil er ihr ständig auf den Hintern starrt, Gwynie. Ist dir das aufgefallen? Und Sloan könnte nicht glücklicher sein, verheiratet zu sein und seine Schwester und seinen Vater verheiratet zu haben.«

»Rut und Dermot sehen sehr glücklich aus. Ich habe gehört, dass Lennox und Taskill überglücklich waren, als Rut auszog, um mit Dermot zusammenzuleben.«

Logan lachte. »Aber dann ist Rut nach Hause gegangen. Jedes Mal, wenn sie sich streiten, geht sie nach Hause, sagt Lennox.«

Gwynie meinte: »Ich weiß, wer meiner Meinung nach am glücklichsten ist – Thane und Tamsin. Ihre Geschichte ist die beste von allen. Er ist so glücklich mit ihr und er hat seine Eltern wiedergefunden. Außerdem haben sie diese grausamen Mistkerle geschnappt, die diese Kinder am Strand ausgesetzt haben. Was für eine schreckliche Geschichte das war.«

»Merryns Geschichte ist auch etwas Besonderes. Broc liebt sie über alles.« Logan nahm die Hand seiner Frau und küsste ihre Finger. »Ich danke Gott, dass Connor es geschafft hat.«

Die Tür öffnete sich und jemand winkte Logan zu sich.

»Ich bin bereit, Gwynie. Ich komme gleich wieder.«

»Geh nur, du großer weichherziger Kerl.«

Logan nickte Dyna zu, die Maitland schrill pfeifen ließ, um alle zum Schweigen zu bringen. Dyna und Maitland stellten sich vor die Menge und riefen alle Kinder nach vorne, die sie vor alle anderen hinsetzten. Die Menge trat zurück, um Platz zu machen. Es kamen Alana mit Magni,

Shealee mit Sylvi, Tora und Sandor, Rowan mit Tenney und Maeve mit Grant auf dem Arm.

Logan sagte: »Nach allem, was ihr Kinder dieses Jahr durchgemacht habt, habt ihr euch zu Weihnachten ein paar besondere Geschenke verdient. Dyna, Sela und Gwynie haben viele Stunden daran gearbeitet, neue Stofftiere für euch zu basteln. Dyna? Mach schon und verteil sie.«

Dyna, Eli und Sela verteilten die verschiedenen handgemachten Hasen, Eichhörnchen und Welpen und ließen jedes Kind sein Lieblingsgeschenk aussuchen. Die Kleinen kicherten und umarmten ihre Geschenke mit strahlenden Gesichtern.

Dann meinte Logan: »Aber dieses Jahr bekommt ihr alle noch ein zweites Geschenk, und zwar ein ganz besonderes. Ich habe meinen besonderen Freund gebeten, eure Geschenke über das Wasser zu bringen.« Er drehte sich um und öffnete die Tür, woraufhin zwei große Männer hereinkamen, von denen einer deutlich älter war als der andere. Sie trugen eine große Kiste zwischen sich.

»Das sind mein Neffe und Laird Torrian Ramsay für diejenigen unter euch, die ihn noch nicht kennen. Er ist mit seinem Sohn Lucas, dem neuen Laird, hier und sie haben euch besondere Geschenke mitgebracht.«

Torrian nahm den Deckel von der großen Kiste, die zu hoch war, als dass die Kinder hineinsehen konnten. »Ich weiß, wie es ist, wenn man eine schwere Zeit durchmacht, und ich habe gehört, dass ihr Kinder dieses Jahr viel zu viel gelitten habt. Deshalb schenke ich euch etwas, das mir geholfen hat, die schlechten Seiten der Welt zu vergessen. Meiner hieß Growley, und er hat mir nicht nur geholfen, zu wachsen, sondern mich auch oft beschützt, als ich jung war.«

Magni fragte: »Was könnte dich beschützen, das klein ist und in einer Kiste sitzt?«

»Das wirst du schon sehen, Junge. Hab Geduld.«

Die Jungen und Mädchen warteten, während seltsame Geräusche aus der Kiste kamen. Torrian spielte mit dem, was sich darin befand, und sagte dann: »Magni, Lia sagt mir, dass du etwas Warmes und Großes brauchst. Es ist noch nicht groß, aber es wird wachsen. Magni, möchtest du als Erster nach oben kommen?«

Magni schlich sich zu Torrian und sagte: »Ja, Mylord, wenn es recht ist.«

Torrian holte einen Korb mit einem grauen Welpen heraus und reichte ihn Magni.

Logan sagte: »Er heißt Liam, Magni. Wenn Lia mal weg muss, hast du einen weiteren Beschützer, Liam.«

»Meiner ganz allein?«, rief er und sah von Torrian zu Logan. »Ich darf ihn behalten?« Beide Männer nickten, als Lucas den Welpen aus dem Korb hob und ihm reichte, woraufhin das pelzige Tierchen ihm sofort die Wange leckte. Magni kicherte, drehte sich zu Thane um und fragte: »Können wir ihn behalten?«

»Ja, denn Alana bekommt auch einen.« Thane drückte Tamsins Hand, während sie ihren wachsenden Bauch streichelte.

Torrian meinte: »Jedes Zuhause braucht zwei Hunde. Die schlafen gerne zusammen.«

Torrian und Lucas verteilten die Welpen, und die Kinder waren vollkommen begeistert von ihren Geschenken. Als sie fertig waren und sich den anderen anschlossen, meinte Logan: »Wartet. Es gibt noch eine Überraschung. Und die ist für Gwynie.«

Jemand klopfte an die Tür und Logan öffnete sie. Herein kamen zwei ihrer Kinder, Sorcha mit ihrem Mann Cailean und Gavin mit Merewen. Einige ihrer Enkelkinder folgten ihnen mit begeisterten Schreien und umringten Gwyneth: Ysenda und Lewis, Ceit und Brin Cameron, Cadyn und Tryana.

Gerade als sie dachten, alle seien da, öffnete sich die Tür und ein großer, blondhaariger Junge kam herein und schlug die Tür hinter sich zu – Errol, der jüngste Sohn von Gavin und Merewen. Eli eilte herbei, um ihren jüngsten Bruder zu umarmen.

Connor starrte den Jungen an. »Er sieht dir total ähnlich, Logan.«

Logan nickte und strahlte. »Ja, so ist es.«

»Frohe Weihnachten euch allen«, sagte Logan.

Hagen und Brynja schauten aus dem Hintergrund zu, wie die Kinder ihre Geschenke bekamen. »Kannst du glauben, dass wir verheiratet sind, Mädchen?«

»Nein, aber ich bin glücklich. So glücklich. Ich

verstehe jetzt, was du und dein Vater mir sagen wollten.«

»Was denn?«

»Rache. Ich bin immer noch traurig und wütend darüber, dass ich meine Mutter und meine Tante verloren habe, und ich werde Sholto und Dugan nie vergessen, aber ich werde nicht zulassen, dass sie meine Gedanken beherrschen. Genau das haben sie nämlich getan.«

»Was?«

»Die Rache hat mich völlig eingenommen. Aber dieser Hass und diese Wut sind nun durch etwas anderes ersetzt worden.«

Er neigte den Kopf zu ihr und schmiegte sich an ihren Hals.

»Liebe. Zu dir, zu Hildi, zu deinem Clan, zu den Leuten von Mull, und sogar zu den Nonnen. Sie wollten uns nur helfen.«

»Ich liebe dich auch.«

Sie runzelte die Stirn und ließ ihren Blick durch den Saal schweifen. »Apropos Hildi, wo ist sie? Hast du sie seit der Zeremonie gesehen?«

Er schüttelte den Kopf und runzelte wie sie die Stirn. »Jetzt, wo du es sagst, hast du Jowell gesehen? Paden flirtet dort drüben mit Mora, aber ich habe Jowell nicht gesehen.«

Brynja grinste und nahm seine Hand. »Pst, ich glaube, ich weiß, wo sie sind.«

»Sie? Du meinst zusammen?«

Sie nickte und legte ihren Finger auf die Lippen, um ihn zum Schweigen zu bringen, dann führte sie ihn zur Kammer der Heilerin. Drinnen flackerte eine kleine Kerze, aber sie reichte nicht aus, um den ganzen Raum zu erhellen. Sie öffnete die Tür einen Spalt breit und hörte einen erschrockenen Ausruf.

»Hildi?«

Hagen schaute über ihre Schulter. »Jowell, du Schurke. Was macht ihr beiden hier drin?«

Die beiden küssten sich und sprangen auseinander, beide etwas außer Atem.

»Nichts«, sagte Jowell. »Hildi war etwas benommen, also habe ich sie hierher gebracht.«

»Klar«, sagte Hagen gedehnt. »Ich bin sicher, dass du sie fest genug gehalten hast, damit sie nicht hinfällt. Versuch es das nächste Mal mit Sitzen, Jowell.«

Sein Cousin zuckte mit den Schultern und grinste. Dann setzte er sich hin und zog Hildi auf seinen Schoß. »Ich habe Hildi gerade davon überzeugt, beim Grantham Clan zu bleiben, jetzt, wo du verheiratet bist.«

»Und?« Brynjas Flüstern endete in einem leisen Quieken.

»Und ich habe zugestimmt.« Hildis Gesicht strahlte.

»Hildi, ich bin so glücklich. Wir gehören zusammen.«

»Ich weiß. Ich werde dich nie verlassen, Brynja.«

Hagen zog seine Frau zu sich heran, setzte sich Jowell gegenüber und nahm Brynja auf seinen Schoß. »Der Priester ist für heute Nacht hier.« Er nickte seinem Cousin zu.

Jowell schüttelte den Kopf und sagte: »Nein, wir haben darüber gesprochen. Wir sind noch nicht bereit. Wir möchten noch eine Weile warten. Vielleicht bis zum nächsten Weihnachtsfest.«

»Das klingt perfekt«, sagte Brynja. »Und ich verspreche dir, dir zu zeigen, wo ich den Schatz unserer Mütter versteckt habe, damit wir beide ihn nutzen können.«

EPILOG

Lia

AM TAG NACH den Feierlichkeiten hatte Lia eine bestimmte Gruppe in der Kabinettstube zusammengerufen. »Ich musste mich mit euch allen treffen. Ich habe euch etwas Wichtiges mitzuteilen.«

Sie sah die Gruppe vor sich an: Connor, Sela, Hagen, Brynja, Maitland, Maeve, Grant, Alasdair, John und Dyna.

Connor meinte: »Lia, ich muss eine bestimmte Sache verstehen. Und weil wir nur eine kleine Gruppe sind, würde ich gerne erfahren, was passiert ist, als ich auf Tiree verletzt wurde. Wie konnte ich so schnell heilen? Ich dachte, ich würde sterben.«

»Du warst nah dran. Das gab mir die Chance, Hagen und Brynja zu erklären, welche Kräfte sie haben. Wie du dir denken kannst, sind sie ein mächtiges Paar. Jeder kann das sehen, aber ich musste ihnen klar machen, dass ich sie in Zukunft um Hilfe bitten werde. Es ist meine Aufgabe, die Kinder zu beschützen, aber ich kann das nicht alleine schaffen. Ich brauche Helfer im Universum. Und sie wurden zusammen mit anderen aus deinem Clan auserwählt.

Mit der Zeit werden wir mehr Kinder haben, die es zu beschützen gilt, aber ich werde euch beide zusammen brauchen. Hagen und Brynja«, sie wandte sich an sie, »ich verbinde euch beide bis ans Ende der Zeit. Zusammen werdet ihr reisen und mir helfen, das Böse in der Welt zu bekämpfen.«

Hagen flüsterte: »Warum wir?«

»Es geht nicht nur um euch, aber ich fange mit euch an. Um die Mächtigsten zu sein, müsst ihr als Paar zusammenbleiben. Seid ihr bereit, euch einander zu verpflichten? Ich freue mich, dass ihr verheiratet seid, aber ihr müsst euch verpflichten, einander zu unterstützen, wenn es nötig ist.«

Die beiden sahen sich an und nickten beide. »Natürlich«, antwortete Brynja, Hagen nickte neben ihr und küsste sie auf die Wange.

»Was den Rest von euch betrifft, deshalb seid ihr alle hier. Es sind nicht nur Hagen und Brynja. John, Grant, Tora, Sylvi, Sandor und Magni werden ebenfalls dazugehören. Dyna, du und Alasdair seid die einzigen anderen Erwachsenen, die eine wichtige Rolle spielen werden. Ihr gehört zu den Auserwählten, deren Aufgabe es sein wird, mir im Kampf gegen das Böse zu helfen. Connor, ich werde vielleicht auch deine Hilfe in Anspruch nehmen.«

Maitland küsste seinen geliebten Sohn auf den Kopf. »Grant ist noch ein bisschen jung, Lia.«

»Maitland und Maeve, ich musste euch hierher bitten, weil Grant früher als die anderen gebraucht wird, also werdet ihr mit einbezogen sein. Er und John haben eine besondere Kraft mit dem Saphirschwert. Beide werden die Kraft haben, es zu benutzen, aber erst, wenn John erwachsen ist.«

»Warum erzählst du uns das jetzt, wenn es erst in ein paar Jahren passieren wird?«, fragte Alasdair.

»Weil hier im letzten Jahr genügend merkwürdige Dinge passiert sind, Alasdair. Es gab viele Fragen zu Toras und Sylvies Fähigkeiten, und auch zu Sandors Fähigkeit, mit Onkel Jake zu reden, Johns Saphirschwert, Grants Schwärmerei für mich ...«

»Und seine Fähigkeit, ein scharfes Schwert anzufassen, ohne zu bluten?«, fragte Maeve.

»Grant muss noch viele Fähigkeiten entwickeln. Er ist in der Tat einer der Auserwählten, und zusammen mit John wird er oft gebraucht werden. Es ist schwer zu sagen, wie sich das genau entwickeln wird, aber eure Kinder werden alle ihre Fähigkeiten ausbauen, und ich fand es wichtig, euch wissen zu lassen, dass ihr die Seltsamkeiten, die ihr an ihnen erkennen werdet, nicht entmutigen, sondern sie stattdessen fördern solltet. Fördert Toras und Sylvies Fähigkeit als Seherinnen und Johns Fähigkeiten mit seinem Schwert.«

»Einverstanden«, sagte Maitland, kratzte sich am Kopf und betrachtete den kleinen Jungen in Maeves Armen. »Das leuchtet mir ein, und Maeve und ich werden alles tun, was wir können, um unserem Sohn zu helfen, sein größtes Potenzial zu entfalten.«

»Das ist der Grund, warum ich die anderen

Kinder nicht hierher mitgebracht habe. Ich bitte euch, außerhalb dieser Gruppe nicht darüber zu sprechen. Und das wird erst in etwa zehn Jahren passieren. Aber irgendwann in der Zukunft werde ich euch alle zusammenrufen. Ich kann euch keinen genauen Zeitpunkt nennen, aber eure Zeit wird kommen. Ich bitte euch alle, in der Nähe zu bleiben und demselben Clan anzugehören.«

Dyna sagte: »Endlich verstehe ich, warum unsere Kinder etwas Besonderes sind. Vielen Dank, Lia.«

»Du kannst es Derric erzählen, Dyna.«

Die Anwesenden sahen sich einen Moment lang an und verarbeiteten die Informationen, die sie gerade erhalten hatte.

Dann sagte Lia: »Wie ich schon sagte, wird es eine Weile ruhig bleiben. Wenn ihr mich jemals braucht, bin ich da. Magni wird mir sicher Bescheid sagen. Und bitte sagt ihm nichts. Er kann das noch nicht verstehen. Aber rechnet mit etwa zehn Jahren Ruhe. Dann werde ich zurückkehren.«

Alasdair fragte: »Wirst du für uns genauso aussehen wie jetzt, Lia? Oder wirst du anders aussehen?«

»Gute Frage, Alasdair. Das kann ich nicht beantworten, aber ich kann dir versprechen, dass du es wissen wirst, wenn du wissen musst, dass ich es bin. Bis dahin wünsche ich euch allen viel Glück.«

Lia verschwand.

Zwei Tage später standen Connor und Sela Hand in Hand am Ufer und schauten auf das Wasser. »Ich will hier eigentlich gar nicht weg, Sela. Es ist so schön hier.«

»Wir kommen wieder. Ich weiß, dass du nicht für immer wegbleiben kannst. Außerdem machen wir nur einen Besuch. Und wir nehmen Astra und Morgan mit. Astra ist bereit, und Morgan hat darum gebeten, mitkommen zu dürfen. Es ist Zeit.«

Lia tauchte neben ihnen auf. »Hey, Grants.«

Connor sagte: »Hey, Lia. Hast du uns nicht gerade verlassen?«

»Aye, das habe ich. Aber ich wollte euch beide allein sprechen.«

Sela sah ihren Mann neugierig an, dann wieder die Fee. »Stimmt etwas nicht?«

»Nein, ich habe mich nur gefragt, ob einer von euch mich erkannt hat.«

Connor und Sela sahen sich an, Connor zuckte mit den Schultern.

Sela meinte: »Wir erkennen dich immer, Lia. Du trägst immer dieses schöne grüne Kleid. Das Feenkleid der Wiese. Es passt perfekt zu dir.«

Lia trat näher. »Und was wäre, wenn ich etwas anderes tragen würde?«

Connor sagte: »Ich werde dich immer erkennen, Lia. Du hast mir das Leben gerettet. Ich werde dich nie vergessen. Das verspreche ich dir.«

»Bist du dir da sicher?« Sie hatte diesen Ausdruck im Gesicht, der ihnen sagte, dass etwas Seltsames passieren würde.

Dann hob sie die Arme und ihr Aussehen veränderte sich, die Farbe ihres Kleides verblasste und verwandelte sich von Waldgrün in ein weißes Kleid mit einem weiten, weißen Rock, der bis zum Boden reichte und an der Taille mit einem blauen Band verziert war.

Beide starrten sie verwirrt an. Sela sagte: »Du siehst immer noch aus wie Lia.«

Dann hob sie die Arme und wuchs vor ihren Augen von einem kleinen Mädchen von sechs Jahren zu einer Frau von etwa zwanzig Jahren heran. »Erkennst du mich jetzt?« Ihr Haar verwandelte sich von goldblond zu einem seltsamen Rotton.

Sela schnappte nach Luft, fiel rückwärts gegen Connor und zeigte mit dem Finger auf sie. »Oh mein Gott, Connor. Die Abtei. Die Lochluin-Abtei in der Nacht, bevor ich gegangen bin.«

Lia hob die Hand. »Warte! Ich übersehe etwas.« Dann fuhr sie sich mit der Hand über den Hals, und eine Perlenkette erschien. Sie wiederholte die Bewegung, und die Perlen verwandelten sich in eine Kette mit einem roten Herz am Ende. »Hilft dir das weiter?«

Sela flüsterte: »Die Beschützerin der unschuldigen Mädchen.«

Connor konnte kaum sprechen. Er kannte sie. Er hatte sie schon mehrmals gesehen. Ein- oder zweimal mit Roddy, als sie ihnen sagte, sie müssten Rose helfen. Und dann, als Sela endlich zu ihm kam. Und einmal mit Daniel, als sie sie schickte, um Constance zu helfen.

»Oh, mein Gott! Sona Abbey. Und dann auf dem Gebiet der Grants. Und als du mit Roddy mitten in diesem wilden Sturm vor unserem Fenster schwebtest.«

Lia lächelte und sagte: »Endlich erinnerst du dich. Und Sela, du hast ein tolles Gedächtnis. Ich war die Beschützerin der unschuldigen Mädchen. Jetzt bin ich zur Beschützerin der Kinder geworden.« Dann lachte sie und winkte. »Ich bin schon seit langer Zeit den Grants zugeteilt. Du kannst Maitland und Maeve sagen, dass ich einmal Callie hieß. Keine Sorge. Ich komme wieder, aber erst in einiger Zeit.«

Dann winkte sie und verschwand.

Ende

http://www.keiramontclair.com

ROMANE VON
KEIRA MONTCLAIR

CLANS OF MULL
EIN SCHOTTISCHES MÄDCHEN IN NOT
DIE BÜRDE EINES SCHOTTISCHEN
CLANFÜHRERS
DER KUMMER DER SCHOTTISCHEN
LAIRDS
DIE QUALEN EINES SCHOTTISCHEN
KRIEGERS
DIE AUFLEHNUNG EINES
SCHOTTISCHEN HERZENS
DER ZORN EINES SCHOTTISCHEN
SCHWERTES

JÄGER AUS DEN HIGHLANDS
DER KONFLIKT DES SCHOTTEN
DER VERRÄTER DER SCHOTTEN
DER BEHÜTER DER SCHOTTEN
DER SCHWUR DES SCHOTTEN
DIE BESTIMMUNG DES SCHOTTEN
DIE WARNUNG DES SCHOTTEN
DIE ABRECHNUNG DES SCHOTTEN
DAS VERMÄCHTNIS DER SCHOTTEN

HIGHLAND-SCHWERTER
DER VERRAT DER SCHOTTIN
DIE SCHOTTISCHE SPIONIN

DIE JAGD DES SCHOTTEN
DIE PRÜFUNG DES SCHOTTEN
DIE TÄUSCHUNG DES SCHOTTEN
DER ENGEL DER SCHOTTEN

HEILER DER HIGHLANDS
DER FLUCH VON BLACK ISLE
DIE HEXE VON BLACK ISLE
DIE GEIßEL VON BLACK ISLE
DIE GEISTER VON BLACK ISLE
DAS GESCHENK VON BLACK ISLE

DIE BANDE DER COUSINS
HIGHLAND RACHE
HIGHLAND ENTFÜHRUNG
HIGHLAND VERGELTUNG
HIGHLAND LÜGEN
HIGHLAND STÄRKE
HIGHLAND VERERUNG
HOCHLAND TREUE
HIGHLAND KRAFT
HIGHLAND WEIHNACHTSMAGIE

HIGHLAND CLAN BÜCHER
LOKI – Buch Eins
TORRIAN – Buch Zwei
LILY – Buch Drei
JAKE – Buch Vier
ASHLYN – Buch Fünf
MOLLY – Buch Sechs
JAMIE UND GRACIE – Buch Sieben
SORCHA – Buch Acht
KYLA – Buch Neun

BETHIA – Buch Zehn
LOKIS WINTERRREISE – Buch Elf
ELIZABETH – Buch Zwölf

DIE GRANT CLAN SERIE
Nr. 1 – BEFREIT VON EINEM
HIGHLANDER – Alex und Maddie
Nr. 2 – HEILUNG EINES HIGHLANDER-
HERZENS – Brenna und Quade
Nr. 3 – LIEBESBRIEFE AUS LARGS –
Brodie und Celestina
Nr. 4 – AUFSTIEG IN DIE HIGHLANDS –
Robbie und Caralyn
Nr. 5 – DAS KNISTERN DER HIGHLANDS
– Logan und Gwyneth
Nr. 6 – MEINE VERZWEIFELTE
HIGHLANDERIN – Micheil und Diana
Nr. 7 – DER HELLSTE STERN DER
HIGHLANDS – Jennie und Aedan
Nr. 8 – HIGHLAND HARMONY –
Avelina und Drew
Nr. 9 – WEIHNACHTSENGEL

DIE CHRONIK DER
SEELENVERWANDTEN TRILOGIE
Nr.1 – EINEM HIGHLANDER
VERTRAUEN
Nr.2 – EINEM SCHOTTEN VERTRAUEN
Nr.3 – EINEM LAIRD VERTRAUEN

EINZELBÜCHER
FLUCHT IN DIE HIGHLANDS
DIE VERBANNUNG DES HIGHLANDERS

DIE LÄUTERUNG DES HERZOGS –
REGENTSCHAFT
EINEM HÄUPTLING VERFALLEN –
3. TEIL EINER TRILOGIE
GEHEIMNISSE DER HIGHLANDS –
3. Teil einer gemeinsamen Trilogie

ÜBER DIE AUTORIN

KEIRA MONTCLAIR IST das Pseudonym einer Autorin, die mit ihrem Mann in South Carolina lebt. Sie liebt es, temporeiche, gefühlvolle Liebesromane zu schreiben, in denen insbesondere Kinder als Nebenfiguren eine Rolle spielen.

Wenn sie nicht schreibt, verbringt sie gerne Zeit mit ihren Enkelkindern. Sie hat als Mathematiklehrerin an einer Highschool, als examinierte Krankenschwester und als Büroleiterin gearbeitet. Sie liebt Ballett, Mathematik, Rätsel, alles Neue zu lernen und neue Charaktere zu erschaffen, in die sich ihre Leser verlieben können.

Sie schreibt historische Liebesromane mit Spannung. Ihre Bestseller-Reihe ist eine Familiensaga, die zwei mittelalterliche schottische Clans über vier Generationen hinweg begleitet und mittlerweile über dreißig Bücher umfasst.

Kontaktieren Sie sie über ihre Website:
www.keiramontclair.com